有爱无爱都铭心刻骨

方方 著

图书在版编目（CIP）数据

有爱无爱都铭心刻骨 / 方方 著. —重庆：重庆出版社，2012.7
（月光之爱）
ISBN 978-7-229-05377-2

Ⅰ.①有… Ⅱ.①方… Ⅲ.①中篇小说—小说集—中国—当代 Ⅳ.①I247.5

中国版本图书馆CIP数据核字（2012）第138647号

有爱无爱都铭心刻骨
YOUAI WUAI DOU MINGXINKEGU

方方 著

出 版 人：罗小卫
策　　划：华章同人
出版统筹：陈建军
主　　编：贺绍俊
责任编辑：陈建军　张好好
特约编辑：袁　强
责任印制：杨　宁
营销编辑：张　颖　魏依云
封面绘画：车前子
封面设计：奇文云海

重庆出版集团
重庆出版社　出版

（重庆长江二路205号）

投稿邮箱：bjhztr@vip.163.com

三河九洲财鑫印刷有限公司　印刷
重庆出版集团图书发行有限公司　发行
邮购电话：010-85869375/76/77转810

重庆出版社天猫旗舰店
cqcbs.tmall.com　直销

全国新华书店经销

开本：880mm×1230mm　1/32　印张：10.25　字数：240千
2012年10月第1版　2012年10月第1次印刷
定价：29.80元

如有印装质量问题，请致电023-68706683

版权所有，侵权必究

序

贺绍俊

月上柳梢头，古今中外多少爱情之花是在月光下绽放。月光无限，爱情永恒。这正是我们将这套书系命名为"月光之爱"的用意。月光还象征着女性的温柔，它表明了这套书系均出自女性作家之手。当我们浏览古今中外的优秀小说时，也许会发现这样一个奥秘：女性作家讲述的爱情故事更加美丽、更加打动人心。正是这一缘故，促使我们下决心来编辑这套女性作家爱情小说书系。

社会意义和经典意义，是我们编辑这套书系的两大目标。

这套书系主要以新时期以后的小说为收录对象。新时期文学开启了中国当代文学的新纪元，中国社会从此也开始了以改革开放为标志的新的历史时期。新时期初始，女作家张洁的一篇

《爱，是不能忘记的》，曾经引起全社会的关注，人们从作品中感受到了作家对美好爱情的向往。但伴随着社会的变迁，我们越来越感到这篇作品的寓意深远，张洁仿佛是一位预言大师，当她在社会复苏的时刻，就预见到了富裕起来的人们逐渐会把爱情遗忘，因此她告诫人们：爱，是不能忘记的。事实印证了作家的预见，经济的发展带来欲望的膨胀，物质主义盛行，爱情越来越不被人们珍惜，但唯有文学始终与爱情相伴，作家始终在为爱情呐喊。作家们以富有魅力的叙述，保存着爱情这一人类最美好、最神圣的情感。那些在现实中迷失了爱情又渴望寻找到爱情的年轻人，或许能够从文学中获得勇气和力量。我们尤其不能忽略女性作家对爱情的书写，她们是爱情最真诚的守护人。因为正是从新时期以后，女性意识得到空前的觉悟，女性作家可以走出过去的思想迷津，对爱情被亵渎、被消费、被欲望化、被商业化的现实困顿看得更加清楚，批判也更加有力，她们凭着女性特有的敏锐和细腻，能够发现在恶浊的现实环境中爱情是如何顽强生存的。女性作家新时期以来对爱情的书写，不仅真实地记载了在社会大变迁中爱情的遭遇，而且对爱情做了现代性的思索。这恰好是我们编辑这套书系的出发点，我们力图使这套书系彰显其社会意义，读者阅读这些爱情小说，或许能够对当代爱情有更形象和更深切的理解，或许会对爱情更加充满信心。

我们的第二个目标是追求其经典意义。新时期以来的三十余年，女性作家所创作的爱情小说，经过岁月淘洗，逐渐形成了不少经典性的作品,如王安忆的"三恋",铁凝的"三垛"。有的还介绍到国外,融入世界文学的谱系之中,如徐小斌的《羽蛇》。我们希望这套书系能成为一套打造经典、激发原创的书系。我们想以选编这套书系的方式促成经典的成型,同时也以这套书系集合女性作家的智慧,激发女性作家的原创力,不断推出新的以爱情为主题的作品。因此,从经典意义上说,这应该是一套承前启后的书系。"承前",就是要把当代女性作家已有的成果集中起来,展现在读者面前。承前也是为了启后,"启后",意味着这套书系注目于女性作家在当下和未来的写作,为女性作家的原创性提供实现的平台。因此我们同时还要期望女性作家们思索爱情所面临的新问题,为这套书系写出新的作品。而新的经典也必将在这种承前启后的不断积累中锻造出来。

海上明月共潮生,当女性作家对于爱情的优美叙述会聚到"月光之爱"时,一定是"潋滟随波千万里"的壮丽景色,我们更期待,女性作家共同建构起的爱情的理想家园,能够成为每一个人的心灵栖息之处。让爱的月光照进每一个人的心灵,也许这才是古人所憧憬的"何处春江无月明"的真正含义吧。

目录

序（贺绍俊）/ 1

有爱无爱都铭心刻骨 / 1

奔跑的火光 / 77

水随天去 / 219

有爱无爱都铭心刻骨

一

一只鸟从头上飞过。瑶琴看鸟时，突然看到一团白色从阳光里落下来，正好落在新容刚做过的头发上。瑶琴"呀"了一声，这声音像一根刺，把绷得紧紧的会场扎了一下。会场有一点儿骚动，像是鼓胀着的气球在放气。瑶琴吓得赶紧捂住了嘴。正在台上念名字的厂长停顿了一下，目光落在瑶琴身上，然后他读出了瑶琴的名字。瑶琴呆了。好多人都回头看瑶琴。瑶琴无论如何也没有想到这次的下岗会轮到她的头上。

瑶琴觉得自己长得标致，厂里领导每回见到她都朝她笑。和她一起的新容总会在她的胳膊上揪一把说，看看看，领导又冲你笑了。瑶琴也觉得领导正是冲她笑的。美丽的脸谁都愿意看，瑶琴想，她这张脸在领导眼里可不就是一道风景？所以她觉得自己肯定不会下岗，她一点儿思想准备也没有做。可是这天宣布下岗，她偏偏听到了自己的名字。非但她，全厂人都听到了她的名字。瑶琴一时间觉得自己的身体被根大木棒打缩了，又被一把利刀劈开了，人倒了下去，地上正好又满是尖刺。一种说不出来的痛把她包围了起来。

　　早就做好了下岗准备的新容却没有下岗。瑶琴不禁回头看新容，新容因为兴奋，脸上红扑扑的。原来觉得她一点儿也不好看的瑶琴突然觉得她漂亮起来。于是，她明白了自己下岗的原因：新容现在是风景了，而她这道风景已经老旧。原以为领导是冲她笑的，其实，他们的笑容是为了新容。瑶琴悲哀了起来，同时心里有了些愤怒。以往她是颇喜欢厂里那几个领导的，现在，这种喜欢全都成了仇恨。瑶琴想，你们年年看我，把我看老了，就像扔抹布一样把我扔了？

　　瑶琴回到家里，忍不住呜呜地大哭了一场。哭得连晚饭都没有吃。她不知道自己怎么办才好。屋里很安静，没有别的人，哭得再凶也只有自己听。电话铃响了，瑶琴抹着眼泪接听电话。线那头的人没说话，就先哭了起来。瑶琴听出是新容。瑶琴心想，你有什么好哭的？新容仿佛听到了瑶琴心里想的话，便哽咽着说：瑶琴，你一定会说我有什么好哭的，可是……我就是想哭。我没办法。我以为是我下岗的。我也没有去找人……我已经想好了自己下岗算了的……瑶琴没听完，就把电话挂了。挂完电话，瑶琴不哭了，她想，新容现在一定哭得更厉害了。瑶琴有点想把电话再拨回去。她手抬了抬，最后还是放了下来。

屋里依然很静。静得似乎能听到空气的蠕动。如水的月光落在窗台上。瑶琴呆坐了一会儿，便找出了杨景国的照片。她上个月才把杨景国的照片全部收藏起来。因为上个月她让杨景国的照片陪她过了三十八岁生日。她对着照片独自饮酒，饮着饮着，就落了泪。泪眼蒙眬中，突然觉得照片里的杨景国死死地盯着她，凶凶的，一副对她很不满意的样子。这是杨景国从来没有过的表情，她很惶恐，不知道自己做错了什么。晚上，她搂着杨景国的照片睡觉，杨景国便从一片水雾里走出来。杨景国站在河的那一边对她说，他在那边很不快乐。不快乐的原因就是他答应过让瑶琴一辈子生活得幸福，可是他没有做到。他在那边的衣服一直都是湿漉漉的，从来都没有机会干过。瑶琴的眼泪已经流了十年，每一滴都落在了他的身上。他请瑶琴让他能够穿一件干爽的衣服。瑶琴听着杨景国的话，又哭了起来。瑶琴哭时，果然看到雨点在河那边直直地落在杨景国的头上。杨景国的衣服已经潮湿得紧贴在了身上。杨景国说，你看你看，你笑笑好不好，给我一点阳光。然后他就往回走。他走时，雨滴也跟着他。瑶琴呆了，然后她就醒了。醒后看到杨景国的照片上满是水渍。从这天起，瑶琴便收起了杨景国的所有照片。她想她得让杨景国穿一身干爽的衣服。她得给杨景国一些阳光。她得快乐。

可是，现在她却下岗了。下岗意味着什么？意味着她从此没有了收入，意味着她被她工作了二十多年的集体遗弃了，意味着工厂不要她了,意味着她从此是一个没有用处的人了。瑶琴想想就窝心,眼泪又忍不住一串一串地往下掉。瑶琴一边抹泪一边对杨景国说:对不起,又让你的衣服湿了。对不起,我马上就揩干。

杨景国与瑶琴的爱情故事,在他们工作的机械厂里像是一个很著名的传说。每一个新到厂里来的人,总能在第一时间里听到这个故事。故事多是这样的开头:十几年前……

十几年前,杨景国刚从大学分来第一天,他端着碗去食堂吃饭。因为不识路,便随意地找人询问。恰巧就问到了瑶琴头上。当然也可能是瑶琴漂亮醒目的缘故。瑶琴那时候有一个男朋友叫张三勇。张三勇人生最怕的事情就是漂亮的瑶琴被别的男人勾跑掉。突然见瑶琴在跟一个戴眼镜的斯文男人说话,气不打一处来,问也没问一声,上去就给了杨景国一拳。可怜杨景国来厂里后还没有认识一个人,就先认识了一个拳。杨景国的眼角当时就青了,碎掉的玻璃片几乎弄瞎了一只眼,眼镜无疑也废掉了。瑶琴气得要死,立刻就跟张三勇吵了一架,然后出于责任,她再三向杨景国道歉,带着他去了医院不说,还赔了他一副眼镜。以后每回见了杨景国,瑶琴总还有负疚感。杨景国是技术员,常下车间,瑶琴一见他来,就上前替他帮忙。结果这一来二去的,瑶琴就跟杨景国好了。厂里人笑死张三勇,说他一个醋拳把女朋友打进了别人怀中。

杨景国家在乡下，父母日出夜回，从来也没怎么管过他。他觉得自己这一生是自己长大的。是跟着自家屋里的门槛一起长大的，是跟着村边的一棵树一起长大的，是跟着村头老独户陈老倌养的一头牛一起长大的。后来他读了大学，因为穷，加上自卑，从来也不敢跟女孩子交往。他的日子过得粗粗糙糙。他总觉得无论他死了或是他活着，全世界都没有一个人介意。他来来去去总是很孤单。结果张三勇的一个拳头使他获得瑶琴的格外关照。这关照并不多，但一下子就彻底温暖了他的心。于是，他爱上了瑶琴。像杨景国这样从来没有爱过的人，一爱起来就不可收拾。直恨不得瑶琴就长在他的眼珠里。张三勇为此又给过他几拳，眼镜碎了好几副，但这些都阻挡不了杨景国从内心深处迸发出来的爱情。瑶琴跟张三勇本来只不过因为在一个小组做事，日子处长了，便走到了一起。两人过去都没谈过恋爱，也不知道爱情是什么。以为就是年龄相当，容貌上过得去，然后去街道扯个证，弄个房间一起过日子，这就算是爱情一场了。可是杨景国的出现，突然就让瑶琴的心里生出另一种渴望。她不知道那是一种什么渴望。她只知道每当杨景国专注而痴呆地凝望她时，她就会特别激动，就心跳得不能自制，就想倒在杨景国的怀里向他倾诉什么。有一天，她跟张三勇吵了架，她决定跟他分手了。这天晚上还下着雨，杨景国来找她。杨景国在她家门口等了好几个小时，浑身淋得湿湿的。瑶琴怀着委屈跑回家，突然她就看到了落汤鸡似的杨景国。瑶琴的心一下子就激荡开了。俩人没有说话就先拥在了一起。瑶琴想哭，可她料不到的是，她还没来得及哭，杨景国倒先哭了起来。两人哭了许久，便觉得从此他们再也不想分开。面对这样顽强的爱情，张三勇也没有办法，只好悻悻退出。

　　瑶琴跟杨景国的恋爱是一场真正的恋爱。是好多女人都向往的那种恋爱。他们每天都约会，傍晚就牵着手去江边闲逛，一直逛到夜深才回家。中午则不顾大家的观望，同坐在食堂的长凳上吃饭，像电视剧里的男女主角一样，把自己碗里的饭菜喂进对方嘴里。瑶琴不吃肥肉，杨景国就把所有的肥肉咬下来自己吃，而把所有的瘦肉都给瑶琴。瑶琴喜欢吃青菜叶不喜欢吃青菜梗，杨景国就会把所有的青菜叶都拨给瑶琴而把瑶琴碗里的菜梗全撸到他的碗里。每次吃饭时，杨景国都忙忙碌碌地做着这些。有几次瑶琴看着他这么执著地做这种碎事，眼泪直想往外淌。瑶琴想跟着这样的男人她这一生有多么幸福呀，怎么这么好的运气叫她给碰上了。这么想过后，瑶琴对杨景国就更加温柔体贴。过年了，杨景国往常总是回老家看父母，有了瑶琴后，他连老家也不想回。瑶琴过意不去，催他回家，可是杨景国却说他舍不得离开瑶琴。说他一天见不到瑶琴心里就慌，就不知道怎么办才好，就觉得天地都是灰的。一番话说得瑶琴泪水涟涟，也就没有让他回家。瑶琴把杨景国的话转述给班组的姊妹们听时，大家也都泪水涟涟起来。都说如果有一个人能对自己说出这样的话来，真是死也值了。只有张三勇说，这样的话也是一个男人说的吗？瑶琴没理张三勇，倒是班组的姊妹们群起而攻张三勇，说为什么男人就不能说这样的话？说这样的话令女人感到幸福为什么就说不得？说出这样的话难道就丢了男人的身份吗？

有杨景国和没杨景国的人生真是太不一样了。瑶琴跟杨景国恋爱的那几年，越长越漂亮，厂里人都惊说，想不到最养女人容颜的东西竟是男人的爱情。在厂里，杨景国没有因为技术好水平高以及搞什么革新而出名，倒是他一往情深地成天要黏着瑶琴以致名声大振。全厂人差不多都认识他。有一回厂里工会组织五一节晚会，主持人为了搞笑，出了个测验，要女工们选出厂里最受人欢迎的男人。没等他说完话，女工们就在台下一起喊了起来："杨景国……"厂里的副书记是个女的，她也跟着喊杨景国的名字，让全厂的男人大跌眼镜。跌完后纷然骂杨景国，说他搞坏了厂里的风气，破坏了厂里许多家庭的安定团结。瑶琴曾问杨景国介不介意男人们的笑骂，杨景国笑了笑，只说他们不懂，会爱女人是一种幸福。

杨景国一直想早点结婚，可是排队等房子一时还轮不着他们，所以他们就一直恋爱。曾经在杨景国的集体宿舍里，趁同舍的人去看球赛，两人偷吃过几次禁果。有一次瑶琴没注意，怀了孕。杨景国悄悄带她到乡下去做了一次人工流产。那次以后，杨景国便尽可能克制自己。杨景国说，琴儿琴儿，我不能再伤你了。我只想要快点结婚。三年八个月的恋爱过去了，他们终于分到了房子。那天下班后，他们去看房子。这是个春天的黄昏，还下着小雨。瑶琴打着伞坐在杨景国的自行车后。一辆卡车疯一样冲过来。瑶琴没有看到。她只听到杨景国急叫了一声琴儿快跳呀！瑶琴不知什么事，嗵地就跳下车来。她还没站稳，就见汽车从自己身边擦过。杨景国和自行车都被撞到了路边。同时被撞倒的还有另一个女人。杨景国的头磕在路边的一块石头上，鲜血满面。他溅在地上的血跟那个女人的混在了一起。瑶琴尖叫着跑过去。她哭着抱起了杨景国。瑶琴的哭声撕心裂肺。杨景国睁开眼睛，笑了笑，对瑶琴说，你别哭啊你笑笑。瑶琴呜咽着勉强咧了咧嘴。杨景国说那我就放心了，然后就再也没有说话。这是杨景国留给瑶琴的最后的声音。瑶琴痛不欲生，几次都想跑到那块石头上撞死自己，然后去寻找杨景国。但因为新容盯得特别紧，每次发现瑶琴有所动静，就拼着命叫喊着让人扯住。多扯了几次，便又把瑶琴生的愿望扯回了心里。瑶琴后来就不想死了。她想杨景国一定是不愿意她死的。厂里怜惜瑶琴，虽然房子紧张得不得了，但还是没有把分给杨景国和瑶琴结婚的房子收回去。于是，瑶琴就一直住在这个房间里。好多年了，一个人恍惚地过着。

　　瑶琴的眼泪已经干了。她用毛巾拭着杨景国的相片。镜框很明亮，杨景国在里面笑着。瑶琴用食指抚了一下他的嘴，然后用杨景国的羊毛衫把它包起，重新放回箱子里。瑶琴想，天已经凉了，再不能让杨景国的衣服湿着。

　　瑶琴把相片放好后，她又有些不安，心想或许杨景国的衣服已经被她打湿了。于是便走进卫生间，用洁面乳把自己的脸细细洗了一遍，然后抹上淡妆。瑶琴对着镜子笑了笑，她知道这是笑给杨景国看的。而且杨景国一定看得到。笑过后，瑶琴觉得河那边有阳光喷薄而出，照耀在杨景国的身上。

可是，瑶琴却下岗了。

二

瑶琴的妈妈原是小学老师，老早就退休了。早退休的人虽然早些日子享福，可是工资却比晚退休的人要少好多。瑶琴的爸爸长年在地质队工作。回来后，闲不住，就开了一爿书店。刚开始时，书店生意并不好，饱一顿饥一顿地勉强维持个温饱。瑶琴的妈加入后，就在店头一侧加了个偏屋，对外出租影碟。附近有所中专学校，学生们常来这里租碟，生意慢慢地就好了起来。瑶琴的妈妈便又把偏屋的碟架挪到了书店里，把偏屋隔成三个鸡笼大的小间。里面放上电视机和影碟机。每小间刚够坐两个人。用蓝花布幔隔断了外面的视线。这样，店里除了影碟可以出租外，这里还增加了看碟的包间。这一招，尤其受学生们欢迎。几乎每天晚上，都有成双成对的学生过来包间看碟。生意一下就火了起来。白天也有人来包间看碟片。看一张碟十块钱，不贵。就因为不贵，来的人才多。人换了机子却不歇，几年下来，VCD的机子都看坏了两台。

瑶琴很少回家。回去后看着年轻人搂着腰进她家的店子，她的眼睛就发酸。她想杨景国是最会搂人的了。杨景国用手臂搂着她逛街时，根本不用动嘴，她从腰上就知道他想要去哪里。她随着他手臂的感觉行动。杨景国想些什么会从他的手指一直传达到她的心里。这一切，前来看碟的男男女女们你们懂吗？

瑶琴下岗的第二天给她的母亲打了一个电话。母亲说你回来吧，厂里不需要你，可家里需要你。瑶琴被母亲的话温暖了一下。

瑶琴带着母亲的温暖在回家前先去了东郊松山上杨景国的墓地。因为心里头有一股温暖，所以这一回她没有哭。她像平素一样，把杨景国墓前的杂草清理了一下，将带上山的一把花插在水泥做的花瓶里。然后就蹲在杨景国墓前轻轻地问杨景国：我该怎么办？问完后，她没听到杨景国的回答，只有风声呜呜的。天凉了，瑶琴心知她不能哭。

瑶琴的妈力主瑶琴到店里来帮忙。瑶琴坚决不肯。瑶琴没说原因，她知道她可以做任何事情，却不可能留在家里看这个小店。有一回，瑶琴去书店取东西，随便走到偏屋，信手撩开了一张布幔，看到两个年轻人正拥在一起，一边吻着一边看碟。瑶琴看呆了，心里头抖得像被狂风吹着一样。杨景国当年拥抱她的感觉猛然一下又将她裹住。结果她什么东西都没拿，跑回家去哭了一场。

十年都过去了，时间是很长很长的，长得瑶琴已经三十八岁，眼见得就是进四十岁的人了。皱纹业已从她的心里一点点爬上了她的额。可是在瑶琴心里，更长更长的是她和景国在一起的四年多时间。那所有的一切都密密集集地潜伏在她内心褶皱中。

瑶琴拒绝在店里做。瑶琴的爸觉出了瑶琴的心事，便对瑶琴的妈说，就别为难她了，让孩子自己想做什么就做什么吧。说完，瑶琴的爸又说，找个男人成家吧。景国肯定愿意你早些有个家。你总得靠着个人生活吧？要不，你这样过，你以为景国会安心？

瑶琴默不作声。这些话，她爸以前也说过，她不愿意听。现在她听进去了。她知道，这件事迟早得来，既然下岗了，那就来吧。

瑶琴的妈见瑶琴的神色，知道她心里已经开了一条缝。因为十年来，只要有人劝瑶琴再找一个男人，瑶琴都会立即板下面孔，堆一脸恨色地骂人，就好像对方是来抢走她丈夫似的。有过这样几回，便没人再敢开口。瑶琴的妈知道，一个人的心一旦开了点小缝，就能有清新的风挤进去。可能只是几丝丝，但也足以能吹干心里面的霉斑，让霉斑的周围长出绿色来。瑶琴的妈在杨景国死去的这十年里，就这天才长长地舒了一口气。

从父母家回去，瑶琴的心一下子就平静了。这种平静，当然不是一种安宁愉快的平静，更有一些像是心如止水，就此罢休的平静。瑶琴第二天就去厂里办完所有的下岗手续。本来她想去厂长办公室道一声别，走到门口，见到厂长正和书记谈笑风生地议论什么出国的事，他们的笑声朗朗，令瑶琴心下一阵索然。她便又退了回去。瑶琴转到车间交出她的工具箱。车间主任要她跟班组的人打声招呼，她耳边突然响起厂长和书记的笑，于是她的心又一阵索然。瑶琴说算了吧，说完就自顾自地走了。她在这里干了二十年的活儿，走时却没有跟任何人道别一声。她心里很茫然，目光也很茫然。茫然得仿佛自己的周围是一片海，海面上升腾着雾气。车间里机器的响声和工友们遥望她的目光都溶在了这茫然一派雾气之中。

实际上班组的工友都看到了瑶琴，他们想叫她，可瑶琴的神情吓住了他们。他们眼睁睁地看着瑶琴走出车间。瑶琴的脚步显得那么无力，背影的晃动透出深深的疲惫和哀怨。于是，落在那背影上的目光都含有几分怅然和无奈。瑶琴就在这样的目光下隐没了。

瑶琴回到家，三天没出门。她用这三天的时间，把屋里的家具重新摆布了一遍。她也不知道自己为什么要做这些。她只是因为自己不做点什么就会闷死和愁死。第四天家里的事都干完了，瑶琴就不知道自己应该再干什么了。她便躺在床上，觉得屋里没有活动的东西，空气都仿佛凝固着，把她和房间凝固成一个整体。

瑶琴想，就这么躺着吧。什么都不去想，连杨景国也不想了。

三

傍晚的时候，瑶琴的妈敲开了瑶琴的门。瑶琴懒懒地从床上爬起来。头发凌乱，面带倦容。瑶琴的妈惊叫着说，我的天我的闺女，你这是怎么回事？瑶琴说没什么事，我就是睡得好累。瑶琴的妈说那就起来休息休息吧。

瑶琴的妈喝了一杯水，看着瑶琴梳头洗脸，换上了衣服，方说五中的校长是她的老朋友，也退休了，今天过生日，邀了他们几个退休的校长聚会吃饭，讲了一些闲话。五中的校长说起他们学校有个化学老师，姓陈，人品特别好。老婆瘫在床上九年多，他一直尽心照顾。电视台都报道过他的事迹。半年前，他老婆死了，大家都在张罗着帮他找对象。五中的校长说这样的男人，心善，在而今是太难得了。瑶琴的妈当时就说，像她家的瑶琴，忠诚又痴情，爱一个人就爱到底，也是难得的。旁的校长们就都说，要是把瑶琴介绍给陈老师，真可以说是绝配。这一说，大家都觉得合适。瑶琴的妈说，那个陈老师没有孩子。刚满四十二岁，大你四岁，年龄也相当。五中的校长吃完饭，回去就找了他。陈老师觉得瑶琴的条件很合适，表示愿意见面。现在就看瑶琴的了。

瑶琴的心咚咚地跳了起来。虽说心里已经开了缝，可来真格的时，眼里又满是杨景国的影子在晃。那影子不管不顾地挤压着她，顺着她的毛孔往她身体内直钻，瞬间就进入她的心里，把那里所有的空间全部占满。就连那条打开的缝，也再次被堵了起来。瑶琴说，妈，算了吧，我不想找人。瑶琴的妈急了，说上回不是想通了吗？你这年龄也不好找人了。人家陈老师也是大学毕业生，一表人才，没准就是老天安排他来替代景国的呢？

瑶琴坐在椅上不出声。她觉得这个人各方面条件是还不错，比以往人们向她推出的都要强，可是她心里还是抗拒着。瑶琴说我没有准备，我不想，他有过老婆，他伺候她近十年没有怨言，他一定很爱她，我不想插进去，我不可能找这样的人。他不可能替代景国。瑶琴有些语无伦次。

瑶琴的妈不悦了，嘀嘀咕咕地指责着瑶琴。说得激动时还站起来。瑶琴听不清她说些什么。她自顾自地在心里对站在那里的杨景国说，你想让我去跟那个男人吗？

瑶琴妈说了半天，见瑶琴神情恍惚，终于不嘀咕了。她长叹一口气说，我白忙了一场，还以为这个人你肯定会同意哩。我想景国是车祸死的，他的老婆也是因为车祸受的伤，你们俩肯定会心息相通的。

瑶琴怔了怔，说，他的老婆也是车祸？瑶琴的妈说，是呀，车祸过后就瘫痪了，光会吃喝屙，不能动也不会说话。你说，他受的是什么罪？比你还苦。他真是应该找个好人，舒服地过过日子呀。

瑶琴想起杨景国车祸时的场面，同时也想起摔在杨景国身边的那个女人。还想起了在她搂着杨景国痛哭的时候,一个男人抱着那女人惨烈地嚎着。瑶琴想到那残酷的场面,就轻声对她妈说了一句,好吧,那就见一面吧。

  见面的地点是五中校长安排的,是在一个酒吧。酒吧的名字叫做"雕刻时光"。五中的校长说年轻人都喜欢泡吧,那里面有情调。瑶琴的妈说他们两个已经不年轻了。五中的校长说,让他们谈恋爱,就是要他们再年轻一回。瑶琴的妈觉得五中的校长说得对。
  瑶琴穿了一身连衣裙,裙子外套了一件白色的羊绒外套。瑶琴虽然不是特别情愿这次的见面,可她还是精心地打扮了自己。瑶琴没有化妆,但她在见面前去美容店洗了面。洗面时,修了眉毛和指甲。所以,瑶琴虽然素面朝天,可是看上去仍然显得光彩照人。
  瑶琴随在母亲的身后走进"雕刻时光"。五中的校长和她身边的那个男人都情不自禁地站了起来。瑶琴看着酒吧的名字一直在想,时光是可以雕刻的么?如果可以雕刻,那又是用什么来雕刻呢?是用我们自己有起伏有曲折的人生吗?想着时,就听到五中的校长惊叹道,想不到瑶琴这么年轻呀,看上去好像三十岁还不到哩。又听到瑶琴的妈说,是呀,我家瑶琴从小就长得漂亮,从来就不显年龄。
  五中的校长和瑶琴的妈寒暄了几句后,就说他们不习惯酒吧，要到马路对面去喝茶，叫瑶琴和陈老师自己在这里聊。说着也不等瑶琴和那个陈老师同意，就自顾自地走了。

酒吧里正放着伤感的音乐。酒吧有时候就是让人来伤感的。伤感一阵后，喧嚣的心就会静一阵子。瑶琴被酒吧的音乐包围着。音乐渗进瑶琴的心里，就像海水渗进有裂缝的船舱里一样，一点一点地上升。一曲未了，瑶琴就被这伤感呛着了鼻子，倦意也由此而起，越来越浓。她坐了下来，低着头，不看坐在她对面的陈老师，也不说话，脸上的表情怏怏的，所有的不情愿都摆在了上面。瑶琴始终都没有看清对面的这位陈老师是什么样的。她的印象里只留有他跟五中校长和瑶琴的妈说话的声音。那声音很细，细得像是用完了的牙膏被人硬挤着。这是和杨景国完全不同的声音。杨景国的声音浑厚而温柔，一开口，就会让瑶琴激动。杨景国的卡拉OK唱得好极了，而对面的这个陌生的陈老师却是那样细声细气，听起来就不舒服。瑶琴多想了一会儿，就觉得乏味透了，可是她又不知道应该用怎样的方式离开这里，于是就这么干坐着。

对面的细声音终于先开了口。他说我叫陈福民。瑶琴微微地点了一下头。他又说，我不知道你这么年轻漂亮。如果我先知道这个，我就不会有勇气来见面了。瑶琴勉强地笑了笑。他又说，如果你觉得我不理想，也没关系。如果你现在就想离开，那就离开。我不会介意的。这样的事是需要缘分的，强求对谁都不好。

瑶琴突然就觉得这个细细的声音不是她想象中的那么讨厌。

她抬起了头，望着他笑了一笑说，谢谢你。然后她就站起来，离开座位。走了几步，瑶琴觉得自己似乎太没礼貌，便又回过头来，朝他示意了一下。瑶琴再转身时，脑子里恍惚就有了这个人的印象。他的面色很苍白，人很瘦，头发长长的。他的眼睛很大，里面装满着惊愕。瑶琴想，哦，这个人叫陈福民。

瑶琴走出了酒吧，长吐了一口气。街上的阳光很明亮。街景也很艳丽。广告的小旗子在风中哗啦啦地响着。来来往往的男女们脸上都挂着笑。还有人隔着街高声说话。精品店里的音乐从花招各式的门中窜出，一派嘹亮地唱着，把一条街都唱通了。

世界真的是好灿烂。瑶琴站在路边想过马路。流水一样的车，一辆接着一辆。瑶琴无法插过。就站在那里看车，也看整个的街景。看着看着，瑶琴就觉出了自己的孤独。孤独很深，深在骨头里。那里面空空荡荡，叫喊一声就会有回音。回音会撞击得骨头疼。这疼楚瞬间就能辐射到全身。

瑶琴觉得自己好累呵，她情不自禁地倚在路边的电线杆上。有人对她说话，你还好吧。声音细细的。瑶琴听出这是陈福民。瑶琴说，我没事，我要过马路搭车。陈福民说，我也是。瑶琴就没话讲了。她只是望着马路上一辆接着一辆的车，眼睛一眨也不眨。她的脖子有些僵。陈福民说，这里的车总是很多，前面有座天桥，从那里走安全些。瑶琴望了他一眼。陈福民说，我带你走过去。

瑶琴不知不觉地就跟着他一起走了。天桥就在前面十几米远的地方。两人一路无语,上了天桥,陈福民才说,我要是骑自行车走近路,几分钟就到了。可是,自从出过车祸后,我就再也不敢骑车了。瑶琴心里咯噔了一下说,我也是。陈福民说,所以还是小心一点好。有天桥的地方就尽量过天桥,不要为了抢时间去横穿马路。时间是抢不完的。瑶琴说,是呀,我也是这样想了的。

　　对面有几个孩子冲跑过来,瑶琴让了一下,肩头不觉碰着了陈福民的胳膊。一股男人的气息扑到瑶琴脸上。瑶琴已经好久没有这么近距离地跟一个男人在一起走路或是说话了。她心里不觉跳动得有些厉害。

　　下了桥,瑶琴的车站先到。陈福民说,能不能留个电话给我?瑶琴犹豫了一下,还是点了头。瑶琴想送牛奶的、送饮用水的、送煤气的都有她的电话,给他一个又算什么。瑶琴在陈福民掏出的笔记本上写下了自己的电话号码。等瑶琴写完,陈福民在一页空白纸上也写下了一个他的电话。陈福民撕下那张纸,递给瑶琴,说,这是我的电话。瑶琴并不想要他的电话,可见他已经递了上来,也不好意思推掉,就只好接了过来。瑶琴看到上面不光有办公室和家里的电话,就连手机号码也写在了上面。

　　瑶琴等的车哐哐当当地过来了,瑶琴客气地同陈福民说了声再见,就上了车。陈福民一直站在车站望着瑶琴的车开走。车上的瑶琴见他呆站在那里的样子,突然觉得好熟悉好温暖。瑶琴想,他站在车站的姿势怎么这么像杨景国呢?

晚上洗澡时，瑶琴摸了一下裙子的口袋。她摸出了那张写着电话号码的纸条。脑子里浮出陈福民站在车站的样子和他细细的声音。瑶琴笑了笑，把纸条一揉，扔进了马桶里。纸团在马桶里漂浮着，瑶琴按了下马桶的按钮，哗的一下，就把它冲没了。瑶琴想，到此结束。

四

瑶琴的妈第二天把瑶琴叫到了家里，一边给她盛排骨汤一面痛骂了她一顿。瑶琴的爸也长吁短叹的。他们都认为是瑶琴的命不好，找到一个好男人，结果他死了。现在又遇上一个好男人，却又把他放过去了。瑶琴的爸说，这个陈老师比杨景国更合适做丈夫哩。对家庭那么负责，对老婆那么好，到哪里去找到哪里去找呀。瑶琴不做声，随他们去说。

新闻播完了。瑶琴的妈要看电视连续剧。电视里正热播《情深深雨蒙蒙》。瑶琴的妈每回看时手上都捏着条手绢。里面的人一掉泪，她的眼泪就跟着稀里哗啦往下流。看时还说，要是年轻几十岁，一定要去谈一场惊心动魄死去活来的恋爱。说得瑶琴的爸只朝她翻白眼，牢骚她退休退成了弱智。

瑶琴从来不看爱情片。对她妈那番发自肺腑的话也觉得可笑。瑶琴想，这样的爱情故事她和杨景国已经演过了。惊心了，却也散了魄。死去了，却没有活过来。还有什么好演的。做个看客倒也罢了，可真轮到自己，那会是有意思的事么？痛都痛不过来。有了这份痛，她这辈子再也不想要爱情这东西。

不要爱情的瑶琴在母亲看爱情剧时悄然离去。

瑶琴走到家门口时，天已经黑透。街上的灯光落在她楼门前的空地上。月色也溶在其中，有点亮亮的感觉。有一个小小的花坛，红色的月季花正开着。有人坐在花坛边，只一个人，加上一粒火星。吐出的烟雾在他的脸面游动着，烟雾后的那个人因了这一粒火星就显得有些孤寂。瑶琴从他的面前走了过去。那个人站了起来，细细地问了一声，是瑶琴吗？

瑶琴听出这是陈福民的声音。她有些讶异，心也突突地跳起来。陈福民见瑶琴的神色，有些不好意思。陈福民说他是从老校长那里要了她的住址。他不知道为什么，就是想见见瑶琴。虽然他只见过瑶琴一面，可是心里总是有一种亲近感。跟别人一直没这种感觉。陈福民说着又解释，前一阵老有人给他介绍对象，他心里总是别别扭扭的。可这回，瑶琴没有给他任何别扭的感觉，反而让他感到激动。他不知道这份激动为何而来，他就是想再见见瑶琴。瑶琴一直没有说话，而陈福民则一直说着。

宿舍里有人从他们身边走过。都是一个厂里的人。都知道瑶琴的故事。见瑶琴跟一个男人谈着什么，忍不住就会多看几眼。瑶琴架不住这些眼光，就打断了陈福民的话。瑶琴说，上我家去吧。

陈福民立即闭上了嘴，跟在瑶琴的身后，进了瑶琴的家门。

陈福民一进瑶琴的家,眼睛就亮了。亮过后,又黯然起来。瑶琴因为一个人生活,家境也不错。客厅里布置得漂漂亮亮,门窗桌椅都一尘不染。陈福民想,如果能生活在这样的环境中,该是多么舒服呵。这样想着,他在瑶琴的示意下坐在沙发上时,情不自禁地叹了一口气。

瑶琴说,为什么叹气呢?我家里不好吗?陈福民说,怎么会?我叹气是想到我那里。跟你这儿比,一个是天堂,一个是地狱。瑶琴说,太夸张了吧。陈福民说,这么说好像是夸张了一点,换一个说法吧。你这里是花园,我那里是个垃圾站。瑶琴说,还是夸张。你们知识分子最喜欢夸张。陈福民说你不信?哪天你去看看就晓得了。瑶琴没做声,心道,我上你那儿看什么看。

两人一时无话。瑶琴只好打开电视,电视里正播着"同一首歌"的演唱会。老牌的歌星张行正唱着一支老歌。走过春天,走过我自己……陈福民听了就跟着张行的旋律吹起了口哨。他的口哨吹得很好,委委婉婉的。张行把他的那支歌唱得很热闹,满场都是声音。可是坐在瑶琴沙发上的陈福民却将那支歌吹得好是单调,单调得充满忧伤。瑶琴静静地听他吹,倒没有听电视里的张行唱。瑶琴想,我怎么啦?我竟然留他在家里坐?还听他吹口哨?

一直到这支歌完,瑶琴才说,想不到你还有这一手。陈福民说,我就只有这一手。而且这支歌吹得最好,刚好给了我一个机会亮出来了。瑶琴笑了笑，说，这么巧。陈福民说，是呀，有时候这世上经常会有些事巧得令人不敢相信。瑶琴说，是吗？反正我没遇到过。陈福民笑了，说其实我也没有遇到过，书上喜欢这么说，我就照着它说。瑶琴说，我读的书很少。所以就当了工人。陈福民说，其实读多了书和读少了书也没什么差别，就看自己怎么过。瑶琴说，怎么会没差别，如果我上了大学，我就不会下岗。陈福民说，我读了大学，也没有下岗，可我的日子不也是过得一团糟？所以我说怎么过全在自己。文化其实决定不了什么。瑶琴觉得他的话没什么道理，可是却想不出有道理的话来驳他。杨景国一直对瑶琴说，一个人读不读大学是完全不同的。像他这样的农村孩子，只有上大学才能彻底改变自己的命运。瑶琴刚想把杨景国的话说出来，可是一转念，她又想他改变了命运又怎么样呢？人却死掉了。如果还在乡下，却肯定还活着。瑶琴想完后，觉得这也不太对。如果在乡下那样活着，什么世面也没有见过，岂不是跟没活过一样？还不如早死了好。所以还是要改变命运。这么颠来倒去地想了几遭，瑶琴自己就有些糊涂了，不知道究竟是上大学改变命运好还是不改变命运好。

陈福民见瑶琴在那里呆想，神情也有些恍惚，以为瑶琴不高兴了。他想自己的行为可能有些过分。事情得慢慢来，不能让瑶琴一开始就烦他，一下子走得太远反而不好。想过后，陈福民便站起了身，有些愧疚地说，不好意思，这么唐突地跑到你这里来。其实我就是太寂寞了，想找一个人说说话。跟别人说不到一起去，可是见了你，总觉得有一种亲近感，也许是你我的命运太相同了的缘故吧。陈福民说着便往大门走去。

瑶琴也站了起来。瑶琴觉得陈福民虽然还是那副细嗓子，可是话说得却十分诚恳，心里有些感动，也有些温暖。瑶琴想自己其实也是很寂寞很想找个人说说话的。陈福民也还不讨厌，何况他的口哨吹得那么好听。家里有了这样的声音，一下子就有了情调。

瑶琴跟在陈福民身后，送他到门口。她没有留他多坐一会儿的意思。陈福民正欲开门，突然又转过身来，说，我给你打电话，你不会嫌烦吧？瑶琴是紧跟在陈福民身后的，当他转过身来时，两人一下子变成了面对面，而且很近，瑶琴已经感觉到了他的鼻息。这鼻息散发着一股浓烈的男人气息，瑶琴有些晕。她几乎没有听清陈福民说了些什么。

陈福民也没有料到自己转过身来会这样近距离地面对瑶琴。女人身体的芬芳一下子袭击了他。他激动得不能自制，情不自禁地一把就拥住了瑶琴。瑶琴慌乱地挣扎了几下。可是她很快就陶醉在这拥抱中。瑶琴全身心都软了下来。她把头埋在了陈福民胸前。陈福民欣喜若狂，他把瑶琴搂得紧紧的，他的手不停地抚摸着她的头和肩，他的脸颊紧贴着瑶琴的脸颊。他浑身都颤抖着。瑶琴也是一样。两个人也不知道拥抱了多久。陈福民终于寻找到了瑶琴的嘴唇。瑶琴的唇像炭一样通红而滚烫。陈福民一触到它，全身就燃烧了起来。

瑶琴在那一刻明白了一个问题。她可能不再需要爱情，可是她还需要别的东西。那东西一直潜伏在她的身体里，不是由她控制的——那就是她的情欲。这头野兽关押了十年，潜伏了十年，现在它要发威了。瑶琴想，由你去吧，让你自由吧。

陈福民离开瑶琴家时已是夜里十二点了。陈福民明天有课，他必须赶回去学校。陈福民说，我还能再来吗？瑶琴反问了他一句，你说呢？

陈福民明白了瑶琴的意思。

五

这天是阴天。天色暗暗的，看上去要下雨了。瑶琴想起昨天和陈福民在床上的事，心里好内疚，又好委屈。于是尽管天气不好，她还是早早地上了东郊的松山。这天不是上坟的时日，但瑶琴还是带了花。走到山下，瑶琴又在小店里买了一把香。香点着时，天开始下起了小雨。瑶琴有伞，她担心那几炷燃着的香会被雨水浇湿，便蹲下身子，撑着伞护着它们。青烟在伞下萦绕着。雨水把瑶琴的背上全都打湿了。

一直到燃着的香全都成了灰，瑶琴才说，景国，我好寂寞。他叫陈福民。你觉得我跟他来往行吗？你要有话，就托个梦给我。我全听你的。

瑶琴还没到家就开始连连地打喷嚏。回到家里，她赶紧给自己煮了碗姜汤。瑶琴知道她现在是生不起病的。医院很黑，即使是小病，到了医院也至少得花上半个月的工资。她不想把她的钱都变成医生们的奖金。喝过姜汤，瑶琴就盖着被子躺在了床上。虽然只是小憩，但她却做了梦。瑶琴梦见杨景国在一团水雾中冲着她笑。他的笑容十分灿烂。瑶琴很高兴，大声地叫着他，结果就醒了。瑶琴想，这么说杨景国是很赞成她跟陈福民在一起了？

雨到了傍晚，下得更大了。雨点子砸在窗子上，更有一种空寂。瑶琴躺在床上，懒得起来。反正起来也是一个人，躺着也是一个人。整个下午没有动，也不会觉得太饿。不如就这样躺着吧。床上的瑶琴，毫无睡意，可也不想起来，便睁着眼睛四下里看。窗外的亮色渐次地灰了下去。在灰得近乎黑色时，瞬间又增加了一层亮，那是带点橘红色的光亮。瑶琴知道，这是路灯开了。

这时候竟然有人敲响了她家的门。瑶琴有些惊异，因为她的家门在路灯亮过之后许多年里都无人敲响。瑶琴说，谁呀。外面的声音说，是我。声音是细细的，瑶琴听出了那是陈福民。瑶琴犹豫了一下，想说已经睡下了，可忽然间又想起杨景国灿烂的笑容，就说，稍等一下。瑶琴以极快的速度从柜子里抽出她的一件大V领的羊毛衫。她把羊毛衫空穿在身上。又跑到卫生间将头发随意地挽成了一个发髻，前面的头发短了一点，挽不进去，落在了鬓前，倒也另有一番味道。洗脸化妆已经来不及了，她便只用湿毛巾将脸润了一下，抹了点保湿的油。这时她才去开门。

陈福民一只手上拎了一堆菜，一只手上拿着一把伞。他进了门先放伞，放好伞方说，不好意思，又是突然袭击。我看今天下雨，觉得你一定不会出门。又想你如果不出门，吃什么呢？这一想，就跑来了。瑶琴说，其实我出了门的。陈福民看了看手上的菜说，看来我猜错了。瑶琴说，也不算太错，我出了门，可是没有买菜。陈福民高兴起来，说太好了。瑶琴说，但是我已经睡觉了。陈福民就有些诧异了，说怎么现在就睡呢？瑶琴说我常常吃过中饭就睡觉，一直睡到第二天。陈福民说，这样的睡法还头一回听说，不晓得这是富人的睡法还是穷人的睡法。瑶琴说，是闲人的睡法。陈福民说，不管是什么人的睡法，总归一般人享受不到。瑶琴还想说什么。陈福民阻止了她。陈福民说，还有，不管是什么样的享受，总归也没有吃饭。瑶琴这时笑了，说的确没有。陈福民说，这又给了我露一手的机会。陈福民说话间便进到厨房。他把菜拿到案板上，对瑶琴说，你去看看电视吧。一小时内，就有饭吃了。

瑶琴默然几秒钟，听从了他的话。瑶琴打开了电视，脱了鞋，两腿一曲，蜷坐在了沙发上。陈福民从厨房里扭头看了看她，然后说，对了，这样最好，这是我最向往的一种家庭景致。世界上什么最美？就是生活中这种随意和安宁最美。这种美丽中有一种温暖和平静，这是我最欣赏的境界。瑶琴对陈福民的话有些感动，但她没说什么。

陈福民的厨艺十分不错。他一下就弄出了三菜一汤。荤素和色彩搭配得都很好。味道也很对瑶琴的胃口。陈福民说怎么样？喜欢吃吗？瑶琴说很好呀，好久没有吃到这样的家常菜了。你怎么练出的这一手？陈福民脸上暗了一下，但还是朗朗地说了，陈福民说，十年了嘛，一个博士也读出来了。瑶琴看到了他在瞬间的暗色。瑶琴说，你过得很苦？陈福民笑笑说，也没什么。深刻地苦过一场后，对舒服的生活就会有更深切的幸福感。而且会将所有的日常生活当成一种享受。瑶琴说是吗？我体会不到这些。

吃过饭，陈福民抢着把碗洗了。瑶琴觉得他忙完这一切后，又会像昨天一样坐下来说话，或是趁机跟她亲热一番。瑶琴一预测到这一点，莫名地就生出排斥感。她看着陈福民揩着手，心里编排着如何拒绝陈福民。瑶琴想，你这么做，不就是想要这个么？

陈福民关上厨房的灯后，走到客厅里，却没有坐下。他脸上露出一点愧疚，说，瑶琴，我得马上赶回家。今天学生测验的卷子，我得连夜改出来。明天得发下去。我明天再来，好不好？我做的菜好像蛮对你的味口，明天还是我来给你做晚餐，好不好？

陈福民的话完全在瑶琴的预测之外。瑶琴想好的话一句都没有用。临时又想不起别的，瑶琴只好说，好吧。明天你别带菜，我买回来。陈福民说，那也好。这我就可以早点来。陈福民说着就开门出去。瑶琴依然跟在他的身后。这回他在开门时没有转身。他一直走到了门外，才回身对门内的瑶琴一笑，说，瑶琴，做个好梦。然后就下楼，消失在楼道拐弯处，最后连脚步的声音都没有了。

　　瑶琴一直倚在门口，看着人影消失，听着脚步远去。她心里有一点点怅然。

六

　　瑶琴就这样与陈福民开始了恋爱。

　　陈福民几乎每天都到瑶琴那里去。他们的生活很单调，瑶琴负责买菜，陈福民去了就下厨。吃饭时，陈福民喜欢喝点啤酒，瑶琴每回就给他备上几瓶。饭后洗碗开始是陈福民，但交往久了，瑶琴不好意思，抢着自己洗碗。抢了一回后，碗就由瑶琴洗了。然后他们坐在一起看电视。陈福民喜欢看体育节目，瑶琴也就随着他看。瑶琴对电视节目要求不高，她只要里面有人说话有人在动着，就行了。这也是她一个人生活时养成的毛病。电视是看不完的，所以，常常陈福民看不多久就眼巴巴地望着瑶琴。瑶琴明白他的意思，他想要上床了。瑶琴自己也想，于是两人就上床。到了十点半，陈福民必须得爬起来，他要赶末班车回学校。因为瑶琴的家离陈福民的学校太远，陈福民担心早上赶不及会迟到。陈福民说当教师的迟到，就跟工厂出事故是一样的。瑶琴知道出事故的后果，所以，也不敢留他过长夜。就是星期六，陈福民也得赶回去。陈福民教的是毕业班。毕业班就意味着没有休息时间，无论老师还是学生。

有几回天气凉爽舒服，陈福民想要拉瑶琴一起到江边散步，瑶琴却不愿意，说是怕熟人看到。陈福民说迟早不都会让人看到的？瑶琴说能迟就迟一点。陈福民对这件事多少有些不悦。陈福民说，你是不是觉得我有些拿不出手？瑶琴笑笑道，哪里呀。瑶琴不肯出门，陈福民也没有办法。陈福民觉得在这一点上他没法理解瑶琴。陈福民想人生应该有一点情调，要不回忆起来都没什么趣味。

有一天陈福民开会，打电话说不能到瑶琴家。瑶琴不知怎么听罢竟是觉得心头一松。这天她没做晚饭，只是削了个平果，喝了一杯酸奶。无油无盐的晚餐曾经让她心烦意乱，这一刻吃起来竟是有了一种怀旧的感觉。其实从陈福民第一天拎着菜走进她家开始，满打满算也不足三个月。

没有人打扰的黄昏，竟是另有味道。瑶琴想这是给我的杨景国留的呀。想着她便套了双休闲鞋，独自踱到了江边。瑶琴想真的是好久没来这里走走了。江边有一块石头，以前瑶琴和杨景国每回散步到这里，杨景国总是说别把自己走得太累，坐一会儿。说时还把自己的手绢垫在石头上，让瑶琴好坐。

现在瑶琴也走到了这里，她刚想坐下，可是突然发现没有手绢。这块石头上没有杨景国的手绢又怎么能坐呢？十年过去了，石头的样子一点也没有变，可是杨景国和他的手绢却永远不会再出现了。瑶琴想想就又伤感起来。

天上的星星疏疏朗朗的。江水和夜色一起无声地向下流着。

沿江的小路经过修整，变得整洁干净起来。路边种了花，花在路灯下开放着，色泽与阳光下不同，从某一个角度看上去，还有一点点诡谲。瑶琴想起陈福民想要与她出来散步的话。瑶琴想，我怎么会跟你到这里来散步呢？这是我和杨景国的路哩。我带你来走了，杨景国怎么办？亏你想得出来。瑶琴想时，心里竟是有些愤愤的。

回到家，瑶琴便睡了。睡前她以为她会有梦的，结果却没有。在梦里瑶琴有些怅惘，她站在水雾弥漫的河边，大声说，你怎么不来呢？

陈福民放暑假了，拖着瑶琴一起到庐山玩了一趟。陈福民去过庐山，他本来想去黄山的，可是瑶琴却不肯去黄山。黄山是她和杨景国一起去过的地方。瑶琴想去张家界，但陈福民不肯去。陈福民没说原因，瑶琴也没问。因为瑶琴想陈福民多半是跟她老婆一起去过那里。最后他们决定去庐山。瑶琴和陈福民住在一幢老别墅中。服务员告诉他们这幢老别墅以前是汪精卫的。陈福民私下便笑道，怎么住进了汉奸的家里呢？

庐山是一个最方便谈恋爱的地方。山谷到了晚上，静静的，只听得到流水和风声。陈福民胆子很大，拖着瑶琴从东谷到西谷地乱窜。陈福民喜欢看山谷里老别墅老式的回廊和方格窗。山里树多，蚊虫也多。陈福民不喜欢在有蚊虫的地方多站，可是他又特别想在露天下热吻瑶琴。所以，常常都是走到了一座桥上，或是在马路明亮的灯下，陈福民会突然袭击，一把抱住瑶琴，不管不顾地就吻起来。陈福民满身都是热情，但瑶琴却不。瑶琴觉得自己已经过了有热情的时代。瑶琴心如止水地过了十年。她想要让心激荡起来不是一件很容易的事。瑶琴甚至不明白陈福民的这份热情从何而来。瑶琴想，难道他没有死过老婆么？如果死过，他怎么还能这样快乐？他在快乐时就不会想到死去的爱人？他心里难道一点阴影都没有？瑶琴的疑问有许多。她总想问问，但始终没有问。她把想的这些压在心里，压得多了，便渐渐地浓缩起来，浓缩久了，有了些硬度，不知不觉间，就成了石头一样的东西。陈福民天天抚摸着瑶琴，却从来也没有抚摸到压在瑶琴心头上的这块石头。

住在老旧的房子里，瑶琴有时会夜半醒来。醒来后就睡不着，听着山谷蜿转而来的水声和风声，感受着耳边陈福民的气息，瑶琴蓦然间就会有两行清泪流淌出来。她知道自己是为什么，因为睡在她身边的这个人，每天搂着她吻她抚摸她的这个人，夜夜把鼻息吹得她满脸的这个人，并不是她最想要的。而她想要的人却永远不会再出现了。一切都是命中注定。她在有点潮湿的床上辗转反侧，全身难以安宁。她已经没有力气与这个注定的命运抗争了。杨景国今生今世都不会再来。她想不认命也是不行的。只是，瑶琴想，认命竟也不是件轻松的事呵。

从庐山回来，陈福民也闲下了。他索性就住在了瑶琴家里。瑶琴的妈看不惯他们就这样住在一起。瑶琴的父亲也觉得没道德的事是年轻人做的,你们俩快中年人了,怎么也这样没规没矩?于是瑶琴的妈和瑶琴的爸联合起来,坚决要求瑶琴和陈福民去打结婚证。陈福民说我无所谓,就看瑶琴的意思。瑶琴却犹豫。瑶琴不知道自己在犹豫些什么。她觉得按理是应该打结婚证了,可是每一想到真的要这样,她的心就又抖得厉害。结婚证本来是她和杨景国一起去打的,怎么能轻易地变成这个叫陈福民的人呢?

瑶琴的妈和瑶琴的爸好言好语说过后,见瑶琴不听,便有些不悦。说你们不要脸,我们做你爹妈的人还要脸哩。话说得有些难听,瑶琴也不高兴了。瑶琴的妈就说,如果你不想听更难听的话,你就赶紧把结婚证拿了。拿了证,合了法,你什么时候办酒席我们都不管。

瑶琴问陈福民,你到底怎么想?陈福民说,我真的无所谓。我完全尊重你的意见。你我二人,有了爱情,也不在乎什么证不证的。瑶琴说,我们两个有爱情么?陈福民反问了一句:难道你觉得没有吗?瑶琴没有做声。瑶琴想,我要是跟你有爱情,那我的杨景国往哪放?陈福民见她没有回答,又说,没有爱情,你又留我在你这里干什么?

瑶琴眼睛望着窗外,还是没有回答。瑶琴想,我不需要爱情。我留你,是我需要一个伴,我需要人帮忙。要不,我要你?我有杨景国就足够了。陈福民得不到回答,满脸不快,说,也可能你不需要爱情,但是我需要。说完就走了。瑶琴听到他关门的声音,又听到他脚步咚咚地下楼。

门声和脚步声都生着气。这生气的音响让瑶琴一夜没有睡着。

第二天瑶琴便又去了东郊的松山上。杨景国的墓还是老样子。与别人的混在一起，并不很孤独。瑶琴默然蹲下来，望着墓上那些熟悉得不能再熟悉的字，和周边熟悉得不能再熟悉的草木，心里说，你说呢？我要不要去领证？瑶琴的腿蹲酸了，她站起来，满山排列齐整的墓碑和小路上疯长的青草都在眼皮底下，瑶琴长吐了一口气，细细地把杨景国的墓边杂草清理了一遍。心想，就这样吧。

七

瑶琴和陈福民决定国庆节前就办证。然后利用国庆的长假度蜜月。瑶琴的妈一听这消息，脸上立即就开了花似的笑起来。虽然女儿大了，可毕竟女儿是出嫁。而且经历了这么多年的孤独和痛苦，也算是有了一个归宿。她必须好好办一场酒席。酒席钱本该由陈福民出的，陈福民说如果要重新装过房子，再添上些新家具，他再也拿不出那么多钱来。瑶琴的妈也就挥挥手表示算了。这钱由她自己来出。

9月开学了。陈福民开始上高一的课。跟高三的时候比，要轻松很多。陈福民当做好消息一样告诉瑶琴，说他起码在星期五和星期六的晚上，可以跟瑶琴在一起。瑶琴却并无惊喜感，只表示随他的便。

开学第一天，天色已经很晚了，陈福民却没有来。瑶琴在等的时候，把菜洗好了，陈福民还没有回。瑶琴只好又煮上了饭，饭也熟了，陈福民依然未到。瑶琴有些饿，可是她不想自己炒菜。因为陈福民做的菜比她做的好吃，再加上她刚洗过头，她担心炒菜的油烟会熏了头发。瑶琴耐下性子，闷坐在沙发上。

天已经黑透了，有人敲门。瑶琴想你总算来了。瑶琴冲到门口，猛然拉开门，刚想牢骚一句，可是门口站着的人却让她发呆。这是新容。

瑶琴呆了一会儿，方说，怎么是你。新容说，怎么不是我？你在等别人？是不是张三勇？瑶琴怔了怔说，张三勇？张三勇怎么会来找我？新容哦了一声。瑶琴说你找我有事？新容说，是呀，你让我到屋里说吧。瑶琴一百个不情愿地让新容进屋坐下，她浑身不安，生怕陈福民回来会叫新容撞见。

新容说，好久不见了，我怕你不高兴，我不敢来。瑶琴说，我有什么不高兴？下岗了，不上班了，也不用累，在家养着，一样过日子。新容说，你别这么说嘛。瑶琴说，你不是说你这回肯定会下岗的吗？新容说，原先是有我的，可我妈……她有一天突然发现我表舅跟厂长以前是同学，就托了表舅……当然，也送了些钱……瑶琴说，原来是这样啊。瑶琴的话里就多了一点鄙夷。新容说，瑶琴，你别这样，你知道我爸瘫在床上，这也是没办法呀。我告诉你是因为你是我的好朋友呀。新容露一脸可怜巴巴的神情，瑶琴心软了，暗道是呀，我是新容的好朋友呢。杨景国刚死的时候，新容一直陪着她，照顾她，为她流的眼泪也不老少了。她下岗了，新容没下，她怎么能对新容不满意呢。这么想过，瑶琴的脸色展开了。瑶琴说，是我太小气了，新容你别怪我。新容脸上浮出了笑意，新容说，我怎么会怪你呢我怎么会怪你呢？

瑶琴面对着新容，心里终于回到了以前两人相对而坐的状态。瑶琴扯了扯新容的裙子说，你这条裙子真不错，难得现在你会买东西了。新容说是呀，大家都说好看哩。你晓得我是怎么买的吗？有一天我在街上跟张三勇碰到了，就站在精品店门口说话。说着说着，张三勇指着模特身上的裙子说，这种颜色和款式的裙子瑶琴最喜欢了。我当时身上没钱，第二天就跑去买了。张三勇说得真没错哩。瑶琴听新容喋喋的声音，恍然忆起她最初的男朋友张三勇。瑶琴说，张三勇现在过得怎么样？他的小孩已经上学了吧。新容说上小学二年级了。不过，他现在已经……离了。瑶琴有些惊异，是吗？新容说，小孩子判给了女方。那女人真不是东西。下岗后，开了个小店，就跟隔壁一家开店的人好上了。张三勇最怕当乌龟，结果还是当了个乌龟。气得他砸了两个店，打趴了那个男人。一个月就办下了离婚。瑶琴"啊"了一声。她脑子里立即浮出张三勇砸店打人时的姿势。心想，他还是老样子呀。

新容望着瑶琴，仿佛在等她说点什么。瑶琴却没有说。新容脸上显示出一点点失望。新容说，你一点都不想晓得他现在在怎么过？瑶琴说，我晓不晓得又有什么关系。新容说，可张三勇还是很关心你呀。瑶琴说，他关不关心我也没有什么用。新容说，张三勇他想来看你。新容说完有点像做亏心事一样，小心地望了望瑶琴，又慌忙将自己的目光避开。瑶琴有几分讶异。瑶琴说，你今天突然来，就是来看看我吗？新容低下了头。新容说，是张三勇，他天天求我来找你，他想跟你重新好，不知道你可不可以。

　　一幅被瑶琴复制过很多次很多次的画面立即展示在瑶琴的眼边：张三勇的拳头打在杨景国的脸上，杨景国的眼镜碎了，眼角青了，血在脸上流出一道道的痕迹。瑶琴说，不可以，根本就不可以。他不想想他把景国打成了什么样子。瑶琴的声音有些激动，就仿佛张三勇拳头昨天才打在杨景国脸上。

　　新容不做声了。她抬起头，把瑶琴的屋里环视了一遍，然后说，这里都变了，就你一点没变，可惜。瑶琴说，你说，可惜？新容说，你还想着杨景国？瑶琴用一副惊讶无比的语气说，难道我会不想吗？

　　新容站起来告辞。新容边朝房门走去边说，张三勇说如果你还在想着杨景国，就得赶紧到医院去看病。新容说完开门出去了。瑶琴没站起来，她似乎连新容的背影都没看清，就听见新容的关门声了。瑶琴想，看病？他们在背后怎么议论我？

　　瑶琴坐在沙发上呆想了半天，想得自己有点恹恹的。肚子也饿了，可陈福民还没有来。饭虽然早已煮好，可菜还没有炒。瑶琴吃趣全无，单单只想填饱肚子，她便泡了一碗方便面。

面还没吃完，瑶琴接到陈福民电话。陈福民的声音有些疙疙瘩瘩的不畅，像是一个没钱还债的人跟债主说情告饶似的。陈福民说他开学初比较忙，又说有几个学生让人烦，还说学校近期的会也比较多。最后方说可能会有一阵子不到瑶琴这边来了。瑶琴初听有点诧异，后又觉得这是很正常不过的事，便也没说什么。只是提醒他，抽个时间，在学校开好证明，两个人一起去把结婚证领下，免得到时来不及。陈福民答应了，答应后又笑说，你怎么现在比我还急了？其实晚几个月又有什么关系呢？瑶琴放下电话想，这话是什么意思？

八

瑶琴的妈天天唠叨瑶琴，要她好好筹备一下婚事。说是人生就这一回，要好好活过。该经历的事都得经历，否则活一场有什么劲？瑶琴说那有的人杀人放火吸毒嫖妓坐牢杀头，是不是每个人也都去经历一回？瑶琴的妈气得跌坐在床边，一时无话可说。

夜晚无人，屋里跟以前一样静了。瑶琴也在想结婚的事。瑶琴想，好无趣呵，虽然说陈福民这个人也还过得去，可是瑶琴就是无法让自己有兴致。但是，瑶琴想，妈妈说人生就这一回，要好好活过。可一个人的活过，哪里只是活在自己的命里？有多少部分已经放进了别人的命中？活在别人命中的那一部分如果不按别人的愿望来活，不好好地配合别人，别人的命也就活不好了。所以自己怎么个活法其实是由不得自己的。所以自己在为自己活的时候还要为别人活。所以每一个人的命都是由许多人的命组合而成，就像是一个股份公司，自己只不过是个大股东罢了。

这样想过，瑶琴就有了些轻松。她想这个婚她也不是单单为自己结，她是为她的股份公司而结。她的妈是她的股东，她的爸也是她的股东，陈福民是她的股东，新容也是她的股东。所有所有认识和关注她的人，都跟这个股份公司相关。既然如此，她这个董事长就得把公司的事做好才对。

第二天，瑶琴就上了街。她要为她的新家重新添置一些东西。她买了新的毛毯，新的床单被套，也为自己买了几件结婚时应该穿的新衣。

瑶琴大包小包地拎着一堆东西上了公共汽车。车未到站，她便有些尿急，憋尿也憋得浑身难受。下了车，她连奔带跑地赶回家，打开门，拖鞋都没换，就冲进了卫生间。小便时，她突然觉得下身有痛感。这感觉令她很不舒服。出了厕所后，这不舒服便一直纠缠着她。瑶琴想，难道怀孕是这样的感觉吗？想过又想，自己都这样的年龄了，未必那么容易就怀孕？瑶琴心里有些忐忑。

晚上，陈福民打电话来，说过几句闲话后，瑶琴把自己这种不舒服的感觉告诉了他。陈福民那边无声了。瑶琴有些奇怪，说，你怎么不说话？陈福民半天才说，你最好明天去看看医生。瑶琴说，你觉得会得病？会是什么病？陈福民说，看看医生总归要好一些，心里也安全一些嘛。瑶琴说，那怎么说得出口？要看什么科呢？妇科？陈福民又停了半天才说，可能应该看外科，要不看泌尿科？瑶琴说，我一个人不想去。陈福民说，还是去吧。万一真是什么病，变严重了多不好？明天我有课，不能陪你。要不，我肯定陪你一起去。瑶琴想了想，说，好吧，我明天去。

放下电话，瑶琴觉得陈福民有些怪异。说话语气和期间的几次沉默都不像是他陈福民。瑶琴的心咚咚地跳了起来。瑶琴想，可千万别一到我要结婚就冒出一点事来呀。

次日一早，瑶琴便到医院了。不去不打紧，一去得知诊断结果她都蒙了。医生用一种十分肯定的语气对她说她得的是性病。医生的语气和望着她的目光都满含轻蔑。一个前来找医生开药的女护士且说且笑，是下岗的吧？又说，现在有个民谣，说是下岗女工不流泪，挺胸走进夜总会，陪吃陪喝还陪睡……原先我还觉得真丢我们女人的脸，可是见得多了，也觉得没什么。瑶琴当场就一口气闷着了自己，半天喘不出去。瑶琴再三解释说这绝对不可能。那些乱七八糟的场所，她这辈子从来都没有去过。医生的眼光变平和了，淡淡地说了一句，回家问问你丈夫吧，男人多半喜欢寻花问柳。

瑶琴的脑袋"嗡"了一下，她觉得她已经知道了问题所在。

瑶琴把电话打到了陈福民的办公室。这是瑶琴自认识陈福民以来第一次先给陈福民打电话。瑶琴甚至找不到这个电话号码。问了114又绕了好几个弯子，才找到陈福民。瑶琴第一句话就是：请你告诉我，我为什么会得性病。陈福民在电话那头一直不说话。瑶琴吼叫了起来。她的声音暴躁而尖锐，有如利刺一样，扎得陈福民半边脸都是痛的。陈福民把话筒拿到距耳朵半尺的地方。听到瑶琴那边叫得累了，陈福民说，你先回家，我下午过来。他说完，像扔火炭似的扔下了电话。

下午陈福民请了假，他进瑶琴的家时，瑶琴蜷缩着腿窝在沙发上。她的神情呆呆的，但似乎并没有哭过。陈福民试图坐在她的身边，瑶琴像避瘟疫一样躲了一下，陈福民只好换到另一边。陈福民拿出一个信封，里面装着两千块钱。陈福民说，这钱算我付你的医药费，赶紧打针去。其实一千块钱就够了，另外一千是补偿你的。瑶琴紧盯着他，说什么意思？陈福民说我也没有想到这病是我传给你的。瑶琴说你既然跟我在一起了，为什么还在外面胡搞？

陈福民闷了半天，才说，不是你说的那样。我不是那种人。我老婆病了九年多，活着跟死人差不多。我的日子再难过，可我是有老婆的人，我就从来没有想过到外面去拈花惹草。后来，我老婆死了。我的同学为了让我轻松一下，带我去桑拿。要我把身上的病气都蒸掉。我是头一回去那种地方。有个小姐替我按摩。她穿得很少，又勾引我。我就失控了，当然，她要是不勾引我，像我这样经历的人，可能也会失控。

瑶琴说，就这么简单？陈福民说当然也不光是这些。那个小姐叫青枝。是个乡下女孩。我有些喜欢她了。其实也不一定就是喜欢，只是因为青枝是我近十年来第一个肌肤相亲过的女人，所以，我后来又去找过她。瑶琴说，认识了我过后，也去找过她？陈福民说，当然没有。因为我发现她把她的病传染给了我，所以我就再没有找她。我一直在治病，认识你时，已经治好了。瑶琴说，治好了？治好了怎么会传染给我？陈福民说，这中间青枝来找过我。她说她不想做了，可是老板不答应，派人盯着她。她偷跑了出来。她没地方去，希望能在我这儿待一夜，她哥哥第二天就来接她。我答应了。因为……因为……我不知道有几分喜欢她，还是可怜她。我不知道自己当时是怎么想的。这天晚上，我们又一起过了夜。她说她的病治好了，我大意了。结果，开学前，我又发现……瑶琴说，不用说完，你滚吧。我从来都没有认识过你。

陈福民怔了怔，没有动。瑶琴说，你不服气？陈福民说，不是，是不甘心。我们就这样完了？瑶琴说，你还想怎么样？你未必想我去登报申明？陈福民说，我以为你会理解。瑶琴说，我当然理解。可我理解了却不见得就会接受。陈福民说，我不想分手，我爱你。瑶琴说，你说这三个字让我觉得三条蛆从你嘴里爬出来。陈福民说，别说得这么毒。你找到我这样条件的，也不是那么容易。这样的事，以后绝不会再有了。你原谅我一次好不好？瑶琴说，你还不走，你再不走，小心我叫人了。陈福民说，别小孩子气了。你孤单单的一个人,哪里叫得到人来?

瑶琴立即对着沙发一侧的墙壁叫了起来,杨景国!杨景国!你还不出来?你出来呀!替我把这个人赶出去。你站在那里发什么呆?还不动手赶人?你连我的话都不听了?瑶琴的叫声怪异诡谲,令陈福民毛骨悚然。他赶紧站了起来,急速地跑到门边。陈福民连连说道,我走,我走。陈福民的动作紧张慌乱,仿佛真在被一个叫杨景国的人追赶着。

这天的夜晚,月色从窗外落在屋里的地上,和往日一样的淡然柔和。瑶琴在沙发蜷了一夜。瑶琴觉得,在沙发一侧的墙壁上,杨景国始终站在那里看着她。

九

平静如同枯井的日子,再次回来。瑶琴从中午一直睡到第二天早上的次数越来越多。瑶琴的妈骂过她好多回。瑶琴的爸也长叹过好多回。五中的校长也跑了几趟,想要做做调解。只是在他们面前的瑶琴,像一块木头一样。瑶琴的妈急得后来只会说一句话,你在想些什么呢?你想些什么呢?瑶琴想,我其实什么都没想哩。

转眼又到了杨景国的祭日。这天居然又下起了雨。瑶琴先上了山,她为杨景国点着了香,又放了几碟水果。瑶琴依然为燃着的香烛打着伞,冉冉升起的烟扑在瑶琴的脸上。瑶琴没有流泪,瑶琴想，有老天爷在替她流泪哩。

　　下山后，时间还早。瑶琴无事。她信步走到了当年的出事地点。路边的石头还在，只是血迹一点也没有了。瑶琴在石头边也点了一炷香。她想，等香燃完后，她应该去劳务市场看看。她如果决定自己一个人生活下去，她就应该去找一份工作。一份能让她自己养活自己的工作。

　　便是在瑶琴想着这些时，一个细细的声音，一个带着惊讶和疑问的声音响在了她的耳边。瑶琴？你是瑶琴？瑶琴扬起伞，她看到了陈福民。瑶琴说，你想干什么？陈福民看到那炷业已快要燃烧完了的香，惊道，那个……那个……当场死亡的男人……就是……杨景国？瑶琴望着陈福民，没有说话。她突然意识到了什么。陈福民说，摔在这里的，就是我的老婆呵。她满身都是血呵。他说着指了指石头的另一边。

　　绵绵的细雨、晃动的街景、汽车声、杨景国的叫声、被撞飞的自行车、翻在马路中间的雨伞、四溅着血迹的石头、倒在地上的男人和女人、脑浆以及路人的尖叫和惊天的号哭。——涌出，宛然就在眼边。那是他们一生中多么伤痛的时刻。那个时刻怎样深重地击碎了他们的生活。那种击碎也改变了许多人的命运。瑶琴突然失声痛哭了起来。曾经有过的痛彻心扉的感觉像绳索一样一圈一圈地勒紧着她。陈福民见瑶琴哭得无法自制，上前搂住了瑶琴。起先他还忍着自己，忍了一会儿，忍不下去了。十年的痛苦像要呕吐似的翻涌着，他也哭了起来。泪水浸入瑶琴的头发，又流到了瑶琴的面颊上，和瑶琴的眼泪混在了一起。

路过的人都回头看他们，路过的人都窃窃私语着，路过的人也有掩嘴而笑的，路过的人看不到鲜血的过去，路过的人永远都不会懂得别人的伤心之事。只因为他们是路过，而瑶琴和陈福民却是在那里有过定格，他们一生的最痛就是从那里开始。

回去时，陈福民和瑶琴一起搭的车。他们在同一地方下车，然后预备各自转车回家。下车时，陈福民和瑶琴几乎同时看到了那家"雕刻时光"酒吧。陈福民想起第一次见到瑶琴的情景。瑶琴也想起了在那间酒吧里响起的细细的声音。陈福民说，要不，进去坐一会儿？瑶琴没有反对。陈福民便朝那里走去。瑶琴犹疑了一下，跟了过去。

伤感的音乐依然在酒吧的空中响着。细雨一样，湿透了瑶琴。陈福民给自己要了一杯酒，给瑶琴要了一杯橙汁。陈福民呷了一口酒，方说，你看，我们两个是不是太有缘分了？瑶琴想了想，觉得他说的是，便点了一下头。陈福民说，真想不到呵，我当时怎么一点你的印象都没有？瑶琴也说，是呀。我也只听到你在哭，一点不记得你的样子。

他们一直都没有提过彼此曾经有的灾难。因为他们都怕往事引起再度摧残。现在那块石头让他们把泪流在了一起。他们两个人的心近了。望着对方的脸，知道自己的感受只有对方知道，自己不是一个人在这个世上痛着。于是心里都生出别样的温暖。他们好平静。于是他们开始细细地回忆起当时的情景。瑶琴说杨景国怎么断的气，后来他们怎么办的丧事。杨家的人怎么吵闹着非要埋在老家，而她又是怎么拼死拼活地把骨灰留在了这里。陈福民则说他是怎么拦下过路车送老婆进医院，又怎样在医院的走廊里度过的几天几夜，光抽烟不吃饭，一天抽了好几盒烟，以致他老婆被抢救活后，他闻到香烟就要作呕。

一杯酒喝完了，又要了一扎。一杯橙汁喝完了，又要了一杯。

瑶琴叹道，生命好脆弱呵，就那一下，只几分钟，一个活鲜鲜的人就没了。那么不堪一击。而杨景国这个人平常皮实得不得了，从来就没有见他生过病。

陈福民却苦笑了笑说，我倒是觉得生命好有韧性。人都已经废掉了，不会说话不会思考不会行动，却坚持着往下活。这九年的时间里，你猜让我感受最深的事是什么？就是人之所以成为世界万物的统治者实在是太有道理了，因为人的生命太顽强了。

瑶琴用不敢相信的目光望着他。瑶琴想，脆弱而不堪一击的是杨景国吗？坚韧而顽强要活着的是他的妻子吗？

瑶琴轻叹道，说起来你比我强多了，你好孬伺候了她九年，把你所有的爱都付出去了。可是我呢？他根本就不顾我的感受，自顾自地这么走了。天天黏在一起的人，突然间就永远消失。那种痛苦你无法体会。

陈福民听到瑶琴的话，脸上露出异样的神情。瑶琴想问你怎么了。没等瑶琴开口，陈福民说，爱？你以为我后来还有爱？我不怕对你暴露我的真实想法，我到后来除了恨没有别的。我在道义上尽我的责任，可我的内心已经被仇恨塞得满满的。我几乎没有任何自己的生活。我每天凌晨起床，为她揩洗身体，然后清洗被她弄脏的床单和衣物，之后喂她牛奶，安排她吃药。来不及做完这一切，我就得去上课。途中在街边随便买点早餐打发自己。中午赶回来，像早上一样的程序旋转一遍，最后再坐下来吃自己从食堂里买回的饭菜。冬天的时候，饭菜早就冰凉，我连再去热一下的力气和时间都没有。晚上的事情更多。我每天都像台机器一样疯狂转动。所有的工资都变成了医药费，沉重的债务压得我喘不过气。家徒四壁，屋里永远散发着一股病人特有的臭气。我请不起保姆，她家里也没有人愿意帮助。偶然过来看看，看完就走，走前还说，只要人活着就好。对于他们活着是好，对于我呢？九年半呀，每一天的日子都如同一根钢针，天天都扎我刺我，我早已觉得自己遍体鳞伤。我夜夜诅咒她为什么还不死。为什么要这样折磨我。好几次我都想把她掐死。因为她再不死，我也撑不下去了。你说，我过着这样生活，我还能对她有爱吗？我比你强吗？你只是在怀念中心痛而已，而我呢？从精神到肉体，无一处不痛。这样的痛苦你才是无法体会的。幸亏她还有点良心，死了。否则，今天你根本无法认识我，因为，我多半已经先她而死了。

陈福民的声音激烈而急促。他拿着酒杯的手，一直抖着。瑶琴从来就没有见他这样过，心里不由生出怜惜。瑶琴想，他是好可怜呵。

瑶琴伸出了自己的手,将陈福民的手紧紧地握着。在她温热的手掌中,陈福民慢慢平静。他的手不再抖动。他享受着瑶琴的手掌。

陈福民说,你知道吗,我多想好好地过日子。多想有一个我喜欢的女人,一个不给我带来负担的女人,就像你一样,安安静静地陪着我,让我浑身轻松地过好每一天。所以,我希望我们俩再重新开始,行不行?我一直没办法忘掉你,我好想重新来过,行不行?

那是一定的。为了他们共同的号哭和泪水,为了他们共同的灾难和痛苦,为了他们共同有过的漫长而孤独的十年,那是一定的。瑶琴想。

瑶琴说,今天在我那儿吃晚饭吧。还是我买菜,还是你下厨。

十

瑶琴和陈福民又走到了一起。他们所拥有的同一场灾难突然使他们的生活多出了激情。瑶琴想,就把留给杨景国的位置换上陈福民吧。

秋天过去了,冬天又来了。

陈福民每天都到瑶琴这边来。因为下课晚,路又远,陈福民到家时天多半都黑了。做菜的事也慢慢地归了瑶琴。陈福民吃过饭，一边剔牙一边看电视，高兴的时候便会说这样才是人过的日子呀。到了晚上十点半，陈福民还是得赶回他自己住所。他要改作业以及备课。有时候，会有几个同事见他的灯亮了，便奔他这里打麻将。都说他这里最自由，身心都可以无拘无束。这些人全都忘了他受难的时候。陈福民他也跟着打打，打到夜里两三点，送走了人，他再睡觉。一觉可以睡到七点半起床。八点半上班，从从容容。比起他的从前，陈福民觉得这样的日子真是再好不过了。

陈福民每月十号发工资，但他从来也没有拿给瑶琴。陈福民觉得瑶琴虽然下了岗，可她的家境颇好，犯不着要他那几个钱。瑶琴也不能说什么，因为他们还没有结婚。可是每天买菜的钱都是瑶琴的。瑶琴没有工作，下岗给的一点生活费当然不够两个人吃。瑶琴开始动用自己的积蓄。瑶琴的妈知道了这事，骂瑶琴说你疯了，找男人是要他来养你，你怎么还贴他呢？你得找他要呀。瑶琴有些窝囊，说他没那个自觉性拿钱出来，我何必硬要？瑶琴的妈有些愤然不平，不小心就说，真不如杨景国。杨景国跟你谈恋爱没几天，就把工资全都交给你了。说得瑶琴鼻子一酸，心道，你才知道？谁能比得上景国呢？但瑶琴嘴上却这样对她的妈说，你们都要我忘了杨景国，可是你为什么还要提他呢？瑶琴的妈自知失言，赶紧拍打了一下自己的嘴巴。

瑶琴的妈有个学生开了家图书超市。瑶琴的妈不顾自己曾是校长的身份，亲自登门央求，希望学生能安排一下瑶琴。学生年少时见过瑶琴，也听过瑶琴的故事，曾经为瑶琴的痴情热泪盈眶。一听校长介绍的人是瑶琴，立即把他已经聘用好的人开除了一个，然后录用了瑶琴。

这样瑶琴又成了早出晚归的上班一族。

陈福民说，干吗还要上这个班呢？你又不是钱不够用。瑶琴说，你以为我那点生活费可以过日子？陈福民说，你有爹妈呀，他们挣下的钱不给你又留着干什么？瑶琴说，你这话说得好笑，我有手有脚，凭什么找我爹妈这么老的人要钱？亏你说得出口。陈福民说，你要上班了，晚饭谁做？瑶琴说，谁先回来谁做。

瑶琴说过这话后，陈福民回来得更晚了。瑶琴六点半到家，而陈福民每天都是七点半左右才来。比他平常晚了一个小时。这一个小时瑶琴刚好可以把饭菜做完。陈福民回来就上餐桌。陈福民解释说，要给差生补功课，一个小时好几十块哩。陈福民嘴上说到了钱，却仍然没有拿出一分。瑶琴心里不自在，但也忍下了，心想这就是男人呀。

有一天，图书超市做活动加了班，瑶琴回家时八点都过了。开门后见陈福民脸色不悦地坐在沙发上看电视。见瑶琴也没有做声。瑶琴说，你吃过饭了吗？陈福民说，吃过了。瑶琴说，你回来做的？陈福民说，我回来都已经累得半死了，哪还有劲做饭？瑶琴说，那你吃的什么？陈福民说，我把冰箱里的一点剩饭剩菜混在一起炒了一碗油炒饭，刚好够我一个人吃。瑶琴说，那我呢？陈福民说，我能把我自己顾上就不错了。谁让你下班这么晚？瑶琴心里好一阵不愉快。但她没说什么，自己泡了碗方便面，随便吃过了事。

这天晚上，瑶琴情绪蓦然间低落下来。陈福民倒是没事一样，缠着瑶琴亲热了一番，到十点半便赶回学校。

陈福民走时，瑶琴突然说，我现在也上班了，以后也很难顾得上你的晚餐。你要是来，就吃过饭再来，或者干脆星期五再过来。陈福民怔了，他站在门边，没有动。仿佛想了想，陈福民说，你不高兴了？瑶琴说，谈不上，我只不过觉得好累。陈福民说，你要是觉得累，就直说呀，以后晚饭我做就是了。不就是这点小事吗？

陈福民走后，瑶琴躺在床上，好久睡不着。瑶琴想，激情这东西是纸做的，烧起来火头很旺，灭下去也很容易。一日日琐碎的生活仿佛都带着水分，不必刻意在火头上浇水，那些水分悄然之间就浸湿了纸，灭掉了火。

第二天，瑶琴到家时，陈福民还没回来。瑶琴还是自己做饭。菜差不多炒好了，陈福民进了门。陈福民说，不是说好了我回来做的吗？瑶琴说，我回都回了，未必还坐在那里干等？陈福民说，这是你自己主动做的哟，到时候别又怪我。瑶琴说，我怪你和不怪你又有什么差别。

瑶琴说完，突然觉得自己半点胃口都没有了。她摆好桌子，进到卧室里。她心里好躁乱，她浑身火烧火燎的，血管淌着的仿佛不是血而是火。她想跺脚了，想骂人了，想揪自己的头发了，又有些想要砸东西了。她不知道自己为什么会这样。她不知道这份躁乱由何而起。她也不知道怎样才能让自己安定下来。瑶琴在屋里困兽一样转了几个小圈。她想起以前她一但为什么事烦乱时，杨景国总是搂她在怀里，安慰她，劝导她。她不由打开箱子，拿出杨景国的照片，贴在胸口，仿佛感受着杨景国的拥抱。瑶琴哀道，景国，帮帮我。你来帮帮我呀。

有一股凉意触到了瑶琴胸前的皮肤。慢慢地，它向心里渗透。一点一点，进到了瑶琴的心中。仿佛有一张小小的嘴，一口一口地吃着流窜在瑶琴周身的火头。瑶琴坐了下来，她开始平静。她看到了窗外的树，树叶在暗夜中看不清颜色，被月光照着的几片，泛着淡淡的白光。对面楼栋的窗口，透出明亮的灯光。窗框新抹过红漆，嵌在那灯火中。一个女人趴在窗口跟楼下人说话，就像是一幅风景。瑶琴想，其实什么事也没有呵。其实我是好好的呵。景国，我给你找麻烦了。

陈福民盛好了饭，走到门口。陈福民说，吃饭吧。怎么跑掉了呢？说话间，他看到了贴在瑶琴胸前的照片。他走了过去。从瑶琴胸前抽出照片，拿在手上看了看说，他就是杨景国？瑶琴说，是。陈福民又看了几眼，似乎在忍着什么。好一会儿，他将照片轻轻放在床上，走了。走到门外，回头说了一句，你不把他忘掉我们俩是没法过日子的。

吃饭时，陈福民一直没有说话。他的心像是很重，不时地吐着气。饭后，他没有看电视，也没有告辞，便走了。瑶琴听到门的"哐"声，她知道，她本已走向陈福民的心，又慢慢地回转了。她回转到杨景国那里。只有那里才让她有归宿之感。瑶琴想，真的，好久没有去看杨景国了。

第二天瑶琴跟老板请假，说是家里有点事情，需要提前走。老板也就是瑶琴妈的学生说，要去哪里？需不需要我开车送？瑶琴说，不用了，我去东郊。那地方得自己去。老板说，是去松山？看你的……瑶琴点了点头。老板默然不语，好半天才说，你现在还去看他？都多少年了？瑶琴说，十年了。不去看心里就堵。老板说，每个月都去？瑶琴说，是的。老板说，以后每个月我都专门批你一天假，让你从容去，别这么赶忙。瑶琴心下好是感激，说谢谢老板了。老板说，你男朋友虽然死了，可他是个幸福的人。瑶琴苦笑笑说，我宁愿他少一点幸福，但是还活着。老板说，可是你知道吗？当你深爱的人背叛你时，你会觉得生不如死。瑶琴说，是吗？

瑶琴走到了车站。有人叫她，声音响亮而熟悉。瑶琴心里蹦出"张三勇"三个字，回头一看，果然是他。

张三勇说，我正想去找你，扭过头就刚好看到你了，你说巧不巧？你去哪？瑶琴说，去东郊。张三勇张大了嘴，说你还去看杨景国呀？瑶琴说，怎么能不去？张三勇伸手摸了一下瑶琴的额。瑶琴吓一跳，伸手打开他的手。张三勇说，我想看看你是不是个人。瑶琴说，真是屁话。张三勇说，你如果到别处去，我就陪你。你去那儿，我就不陪了。我最讨厌那个家伙。瑶琴说，我又没让你陪。不过，他不讨厌你。他说要不是你，他不会跟我在一起。张三勇叹道，唉，想起来都怪我。我那一拳头，害煞多少人。要不然，我早跟你结了婚，你也不会像今天一样，一个人守间空屋过日子。我也不会随便找个人，末了还是离掉，成一个孤家寡人。杨景国不跟你也不会睡在松山上。我的那个悔呀，看我脸色，发青吧，都是悔青的。如果……瑶琴说，车来了，我走了。

瑶琴疾疾地跳上车，她不想再听张三勇说下去。因为这些话，于她没有任何意义。世界上的事没有什么"如果"好讲。难道跟你张三勇结了婚，这三个人的日子就会变得更好么？谁能保证你不会离婚？谁能保证她瑶琴不是独守空房？谁能保证杨景国在这个"如果"里活过了，却没有死了另一个"如果"里？人这一生，一讲如果，就虚得厉害了。世界这么大，这么乱，这么百变，一个人在这世人活，还不跟盲人摸象一样？碰上了什么，就是什么。

尚是早春。山上的树都没有绿，草也黄着面孔趴在地上。曾经下过雪，雪化时有人踩过，草皮上满是干透的泥泞。瑶琴蹲在杨景国的墓前。瑶琴觉得她完全看得见杨景国。杨景国正全神贯注地等着听她说话。听她倾诉她所有的心事。她的痛苦和欢乐，她的忧伤和愤怒。杨景国是一个最好的听众，他从来不打断她的话。他总能用耐心的眼光望着她。他深情的目光，可以化解她心中的一切。如果她痛苦，这痛苦就会像雪一样化掉，如果她快乐，这快乐就会放射出光芒来。除了杨景国，谁又可以做到这一切呢？

瑶琴说话了，她的声音在早春的黄昏中抖着。瑶琴说她是一个可恶的人。她险些想让别人来替代她的杨景国。她甚至想为了那个人去努力地忘掉杨景国。她要把杨景国埋在记忆深处，只在夜深人静里悄悄地想念他。但是现在，她明白了，杨景国是没有人可以替代的。而她的心里除了杨景国也不可能再容下别的人。瑶琴说，我今天就要在这里，把这些话明明白白地说出来。我要说给你听。你听到了吗？听到了就回答我一声。

四周很空旷。因为无风，没有树枝摇摆。瑶琴的声音就是风，穿行在扶疏的杂木中。仿佛把它们吹动了。仿佛让他们的枝条起舞了。仿佛从舞动中传出了声音。很天籁的声音。这当然就是杨景国的回答。

瑶琴到家时，比平常又晚了许久。这天陈福民做好了饭。陈福民盯着进门的瑶琴说，是去东郊了吗？瑶琴说，没有，今天加班。说完，瑶琴想，我为什么要说这个谎呢？

十一

瑶琴的妈终于又找瑶琴说结婚的事了。瑶琴的妈说，五中校长专门找过她。是陈福民让她去找的。陈福民想结婚，可又怕跟你说时会碰钉子，自讨个没趣，便有些胆怯。想请老人出面做主。瑶琴的妈说，你难道还要像小年轻那样谈恋爱？闹也闹过了，和也和好了，住也住在了一起，不结婚还想干什么？瑶琴说，不干什么。结了婚又能干什么？瑶琴的妈说，既然结不结婚都差不多，那就结吧。我和你爸真是看不下去了。人生不就这么回事？哪里需要人去想这想那？如果什么事都由得人想好了再去做，做出的什么事又都合自己的意，那人生又有什么趣味。就算选错了人，又有什么打紧，一辈子还不是要过？一百个女人结婚后会有九十九个半觉得自己选错了人。你不是选错了这个，就是选错了那个，总归都是个错。既然如此，不如就选眼前这个算了，免得浪费时间。决定一件事都像你这样白天想完夜晚想，猿猴到今天还没变成人哩。

瑶琴的妈大大唠叨了一通后走了。瑶琴回头细细想她说过的话。觉得她妈讲得还蛮有道理。既然结婚跟不结婚都差不多，既然选错了人一辈子也还是要过，既然两个人过仍觉寂寞，一个人过也是孤独，何不就这么算了？

晚上，陈福民来时，瑶琴就盯着他。陈福民说，你盯着我干什么？你让我心里发慌哩。瑶琴说，你托人找我妈了？陈福民说，你妈来过了？你怎么想？瑶琴便把她妈的话复述了一遍。

陈福民的目光散漫着，仿佛瑶琴说的是一件比洗碗更加随便的事情。瑶琴说，你是什么意思？是你要她来说的，你怎么又这样？陈福民说，我只想听你的意见，并不想听你妈说了什么。瑶琴噎住了。她是什么意见呢？瑶琴觉得自己还没有想好。可她转念又想，如果想好了她又会是什么样的结论呢？这结论就会是陈福民以及她妈她爸所满意的吗？

陈福民似乎看透了她。陈福民说，你还没想好对不对？或者说你还在想着那个死人对不对？瑶琴说，你怎么这么多废话。你要结就结好了。我没意见。陈福民说，你也别太低看了我。瑶琴说，什么意思？陈福民说，我需要婚姻，但我也要爱情。没有爱情的婚姻，我不想要。瑶琴说，是吗？陈福民说，可是我到现在还不知道你到底爱不爱我。我不确切你是不是心里需要杨景国，肉体需要我。我是一个贪心的男人。我两个都想要。要你的肉体，更要你的心。如果你只给我一样，那还不如我去伺候一个不会说话不会思考的病人，然后去找发廊小姐发泄一下。瑶琴说，两个人在一起过日子，没有爱情，但有平静的生活，就不行吗？陈福民说，也许行吧。不过我还是要跟你说，我已经有过十年痛苦不堪的生活，现在我需要至少十年的幸福来弥补。是不是有点可笑？瑶琴说，是这样呵。陈福民说，结婚吧，爱我十年，行不行？十年后，你不想爱了，我就由你。瑶琴淡然一笑，说，十年吗？如果我们结婚，至少有三十年过头。我在后十年爱你，不也行吗？你要的只是十年。陈福民怔了怔，笑了，说，想不到你还有这一手。瑶琴说，本来我也是不太想结婚的。可是现在我觉得结婚和不结婚并没有什么大的区别，所以就觉得结了也行。陈福民说，是不是有点儿破罐子破摔？瑶琴想了想才说，可能有点，但也不全是这样。

陈福民于是沉默,说,既然你这么说,我倒愿意再等等,等到你死心塌地爱上我,离不开我,我再跟你结婚。瑶琴说,也行。说完,瑶琴想,死心塌地地爱你?离不开你?这可能吗?你当我才十八岁,什么事都没遇到过?

躺在床上的时候,陈福民附在瑶琴的耳边说,其实我心目中的所谓爱,也只是想要你忘掉杨景国。不要让我在抱你的时候,能闻到他身上的气息。瑶琴说,瞎说什么。陈福民说,你不信?你身上,我总能闻到一股湿湿的气味,像是刚从雾水里钻出来。那不是你的气味,是他的。我知道。

瑶琴心里"咯噔咯噔"地猛跳了许久。这天夜里,她果然又看到杨景国从雾气浓浓的河岸走了出来。

结婚的事暂时放下不说了,生活就变得有些闷闷的。

陈福民晚上有时来,有时没来。不来时,他会打电话,或说是给学生补课,或说是有朋友在他那里打麻将。每个周末陈福民倒是必到的。陈福民说周末如果不跟女人一起过,就觉得这世上只剩得自己一个人,清冷得受不住。一到星期五,瑶琴就会去买一些菜,等陈福民回来做。瑶琴有了工资,陈福民就更不提钱的事了。瑶琴也懒得提,想想无非就是一天一顿饭而已。

陈福民有时候很想浪漫一下,比方去舞厅跳跳舞,或者去看看电影。瑶琴都拒绝了。瑶琴说,当你才二十岁?陈福民说,四十岁就不是人了？瑶琴说，当然是人，但是是大人。大人不需要那些小儿科。陈福民说，未必大人的日子就是厨房和卧室？瑶琴说，当然不是。大人有大富人和大穷人之分。如果是大富人，就可以坐着飞机，天南海北地享受生活，今天在海岛，明天在雪山。如果是大穷人，对不起，能有厨房和卧室已经是不错的了。陈福民说，什么逻辑？富人有富人的玩法，穷人也有穷人的玩法呀。瑶琴说，好，穷人的玩法就是去跳舞，去看电影。舞厅门票三十块钱一张，两个人六十块，电影票二十五块一张，两个人五十块，是你掏钱，还是我掏钱？陈福民顿时无话。瑶琴心里冷笑道，一毛不拔，还想浪漫？这种浪漫谁要呵。陈福民说，既然话说到这地步，那就待在家里聊天吧。

聊天的内容多无主题。东一句西一句的，有些散漫又有些恍惚。陈福民喜欢说他学校的事，说得最多的是他的学生出洋相的故事。甚至有时还说至少有三个女生暗恋他。瑶琴则说又到了什么新书。哪一本书其实很臭，却卖得特别好，哪本书明明很好却卖不动。

墙上的钟便在他们零散的聊天中，嘀嘀嗒嗒地往前走。有时走得好快，有时又走得很慢。遇到好看的电视时，两个人都不讲话了，一起看电视。瑶琴蜷坐在沙发上，陈福民便坐在她的旁边。有时候，陈福民伸出手臂，搂着她一起看，像一对十分恩爱的情侣。瑶琴不太习惯，但也没有抗拒。

倚着陈福民时，瑶琴仿佛觉得自己心里一直在寻找着什么。

她嘴上跟陈福民说着话,眼睛望着电视机,身体内却另有一种东西像海葵一样伸出许多的触角四处寻找着。尽管陈福民的鼻息就在耳边,可每一次的寻找又似乎都是一无所获。空空的归来让瑶琴的心里也是空空的。不像跟杨景国在一起的感觉。常常瑶琴的空荡荡的目光会让陈福民觉察到。陈福民会带有一点醋意地说,怎么?又想起了杨景国?你能不能现实一点?

有一天陈福民打电话说,他晚上有事,不能回来。瑶琴就一个人做饭吃。刚吃完,有人敲门。瑶琴觉得可能陈福民事情办完又回来了,上前开门时便说,不是说不回来吗?门打开后,发现站在那里的是张三勇。瑶琴呆了一下。

张三勇说,怎么,以为是别人?瑶琴说,是呀,怎么也不会想到是你呀。张三勇没有等瑶琴让进,就自动走了进来,自动地坐在沙发上,自动地在茶几下找出烟缸,然后自己点燃了烟。那神态就好像他仍然是瑶琴的男朋友一样。

瑶琴说,你找我有事?张三勇说,我要有事还找你?我就是没事才找你,因为我晓得你也是个没事的人。瑶琴说,你又自作聪明了,你什么都不晓得。张三勇说,前些时我见你去看杨景国,我就晓得你还是跟以前一样,什么都没有变。我想,上天给我机会了。上天晓得我们俩是有缘的。瑶琴说,我警告你张三勇,你不可胡说八道,我看你是老同事的面子,让你老老实实在这里坐一下,抽了这根烟,你就赶紧走人。张三勇说,瑶琴,何必这么生分,我们也恋爱过那么久,抱也抱过,亲也亲过,就差没上床了。你放松一点行不行？我又没打算今天来强奸你。瑶琴说，你要再说得邪门，就马上给我走。张三勇说，好好好。我来看你，是关心你，怕你寂寞。瑶琴说，我一点也不寂寞。张三勇说，鸭子死了嘴巴硬。瑶琴说，我懒得跟你讲话。你抽完烟就走吧。瑶琴说着，自顾自地到厨房洗碗去了。外面下雨了，瑶琴从厨房的窗口看到树在晃，雨点也扑打了上来。瑶琴说，下雨了，你早点回吧。张三勇说，我回去了，你是一个人，我也是一个人。我不回去，两个人还可以说说话。我在屋里养了几只热带鱼，我一回家，就只看到它们是活的。

张三勇说话间，门又被敲响了。厨房里的瑶琴没有听见。但张三勇听见了。张三勇说着话，上前开门。进来的是陈福民。张三勇说，你找谁？陈福民说，你是什么人？张三勇说，我是这家的男主人。陈福民说，有这种事？

瑶琴闻声从厨房出来。陈福民说，这是怎么回事？瑶琴说，哦，他是我在机械厂的同事，今天来看我的。陈福民说，这么简单？张三勇说，也不是那么简单啦。杨景国以前我们俩死去活来恋爱过一场，差点就结婚了，结果，杨景国那个王八蛋把我们拆散了。得亏他死了，要不然我落这份上时，也饶不了他。瑶琴说，你瞎说什么呀。借你一把伞，赶紧回去吧。张三勇说，你还没告诉我，他是什么人。陈福民说，我才是这里的男主人。现在是我跟瑶琴死去活来地恋爱，没你什么事。张三勇当即就叫了起来，你又找了男人？那你三天两头去看杨景国干什么？瑶琴说，走走走，你赶紧走吧。

张三勇走后，陈福民坐在他曾经坐的过地方。茶几上还放着张三勇的烟。陈福民用着他拿出来的烟缸，也抽起了烟。抽得闷闷的，吐烟的时候像是在吐气。瑶琴说，不是看到烟就想呕吗？陈福民没说话。

抽完一支烟，陈福民说，一个杨景国就够我受的了，这又冒出一个来。比杨景国资格还老，而且还是活的。这叫我怎么吃得消？他叫什么？瑶琴说，张三勇。陈福民说，他真的就是来看你的？怎么拿这里当自己家一样？瑶琴说，他就那么个德性。我能怎么办？陈福民说，他来干什么？瑶琴说，他跟他老婆离了，也许想找我恢复以前的关系。不过这不可能。陈福民说，为什么不可能？你们以前也好过。轻车熟路，可能性太大了。瑶琴说，你希望这样？陈福民说，不关我的事。你要想跟他重归于好，我也是挡不住的。你一心想着杨景国，我挡住了吗？瑶琴说，张三勇跟杨景国是完全不同的。张三勇在我眼里只是一个混蛋而已。陈福民说，好女人最容易被混蛋勾走。瑶琴说，那你也算么？陈福民想了想，哈哈地笑了起来。笑完说，大概也算混蛋一个。说得瑶琴也笑了起来。

陈福民说，他说你三天两头到杨景国那里去？瑶琴说，哪里有三天两头。陈福民说，反正常去？瑶琴说，只是习惯了。有什么事就想去那里坐坐。陈福民说，去诉苦？去那里哭？去表达你的思念之情？瑶琴说，其实只不过到那里坐一会儿，心里就安了。陈福民说，不能不去？你不能总这样呀。瑶琴没有做声。陈福民说，你要到什么时候才能明白？他已经死了，而你还活着。你们俩是无法沟通的。你应该把感情放在活着的人身上。瑶琴说，你也可以到你前妻的墓前去哭呀。这样我们就扯平了。陈福民说，你这是什么话？！再说我为什么要哭她？我对她早就没有眼泪了。我后来的眼泪都是为自己流的。

瑶琴努力让自己想起曾经躺倒在杨景国旁边的那个女人的样子，但她怎么都想不起来。她只记得她仰在那里，满面是血。只记得一个男人在号哭。其实瑶琴也知道，那时她自己全部的心思都扑在杨景国身上，她在听杨景国最后的声音，在看杨景国最后的微笑。她并没有太留意与他同时摔倒的女人。那女人在她的印象里只有一个轮廓。她被撞惨了，她即将成为植物人了，她开始折磨爱过她也被她爱过的人了，于是她就对那个哭她的男人恨之入骨。

陈福民说，不要怪我没有提醒你。以后你不要再去了，否则……瑶琴说，否则又怎么样？陈福民说，我也不知道怎么样，我想我会……把他的墓给平了。瑶琴吓了一跳。瑶琴说，你疯了。陈福民说，那你就别让我疯掉呀。你不去，我就不会去。

连着两个晚上，瑶琴都梦到杨景国。他站在一个陷下去的土坑里，耸着肩望着她，一副吊死鬼的样子。瑶琴惊道，你怎么啦？你怎么啦？杨景国愁眉苦脸着，什么也不说。瑶琴每每在这时醒来。瑶琴想，难道杨景国真被挖了？

第三天，瑶琴一大早便请了假。瑶琴紧紧张张赶到东郊的松山上。瑶琴想，如果陈福民真的平了杨景国的墓那该怎么办？陈福民真敢做这样的龌龊事么？他要真做了，我应该怎么办？我要杀了他么？瑶琴想时，就有一种悲愤的感觉。

　　山上一片安静，杂木上的露珠还没落尽。杨景国的墓跟以前一样，也是静静的。瑶琴绕着杨景国的墓走了一圈。然后呆站了片刻，她没有烧香，只是低声说了一句，以后你自己照顾好自己，我以后恐怕会很难来了。然后就下山了。她有些落寞，走时一步三回头，仿佛自己一去不返。

　　这天瑶琴主动告诉陈福民，说她去了杨景国的墓地。她去作了一个了断。她告诉杨景国，以后她不会去看他了，让他自己照顾自己。她说时，不知道什么缘故，眼泪一直往外涌。她努力克制着泪水，可是它们还是流了下来。陈福民有些不忍，搂她到胸口。瑶琴贴在陈福民的胸口上，感觉着他的温暖。这毕竟是与杨景国不同的温暖呵。她的哭声更猛了。陈福民长叹了一口气说，结婚吧，管你爱不爱我，我们结婚吧。

十二

　　事情就这样定下来了。

　　瑶琴想想，有时作一个决定也很简单。虽然它并不是你最想要的。可是一个人如果总是能得到他最想要的东西，那么这个人必须是一个怎样幸运的人呢?

新容听说瑶琴要结婚了,连忙跑过来。新容说,听到这个消息,张三勇气得半死,一口气喝了一斤酒。可我好高兴。你要不要我当你的伴娘?瑶琴说,你以为我会像年轻人那样大操大办吗?新容说,为什么不可以?一个人一辈子就这么一回,而你又跟别人不一样。你的婚姻来得多不容易呵。厂里好多人都想送礼哩。瑶琴说,去告诉他们,免了吧。如果是跟杨景国结婚,我就照单全收,可惜不是。所以,我结这个婚也不是特别开心。我一样礼都不想要。新容说,你怎么能这样想呢?你心里只想着杨景国对不对?那你就只当是跟杨景国结婚呀。只当你杨景国出门了十年,现在回来跟你结婚了。你这样想,你就会开开心心的呀。当然,这是放在你自己心里的事,你不必说出来就是了。

瑶琴被新容说愣住了。瑶琴想,哦,我可以只当是跟杨景国结婚么?

瑶琴果然试想着自己将要同杨景国结婚。试想了几回,她便找到了一点点感觉。当初她和杨景国为了买新房的东西,提前跑过许多商场。早早就把要买的什么都看了一遍,只等拿到房钥匙,就开始采购。现在,她可以接着那个时候来做这一切了。

陈福民原想让他的住所成为新房。可是瑶琴想想他前妻以前在那里住了九年半,幻觉中就出现她卧在床上病气深重、瘦骨嶙峋的样子,便不寒而栗。瑶琴觉得自己连进那扇门的勇气都没有。瑶琴对陈福民建议还是以她这边为主。瑶琴说两人都不富裕。她这边的东西齐全一点，就可以少花许多钱。陈福民想想觉得她说得有理。再又想自己另有一处房子独归自己，真有什么事，还有一个退路，反而更好，便依了她。陈福民这样想过后，就觉得婚事对于他来说，简单多了。因为瑶琴的房间怎么布置，瑶琴是一定会按自己的主意的。他说了也不算数，索性不管，少一桩事，又何乐不为。

瑶琴每天下了班，都去商场打转。看到合适的东西，她就买回来。瑶琴的妈说瑶琴结婚不容易，给了瑶琴三万块钱，叫她把家里的旧东西都换新，并且买东西无论如何要按自己的心意去买，买好的。瑶琴把这话告诉陈福民时，陈福民说，还是实际一点吧。我们又不需要赶时髦。瑶琴说，那彩电和冰箱，就由你出钱买，好不好？陈福民说，喂，最贵的东西都让我来买呀。那我就把我家的搬过来好了。瑶琴说，歇着吧，我才不用你老婆用过的哩。我买就是了。陈福民说，你买就你买。你妈给的三万块钱，我看也足够我们买的了。瑶琴没做声。陈福民说，你没生气吧？你要是生气了，那就我来买。瑶琴说，我没生气。

瑶琴说完想，我生什么气，新容都跟我说了，我当是跟杨景国结婚哩。又不是跟你结婚，你买不买才不关我的事哩。

于是瑶琴再也懒得跟陈福民说谁买什么和不买什么了。她全部都一手包办下来。忙着忙着，瑶琴就忙得亢奋起来。十年来的抑郁都被这忙碌所驱除。瑶琴的脸上泛着红光。走进宿舍时，常有熟人笑道，瑶琴，看了你就晓得，人还是要结婚呀。你看这些日子你越来越漂亮。瑶琴便笑。熟人又说，真的好久没有看你这样笑过了。开心得就像你跟杨景国在一起时一模一样。

周末的时候，陈福民也过来帮忙。

瑶琴的屋子全部换了新的墙纸，墙纸泛着一点淡米色。瑶琴说，当初我和杨景国两个人去看墙纸时，一眼就看中了这种样式的。窗帘很厚重，是黄底印花的。瑶琴说，杨景国说这款窗帘配我们的墙纸特别谐调，我比了一下，果然是这样。顶上的吊灯也换了，古色古香的一款。瑶琴说，我先看中的是一款很洋气的，可是杨景国特别喜欢这样的。我左看右看，觉得还是他的眼光比我高。床罩是上海货，杨景国特别喜欢上海的东西，他什么东西都喜欢买上海的。他说上海人精细，做东西讲究，不像广东人，光讲时髦，不注重做工。

陈福民本来看到新房弄得很像一回事，也蛮高兴的。可是瑶琴左一口杨景国，右一口杨景国，说得那么如意自然，心里一下子就阴暗了下来。陈福民终于忍不住打断瑶琴的话，陈福民说，喂，你是不是以为你跟杨景国结婚？

瑶琴吓了一跳，她这才突然意识到，她已经把心里的内容在不经意间流露了出来。

这天，陈福民连晚饭都没有吃就走了。一连几天，陈福民都没有露面，也没有打电话过来。瑶琴想，难道就这样了？

想过，瑶琴就给陈福民打了一个电话。瑶琴说，你要怎么样？陈福民说，没什么呀，我只是在想事。瑶琴说，想什么？结婚还是不结婚吗？陈福民说，怎么会？我当然要跟你结婚。我都说过了，不管你爱不爱我，我都要跟你结婚。瑶琴说，那你还想什么？陈福民说，为什么这么多年你都忘记不了杨景国，他是一个什么样的人呢？我就在想这个。瑶琴说，那你就不要想了。陈福民说，我不想不行。因为他挡了我的幸福。瑶琴说，那我就告诉你，他是天底下最好的人。陈福民说，是吗？听你这么一说，我还真不服气哩。瑶琴说，服不服气也就这么回事。他都死了，你又何必在意？陈福民说，我不明白的就是，他都死十年了，还让我这么不舒服。张三勇还活着，可你看我有没有半点介意他？瑶琴说，你有毛病呀！瑶琴说完，挂掉了电话。

晚上，瑶琴一个人坐在屋子里呆想。世界上的事让人不明白的多着哩，你还能每一件都弄清？想着一个死去的人难道不比想着一个活着的人要好些么？

十三

结婚没有打算挑选吉日。结婚的日子是瑶琴和陈福民两人商定的。学校暑假开始那天，他们就举办婚礼，然后出门旅行去。这一次他们计划去云南。听人说，那边的风景特别好。可以看到草原和雪山。陈福民说，去把灵魂洗一洗，洗干净好过一种全新的日子。陈福民总能说出很漂亮的话，这是杨景国说不出来的。杨景国总能做出很漂亮的事，却没见陈福民做出什么。瑶琴心里永远这么着比较他们二人。

婚期不远了，陈福民却突然就忙了起来。有时一连几天都没空到瑶琴这边来。偶尔他会打个电话。电话里说些奇怪的事。有一回，陈福民打电话说他正在茶馆里，然后叫瑶琴猜他和谁在一起喝茶。瑶琴当然猜不出来。陈福民就说是和张三勇。瑶琴怎么也想不通，陈福民怎么会跟张三勇坐在一起喝茶。又一回，陈福民打来电话，告诉瑶琴他在和吴望远聊天。瑶琴只觉得吴望远这个名字很熟，却怎么也想不起来他是什么人。好多天后，才记起，杨景国有个大学同学就叫吴望远。还有一回，陈福民说他在乡下。乡下正刮着风。陈福民让瑶琴通过电话听那里的风声，然后说，你能闻出这风里的气息吗？

瑶琴闹不懂他在做什么。瑶琴想，管你做什么，不干我的事。

星期六的时候，陈福民来了。手上拎了只鸡，还拿了一根擀面棍。瑶琴说，太阳从西边升起了，怎么想起来买鸡呢？陈福民说，讨好老婆呀。瑶琴说，怎么这么粗一根擀面棍？陈福民说，是学校看门老头儿送给我的。说这木头沉实，擀饺子擀面条都特别称手。那老头是东北人。瑶琴说，这擀面棍真打得死人哩。陈福民说，居家过日子，这东西特实在。

瑶琴和陈福民说好星期天一起去照婚纱照。瑶琴的妈要瑶琴无论如何都要去买一套婚纱。瑶琴觉得人一辈就穿这么一回，照相时借一下就行。而婚礼穿件旗袍就好了。瑶琴的妈说，就因为人生只穿一回，难道你还要穿件无数人都穿过的脏兮兮的婚纱？瑶琴一想也是。没准陈福民老婆十年前也穿过的。想过，她就约着新容一起上了街。跑了好几家婚纱店，挑来挑去，总算挑了件满意的，新容说，酷毙了。还说现在年轻人都是这样用形容词。但陈福民却不是那么高兴。陈福民说，我真不晓得你只赚这么几个钱，却能拿钱不当钱。瑶琴说，我又没让你买，这是我妈给的钱呀。陈福民说，就算是你妈给的钱，也应该省着用。老话说，好钢用在刀刃上呀。瑶琴说，结婚不是刀刃，什么事是刀刃？陈福民说，比方哪天生病呀什么的，你又没有公费医疗。瑶琴说，你可真会说话。陈福民说，我的话都跟那擀面棍一样，实在得很。

照相的费用要一千块。价格贵得令瑶琴和陈福民都感到意外。瑶琴说，还照不照？陈福民说，看你的意思。瑶琴说，我没带够钱。陈福民说，我也没带够。瑶琴心想到现在为止，我几乎就没花过你的钱哩。想过心里就有些不悦。瑶琴说，那就算了吧。陈福民说，是你说算了的，到时候不要怪我。瑶琴说，我什么时候说要怪你的？

本来两个人准备照相完后，去看一场电影。瑶琴一下子没有了情绪。瑶琴揶揄道，看一场电影两个要花五十块钱，还是省了吧，以后可以用来看病。陈福民说，这个钱我来出好不好？免得你觉得我这个人小气。瑶琴说，我看还是算了吧。小气又不是什么大毛病。

于是两个人白出门一趟，什么事也没干就回了。星期天的气氛因了这趟白出门的经历一下子阴郁起来。瑶琴回来便往床上一躺。天花板上立即浮出杨景国的脸庞。杨景国忧郁地望着瑶琴。杨景国对瑶琴说，你什么都不用管，你只管当你的新娘子，所有的事都交给我。我的钱就是你的钱。我是你的奴隶也是你的管家。杨景国当年跟瑶琴说话的样子历历在目。

陈福民开始在厨房做饭。陈福民大声说，结婚时肯定会很累，婚前要好好补一补。今天我做辣子鸡和肉末蛋羹给你吃。这只鸡是真正的土鸡，比肉鸡贵多了。是我特意买给你的。

瑶琴没作声，她坐了起来。她新买的婚纱还放在包里。瑶琴想，婚纱照不拍也好。如果是杨景国，那就是再贵她也是要拍的。只是可惜了这套婚纱，如果结婚那天不穿的话，那就根本没机会穿它了。瑶琴在想，结婚那天到底穿婚纱还是穿旗袍呢？想了半天，她还是决定穿旗袍更好。因为她已经不再年轻。她的脸上有了皱纹。以她这样的年龄穿件婚纱也有些不像那么回事。这婚纱就给自己作纪念好了。因为它的存在，自己会明白自己是一个已经结了婚的人。

这样想着，瑶琴便将婚纱从包里拿了出来。她打开箱子，想把婚纱放进去。打开箱盖，瑶琴一眼看到了就是杨景国的相片。包裹着相框的羊毛衫不知道怎么松开了。杨景国的脸便露在了外面。他的目光依然忧郁，透过他黑眶的眼镜和镜框的玻璃注视着瑶琴。瑶琴用手指在他的脸上抚了一下。瑶琴低语道，你没事吧？然后她把杨景国的相片放在了婚纱上。瑶琴想，对呀，我的婚纱就给你穿好了。一辈子穿在你的身上，你就会知道，你已经跟我结婚了。

瑶琴因了这个想法，心情变得愉快起来。但是在她的身后却响了一个声音，细细的，却也是严厉的："你在干什么？！"

瑶琴想关上箱子，但来不及了。陈福民有些气急败坏。陈福民说，为什么，你总让他出现在我们之间？为什么就不能让过去的事情永远过去呢？瑶琴说，我，我，我……陈福民说，你不要说了。我今天就要好好地告诉你杨景国到底是个什么人。瑶琴有些讶异，说，什么意思？陈福民说，别以为你了解杨景国，我现在比你更清楚知道这个人的底细。你把他当宝贝当偶像一样珍惜着崇拜着，心里把他想象得完美无缺。其实他这个人狗屁不是。瑶琴说，你瞎说什么呀。陈福民说，我一句也没有瞎说，我要救你。我要告诉你杨景国到底是什么样的人，所以我费了好多时间，找了许多认识他的人。我去过他的老家，我去过他的学校。我怕你不相信，每回都给你打过电话。现在就让我来告诉你，这个折磨了你十年的杨景国，这个让你十年来不得安宁的杨景国是个什么东西。

瑶琴有些紧张了。她并不想听这些。她只需要知道杨景国就是她心目中的那一个就够了。瑶琴说，我不要听，我不稀奇。

陈福民说，你怕了是不是？你怕我也要告诉你。杨景国的村里人说杨景国从小就阴得很。他曾经因为她五岁的妹妹吃了他的一口饭,而把她丢进水塘里想要淹死她。

瑶琴说,没有的事!

陈福民说,他在学校偷校长家的油被抓住后,留校察看了一年。

瑶琴声音大了一点,说,根本没有的事!

陈福民说,他后来跟他的弟弟同一个班,他的弟弟学习比他好得多,学校要培养他上北大。可是他家里只能在两兄弟中供一个人上大学。杨景国却不让他的弟弟,反而对他的父母说如果不让他上大学,他就跳河。他的弟弟只好放弃了高考,把机会让给了他。

瑶琴声音更大了,说,这是瞎编的。

陈福民说,他的心理阴暗,又自卑。想找女朋友,又怕。所以经常去女生宿舍偷窥女生洗澡。有一次还偷了女生的内衣内裤。因为这件事在他们系里臭名昭著。他在大学里每一年都补考。他的成绩在他们系里倒数第一。他在学校为什么找不到女朋友?因为在大家眼里,他差不多就是个流氓。

瑶琴叫了起来,你胡说!你无耻!

陈福民说,无耻的是杨景国。他到你们厂后,一眼就盯上了你,故意找你问路,找你搭讪,把自己装成情深似海的样子来勾引你。他的运气在于他新一轮坏事还没干时就死了,要不,真跟你结了婚,还不知道要出什么事来丢尽你的脸。

瑶琴跳了起来,她伸手打了陈福民一个嘴巴。瑶琴叫道,他死都死了,你为什么还要这么污辱他。陈福民说,因为他在这个家还没有死。他原先折磨你,现在又折磨我。我要让你清醒,要你看到你天天思念的那个完美无缺的爱人只不过是一个地道的下三滥而已!

瑶琴哭了起来,瑶琴说,你以为我会相信吗?对于别人,他是流氓也好,是下三滥也好,是无耻之徒也好,那是别人的事。可是对于我来说,他就是一个完美的爱人。你再怎么污辱他,也不会动摇我对他的感情。陈福民气得拿瑶琴无奈。陈福民说,你怎么就这么糊涂呢?他不值得你这样。瑶琴依然哭着。瑶琴说,就算你是世界上最高尚的一个人,可是在我心里,他比你要值得多。

陈福民觉得自己都快气背过气了。他没话可说。他觉得一个女人一旦愚钝了,就不可救药。陈福民说,我今天非要让你跟他彻底了断。我不要在这个家里见到这个人的任何东西。陈福民说着掀开箱子,抽出裹在婚纱里的杨景国的照片,想都没想便朝地上猛然一砸。镜框立即碎了,陈福民抽出里面的相片,三两下就撕得粉碎。镜片的玻璃碴割破了他的手,血就滴在碎了的照片上。陈福民的动作太快了,瑶琴一时看得发呆。她觉得自己的心在那一瞬间也被砸得粉碎。而滴在碎照片上陈福民的血正是她自己的。

陈福民说,床罩是杨景国喜欢的是不是?明天换掉。窗帘是杨景国看中的是不是?明天也换。吊灯是杨景国选定的是不是？我现在就砸掉。还有墙纸，也要全部都换。凡是跟杨景国相关的任何东西，我都不要见到。我不要让这个人在我的家里有一丝气息。

瑶琴说，那我呢？我是杨景国的未婚妻。我跟他有过肌肤之亲。我还为他做过一次人工流产。你要怎么把我处置掉呢？陈福民也哭了起来。陈福民说，我爱你。我不想让这个人毁了我的幸福。我已经受不了了。瑶琴想，你以为我受得了么？

瑶琴想着，走出了卧室。她走进了厨房。鸡已经剁好了。肉末也绞了一碗。鸡蛋打了，两个蛋黄圆圆的。瑶琴把蛋打碎，然后把肉末放了进去。炉子上烧着水，水已经开了。瑶琴关了炉火。她拿起刀。刀上有剁鸡时沾上的肉渍，油腻腻的。瑶琴放了下来。她往门外走时，看到了那根擀面杖。瑶琴一伸手，就把那根擀面杖拿在了手上。

屋里好安静。发过火的陈福民显然也明白他的发火对瑶琴来说无济于事。陈福民叹着气，弯着腰清理着地上的碎片。

瑶琴站在门口。瑶琴想，我不替杨景国出这口恶气么？我只有替杨景国出了这口气我才能跟他了断呵。瑶琴想着就举起了擀面棍。那一刻，瑶琴全身的力气都凝聚在两只手臂上。她朝着陈福民的背挥了过去。

陈福民知道瑶琴在门口，他想站起来跟瑶琴说句话。他想说，你要是实在是忘不掉，那就不忘吧。让我慢慢跟他来斗。在他站起来的那一瞬，瑶琴的擀面杖已经挥了下去，正在砸在了他的头顶。陈福民脑子里什么都没来得及想，就发出一声巨响倒在了地上。他的血再一次溶进了地板上的玻璃碴中。瑶琴呆掉了。

躺在地上的陈福民满面鲜血，和躺在石头边满面鲜血的杨景国一模一样。

十四

新容想尽办法，通过她的警察表哥，终于在看守所见到了瑶琴的一面。新容哭着说，瑶琴呀，你怎么这么傻呢？你为什么要这么做呢？瑶琴面容苍白。瑶琴说，他怎么样？新容说，他现在成植物人了。在医院里。你怎么办呢？瑶琴说，帮我找个好律师，把我放出去，我要去伺候他。新容说，你这是何必呢？你怎么这样毁自己呢？瑶琴说，我要出去。不管花多少钱，你要想办法把我弄出去。

新容替瑶琴找了一个好律师。律师在法庭上陈述了瑶琴和杨景国的爱情故事。陈述了瑶琴十年来对杨景国无休无止的思念与爱。律师在讲这些时，瑶琴失声痛哭。那些往事在她的脑子里演绎着，然后渐渐地远去。律师说，我讲述这个故事，就是要告诉大家像瑶琴这样一个弱女子怎么会突然出手伤人。那正是因为伤者陈福民砸了她最心爱的人的照片。想想她十年来靠这张照片度过的每一天每一夜，大家就能理解当时她的激愤。正是因为伤者的过激行为，使她激愤得失去理智。从这个角度，她情有可原。

希望法官能从轻处理。

法庭里有许多的听众。人们点着头。同情的砝码明显倾向着瑶琴。瑶琴的妈和瑶琴的爸都在哭。他们的身边的许多相识和不相识的人们也纷然掬一把眼泪。

判决终于下来了。瑶琴为过失伤人,判了三年,但也缓期三年。瑶琴出来后家都没回便赶去了医院。

病床上的陈福民头上包扎着白色的纱布。他两眼闭得紧紧,嘴角亦抿得紧紧的。瑶琴说,我来了。我会伺候你的。如果你不醒,我要伺候你十年。如果你醒了,我就爱你十年。瑶琴说时,泪眼婆娑。她知道她的又一种人生来临了。

从那天开始,瑶琴的夜里不再梦见杨景国。从河对岸的水雾中会有人走出来,深情地凝望着她。瑶琴能很清晰地看到,这个人是陈福民。

东郊的松山上杨景国的墓也没有人去清理了。杂木和野草都疯长着。

陈福民在一个很冷的日子里突然醒了过来。他醒来时看到瑶琴,仿佛想起了什么。陈福民说,了断。

瑶琴说,都了断了。

奔跑的火光

一

英芝想，我应该怎么说呢？

英芝正靠墙而坐。墙壁上污迹斑斓，一层覆盖着一层。在英芝想忘记自己曾经的恐怖时，她便将眼睛落在那里。她使劲猜测它们究竟是些什么。那最初的污迹是什么人留下来的。是不经意的痕迹还是心情的发泄。每一个留在这里的人，都不会有一副好心情，这很显然。

此刻，在英芝正面的墙壁上，面对着她的是一行深红色的字。不是血写的。那字歪歪倒倒着，仿佛是一个个散了架子的人。墙说，你为什么不爱我？！

唉，这是一个没有逃出爱情魔掌的人，英芝叹想，如果能为爱情而死，也算值了，好歹也曾幸福，而我却又是为了什么？

睡在英芝旁边的余姐告诉英芝，写这个字的人叫芬苹，她的男朋友跟她睡了五年，让她做了四回流产，结果有一天他轻轻松松地告诉芬苹，说他对她从来也没有过爱。芬苹一气之下，在饭里下了毒。那男人被毒死了，死时脸色发青。芬苹在这里等了五个月，然后就被毙掉了。毙她时就是一个春天。那天大家正在说估计现在外面的花开得很放，芬苹也跟着说，还说好喜欢她家院墙后的指甲花。结果来了人，把她提走。所有人都晓得，她永世难回。

高墙的上面，几乎快与天花板相接了，有一个窗口，它在白天总是灰白的，更像有人贴上的一张方纸。英芝从来也没有看到阳光从那里路过。英芝不知道是不是自己的眼睛根本失去看到阳光的能力。

每一夜每一夜，英芝都觉得自己被火光追逐。那团火光奔跑急促，烈焰冲天。风吹动时，火苗朝一个方向倒下。跃动的火舌便如一个血盆大口。一阵阵古怪的号叫从中而出。四周的旷野满是它惨然的回声。

余姐说那是噩梦。到这里来的人，都会做噩梦。而且每一个噩梦都充满恐惧。

但英芝知道，并不完全如此。

英芝说，让我一切从头开始吧。

英芝一开口便泪流满面。让她说自己的故事令她心如刀绞。但英芝明白，她必须说出一切。她若不说，就算她死了，那团火也永远不会熄灭。

二

开始的日子是在秋天。

对于乡下女孩英芝来说,一年四季中的每一个日子都平平淡淡。这一年她高中毕业。英芝没考大学。大学对英芝来说并没有什么特别吸引力,花费那么大的劲头去读书又是何必?村里的春慧读得眼睛看路不清,而永根就如同一个傻子,他们都是英芝的同学。英芝常常为他们解决一些问题。比方夜里走路,春慧就要拉着英芝,比方自行车掉了链条,永根就要求英芝帮他装上去。英芝觉得自己没有成为他们俩那样子,是一件高兴的事情。所以英芝没去考大学。她毫无沮丧之意。出了校门,她知道自己这辈子再也不会走进学校,心里倒是松了一口气。不去上大学是她本来的心愿。

邻村一个女孩,疯掉了,因为她没考上大学。英芝不明白她怎么会走这条路。英芝回家第二天就明白不上大学的日子有多么快乐。

英芝住的村子叫凤凰垸。离县城只十几里路。知道凤凰垸的人都说这里的人精明。但凤凰垸却并没有因为精明而富起来。英芝的家境在村里属于中等偏上。英芝的爹虽然在田里干活,可英芝的妈却在村口路边开了个小店铺,卖点柴米油盐,比起那些光种田的人家，手上就要活泛一点。除了凤凰垸最有钱的三伙家之外，还真说不出哪几户人家比英芝的家里更富裕。

关于凤凰垸的精明都落到三伙一个人头上的老话，英芝小时候就听讲过。三伙上学一直上到了县中。三伙当红卫兵一挥手人人都跟在他后面跑，一直跑到汉口。三伙眼珠一转就是一个主意，然后就赚一笔钱回来。如此之类。凤凰垸村里的人冬天没事干时，最喜欢议论的人就是三伙。三伙的爹是个歌师，方圆十几里，有人家办红白喜事，都请他上门去唱。红喜唱戏，白喜唱丧。日子再苦，从没见他家苦过。三伙的爹死后，家里没人照顾，三伙就不再出门。三伙接下他爹的事情。三伙当然没他爹唱得好，可那有什么关系？三伙自己拉起了一个班子，名字就叫"三伙班"。倘有人要请唱班，只找三伙班就是。三伙骑个自行车，东村跑西村窜，一家喊几嗓，吹唢呐敲鼓扯胡琴打板的，一下子就找齐。三伙不吹不弹不拉不唱，只在当中抽头。三伙嘴能说，又舍得做，结果做得比他爹名声还大。三伙在村里最早盖砖房。红瓦白墙，屋中间吊着电灯，晚上灯一亮，明晃晃照人脸，看红了村里多少人的眼睛。三伙的本事在于不管世道如何变化，他都能赚钱到手。英芝的两个哥哥，一心想做三伙这样的人。下广州上东北，皮都脱掉三层，回来时跟出门时一样穷。其中一个还闹下一身花柳病。三伙一边看得哈哈大笑，他笑起来像风声呼啸，那风从你头上刮过时嘶嘶炸响，让人恍然觉得他的肠子正在被他一根根地笑断。英芝两个可怜的哥哥只好在三伙的笑声中回到他们的老地方———张麻将桌上。三伙说，干这个的就别想干那个，干那个的就别想干这个。这是天数。你想改就改得了吗？

三伙已经快四十八了。脸皮老得像英芝的爹一样。而英芝的爹比三伙大上十岁不止。三伙指着自己的脸说，科学家说脑子里的沟沟坎坎多，人就聪明。我呢，脑子里的沟沟坎坎已经长满了，脸上这些是从里面漫出来的。三伙总是这样唾沫四溅地吹嘘自己。英芝从三岁起就讨厌他，一直到现在还是如此。

三伙却从不知道英芝对他的厌恶。英芝毕业的第二天，他竟颠颠地上门来找英芝。

心闲的英芝正在院里跟侄儿茗伢打扑克。三伙说："英芝，回啦？"

英芝没抬头，嗯了一声，又对茗伢大叫："不准痞牌。"

三伙说："英芝，玩这有么意思？一分钱也挣不到手。"

英芝一翻白眼，说："我又没想挣钱。我爹妈养得起我。"

三伙一笑，说："爹妈能养你到老？"

英芝嘴上没说话，心想倒也是。茗伢说："你管得着吗？我姑爱玩牌，么样？"

三伙说："要是有个赚钱的机会，你问你姑是玩牌呢，还是赚钱？"

英芝心里"咚"了一下，暗道那还用说，哪个不想赚钱呀。可英芝讨厌三伙，没直接搭他的腔，英芝对茗伢说："出你的牌，屁话少说。"

三伙说:"不想赚钱?"

英芝说:"这种好事,哪轮得到我?一个大王。"

三伙说:"要是轮到了呢?"

英芝大声答道:"我干么事不赚?"

三伙乐了,高声笑起来,又有嘶嘶嘶的声音从英芝头上拉过,跟拉锯子似的,令她头疼。英芝说:"要笑到别处去笑。我听这声音就头疼。"

三伙说:"好好好,下面我就说个让你头不疼的。"

三伙说农村而今办红白喜事,唱戏哭丧没人听了。时代变了,老把戏没市场。现在大家爱听流行歌。特别是听香港台湾的歌曲,哼哼哈哈的没个听头,可就是有人爱听。所以他把"三伙班"人马全部换了。他投资买一了套卡拉OK,还买了喇叭,又找了几个年轻人跟着唱。上月带着那些东西到柳家洼,哪晓得,台子一搭,音乐一响,人群像水一样流过去。结果一连搞了几场,大受欢迎。听的人点歌点得忙不过来。现在连江对岸的人都划船过来接。过个把月,高考公榜,那些有伢儿考上大学的,必定要摆酒席。已经有几家到他这里来预约了。现在的价格,请一场五百块钱。生意好时,就提到六百一场。加上点歌费,各人一摊,差不多唱一场一人可以赚大几十块。

英芝先只是听,听进去后,就觉得确实是个好生意。嘴上却还说:"你有人了,找我干么事?"

三伙说:"我那里有三个男伢,一个负责换碟,两个伢儿唱,倒也够。可是女伢只一个。女伢少了,观众听起来没得劲,我晓得你的歌子唱得好,我有一回过年听你唱过九百九十九朵玫瑰,唱得蛮好。你入不入伙?"

英芝心里惊喜万分。唱歌本来就是她喜欢的事。如果能像歌星一样又唱歌又赚钱,那不更好?可英芝还拿着架子,说:"你拿我开心吧。"

三伙说:"我开你么事心?今天下午就有一场,上场就有钱。你不信去一趟,没拿到钱我围你屋里爬三圈。"

三伙的话说到这地步,显然也不是骗人。英芝忙说:"那好,我去。"

三伙跟英芝敲定碰头时间,就走了。三伙一走,英芝立即把牌甩了。几十张牌从空中撒落一地,气得苕伢一边捡牌一边骂:"唱唱唱,唱了去死呀。这么好的牌,白起了。"

英芝说:"你咒我,我死后变成鬼也要撕烂你的嘴。"

英芝说着便跑进屋里给自己挑套衣服。英芝的衣服没几件,上学穿的有,上台穿的就没有了。英芝找不下衣服,就上灶房找她妈发脾气。英芝说家里再穷,也得给姑娘买一套可以上身的衣服呀。英芝是家里的独女儿,一向在做妈的面前娇横惯了。英芝妈说你哪件衣服都比我的好,怎么不能穿?英芝说没一条好看的裙子。英芝嫂子见吵,就拿了她做姑娘时的一条裙子给英芝,说是她反正是穿小了,不如送给英芝。嫂子的裙子是淡红色的,上面起着一些黄色的小碎花。领口尖尖着,背后还有两根带子系成蝴蝶样子。虽然有点旧，可英芝穿在身上后，倒也显得蛮好看。

三伙一见英芝如此，眼睛就亮了，说："好好好，会打扮最好了。"

唱歌是在老庙村。因为村后有座老庙而得名。老庙村离凤凰垸有四十几里路。老庙村村长给儿子办喜事，特特开了卡车来接"三伙班"。三伙在车上拿了歌单给英芝看，问英芝会唱哪些。英芝看几眼，说差不多都会。学校门口有几家卖衣服的店铺，成天敞着喇叭放歌，想不会都不行。三伙说，那就点几首喜欢的。英芝就点了《心雨》，点了《十五的月亮》，点了《千纸鹤》，点了《常回家看看》，最后还点了《九百九十九朵玫瑰》。三伙说这支歌非得唱。所有的歌对英芝来说都熟悉不过。换碟的男伢叫文堂。文堂说，正式唱之前，还是试着合一下，免得到时候跟不上。

村长家的房子是一栋三层楼的砖房，面向马路的外墙还贴了明黄色的瓷砖。望去比三伙家的房子还要气派。隔得老远，就抢人的眼睛。三伙说，村长就是村里的皇帝，所以得用皇帝的颜色。三伙跑的村子多，他的话就是道理。

唱班的台子搭在村长的东屋的窗下。与大门稍稍错开。台子有两张大床那么大，一尺半高，上下十分方便。这是三伙亲自设计的。底下是木条钉的架子，上面铺着木板。由八块拼成。拼装拆卸都极其方便。搭好的台子上还满铺着红色腈纶地毯。地毯很旧，不晓得是什么人淘汰给了三伙。音箱有两个，立在台前。正儿八经有麦克风,撑在中间,就像领导作报告,有模有样。台子搭好,电源接通,音乐响起,人就围了上来。

这一切,都令英芝意外。英芝对三伙的讨厌仿佛也因此而改变。英芝对三伙说,想不到真不错。三伙说,不是吹牛,方圆几百里内,就我这个班子最豪华。事情就得这样做,请班子的人,讲的就是个排场。我这里就是要他讲个够。这样他才开心,要不,哪个请你?

英芝想,三伙就是有他的一套。

人家办婚事,客来客往,"三伙班"就只管一曲接一曲地唱。喇叭放得很响,村头村尾都听得见,站近了还有些扎耳。有人点歌,也有人献花,实在是很好玩。英芝头一回上场,并没有紧张,反而觉得刺激,于是亢奋。一亢奋,就超常发挥。英芝觉得自己从来没有唱得这么好过。一歌唱完,围观的人都使劲鼓掌。新娘还没有接来,客人们都在聊天说笑,说得开心时,也乱七八糟地点歌献给某某某。献歌时把人名一点,就会有大笑冲天而起。村长因了这些笑声,开心得要死。没结账就先给每人塞了十块钱。三伙对英芝说,这十块中有五块是他的,这是规矩。

村长的儿子朋友不少。一伙人反反复复地相互献歌。说笑打骂,把烟头丢得满地,闹成一团。唱着唱着,他们就把一个高个子往台上推。推时还叫:就要和那个穿花裙子的女伢对唱。那高个子不肯,使劲反抗。围观者都大笑着看热闹。一个黑胖子说:"贵清,你只要唱了,昨晚上输的钱一笔勾销。"

另一个光头的人也说："是呀，你只要唱一支歌，你输我的那笔钱，也算了。"

叫贵清的高个子停下挣扎，说："你们的话当真？"

光头说："哄你我就不得好死。"

黑胖子也说："哄你我就是个王八。"

贵清就笑道："光头和黑胖，你俩哄不哄我，照样一个不得好死，一个是个王八。"

贵清话音一落，台上台下的人都笑得一哄。英芝也笑了，她觉得这个叫贵清的高个子说话蛮有水平。

贵清一步跳上台来。他摸摸头，说："唱么事？我还不晓得我会唱么歌。"

台上就又笑。光头说："就唱那个《明明白白我的心》。你打牌时唱过的。"

这边一闹，围观得人更多。连进到屋里的客人们也都跑了出来。三伙高兴，忙低声跟英芝说："英芝，全靠你了。唱亲热点，效果好，点歌的人就会多。"

英芝自是明白三伙意思。她上前伸手拉起了贵清的手，将他引到台中间。然后让文堂起音乐。台上的哄笑声更高，连口哨也响了起来。

英芝一往情深地对着贵清唱。但到贵清开口时，却发现他跑调跑得一塌糊涂，根本无法把歌唱下去，而台上的哄笑已成狂笑，口哨亦更加尖锐。贵清一紧张，就跟不上词了。英芝低声说："莫紧张,你跟着我唱。"于是,英芝帮贵清唱了起来。英芝唱时,时而作深情凝望状,时而将头倚在贵清肩头。媚眼丢得台下一阵阵鼓掌。英芝以往上学时,放假回家,常下田帮妈妈干活,从那里学会了打情骂俏。这时候在台上,她便轻而易举地运用起来。一曲唱完,又扭又撩,英芝已经把台上台下的人都逗得兴起。台下的人便乱喊着:"亲个嘴!""贵清,摸一把。"

三伙兴奋的脸颊通红,连连道:"英芝真是个了不起的小妖精。"

点歌的人就更多了。音乐一下都不间断。一直到接新娘小车开来,尚有许多人不看新娘而要点歌。都说村长儿子结婚就是不一样,要热闹有热闹,要排场有排场。村长被人赞美得发昏,晚上结账时便给了三伙800块钱。而三伙也发了昏,当下便掏了一张百元大钞给了英芝。加上点歌的48块钱和被三伙提成了5块的村长小费,英芝这天一下就赚了153块钱。她惊呆了。她从来也没有拿到过这么多钱,更加从来没想过钱竟是这么好赚。

英芝知道,她的生活将因此而改变。

三

英芝决定去县城买一两条专门穿了唱歌的裙子。她看过电视。那里面唱歌的女歌星都穿得很露。所以,英芝也要为自己买一条露肩膀的裙子。还要买一条上下脱节,露出肚脐眼的裙子。

她知道这样一穿上场，肯定会有更多的人欢迎。英芝把她的想法告诉三伙。三伙一拍手，说："我正想跟你说这事。我这里贴你五十块钱，你再买一条透明一点的裙子，里面的短裤买那种蛮小蛮小的三角裤，莫再穿乡下人的大花裤头。城里人叫这是'性感'，乡下就叫这'勾人'。再买一点胭脂把脸上抹一抹，嘴巴要搞得红通通的，好撩人。再把歌子唱得人心里麻痒麻痒，你就成功了。英芝呀，我真没有看错你，你赚钱的前途大得很呀。"

英芝心里十分高兴。她拿过三伙的五十块钱。三伙把钱递给她时，笑道："英芝呀，我以前还不晓得你这么骚哩。"

英芝拿出钱往村外走，走时想，我骚不骚关你屁事。你这辈子也莫想占到我的便宜。

英芝在县城的精品屋很快就买到了她想要的东西。英芝为砍价花了两个多小时，结果她大获全胜。全部东西加起来，也没花到一百块钱。英芝觉得真是太划得来了。一高兴，又为自己买了两件粉红色上绣着金丝花边的胸罩。胸罩亦当即试过，试好就没有摘下来。走出店门，挺胸昂头，英芝觉得她这辈子都没有过这么好的感觉。

英芝在县里的银行办了个存折。她存进了一百块钱，是定期。红色的小折子从她的手心一直烫到了心里。她不知道把它放在哪里更好。最后她将它插在了胸口。新穿的胸罩紧紧的绷着胸脯，比口袋更保险。英芝放妥帖后，昂首挺胸地走在了县城的大马路上。她能感觉得到胸口有一团火在熊熊燃烧。英芝是她家唯

——一个有存折的人,而且她走出校门才只几天!而且她并没有出半点的劳力!英芝想,这是什么?这就是说她有本事!本事是天生的,而不是学来的。这么想过,她自己就为自己的生命感到无比骄傲,觉得整个县城大马路上的人都在向她羡慕地张望,于是她走路时的胸脯就挺得更高了。

英芝打算坐车回家吃中饭。在县城的汽车站,有人喊她,她回头一看,竟是那个老庙村与她同台唱过歌的高个子贵清。

贵清推着一辆新自行车。他在望着英芝时,脸上有一种惊喜交加的表情。这表情好让英芝心生得意。

贵清说:"你进城买东西?"

英芝说:"是呀。你这车,刚买的?"

贵清说:"可不。打那天上台唱了歌后,手气就特别好,这几天天天都赢钱。赢了钱就想到你们凤凰垸去找你玩。全靠你那天帮我转了运。不过到你那边太远了,我就想反正迟早要买辆车,干脆用这些赢来的钱买下好了。"

英芝就笑了,说:"瞎扯!你是看到我才这样讲的。"

贵清认真道:"王八乖乖儿才瞎扯,真话是想要去凤凰垸的。"

英芝又笑了起来,声音咯咯咯的十分清脆。英芝说:"那你肯定就是个王八乖乖儿。"

贵清被英芝的笑声撩得耳朵发烧,他忍不住摸摸自己的耳朵,然后也笑了,说:"你吃过饭没有?"

英芝说:"没有呀。你是不是想请客?"

贵清说:"你要肯陪我吃饭,我就高兴狠了。"

英芝想,反正回家也没什么事,干么事不吃他一顿?想好就说:"好呀。我这个人最喜欢别人请我吃饭。"

贵清高兴道:"那好,我以后就多请你。"

车站旁边正好有一家名为"好再来"的小餐馆,两人便走了过去。餐馆人不多,靠里的墙角正好有一张两人坐的桌子,贵清说:"这里最好,就像是正等着我们来吃似的。"

英芝说:"你想得美呀。"

贵清让英芝点菜,贵清说只管点。英芝想你就算赢了钱,又能赢多少呢?便随便点了两个小菜,一盘炒豆腐,一盘炒肉丝。贵清看了就笑,说:"吃这些菜?你还不如回去吃好了。"于是他拿过菜谱,点了一盘椒盐虾,又点了一盘红烧野兔。贵清说这家的红绕野兔做得特别好,他跟友杰一起来吃过一回。友杰就是他们村长的儿子——那天结婚的那个。

英芝从来没有在外面餐馆吃过饭,以前在学校就是食堂蒸饭,自己用瓶子带点菜去吃,回家后,也没哪个想起来应该到餐馆吃回饭。直到这天英芝饱饱地吃了一顿餐馆,才晓得餐馆的菜真是比家里的菜好吃一千倍。英芝全副精力都放在吃饭上,而贵清却一直絮絮叨叨地说着话。贵清说他中学毕业就回家了。他家就他一个儿子。另外再有一个妹妹,正在县里读高中,住读。他家在村里条件不错,因为他爹特别能干,种了个果园,所以在村里也算是个富足人家。他自己有时出门帮人做装修，有时懒了，不想做事，就在家里帮帮他爹的忙。他家的果园里梨子长得特别好，是那种外表不好看，可是甜得不得了的梨。每年夏天都能卖不少钱。他爹把卖梨的钱都存着不动，准备给他娶媳妇。贵清说到这里，就停了下来，用一种特别的眼光望着英芝。英芝心里觉得好笑，心道，未必你请我吃了这一顿饭，就想要我嫁给你？英芝不理他的目光，大口地吃着兔子肉。嘴里故意不停地说："好吃，我还不知道兔子有这么好吃哩。"说完她想，可怜的兔子，还不晓得你是一只黑的还是一只白的呢。

吃过饭，贵清就对英芝说，不必坐汽车，就十几里路，他骑车搭她回去就行了。英芝一想，这也不错，还可以省下几块钱车钱，便立即同意。英芝就坐到了贵清的车架上。

秋天的原野，风光自然是极美的。坐在自行车上看风景跟汽车里看风景到底不同。碰到好玩的地方，立马就可以下来玩玩。就这么玩玩走走着，十几里路走了两三个钟头还没有走完。

几近凤凰垸时，英芝让贵清下了公路拐进小路。英芝说小路要近好多。但没料到，前两天下过一阵透雨，接下来又出了大太阳。小路的泥泞遭太阳一晒，坑洼不平，泥硬如刀。自行车上去颠簸得厉害。英芝坐在车后，几次要被颠掉下来。英芝说："我不行了，受不了了。"

贵清就赶紧下了车，说："我也不行了，车也不行了。"

两人就只好下来走。英芝叹口气说："本来想少走路，结果倒走得多了。"

贵清说:"走走也好呀。你不晓得,我骑在车上直担心呀。"

英芝说:"担心么事?"

贵清便一副痞脸地望着她,笑道:"你真想晓得?"

英芝说:"么事?"

贵清说:"我担心我老弟叫我和车座板两头一挤,挤成废品了。"

英芝莫名其妙道:"关你老弟么事?你不是光有一个妹子吗?"

贵清就哈哈大笑起来,说:"英芝,你是真不晓得还是装的呀。"

英芝还是没有明白什么意思。贵清见她那副样子,笑得更厉害了。好容易笑完,他才说:"我是老哥,他是老弟呀。"他说着指了指自己的下身。

英芝的脸一下子红了。仿佛周身的血一起涌了起来。英芝说:"你跟我邪,我不理你了。"说着,英芝便往前跑。

贵清忙推着车跟在后面追。贵清说:"英芝,开个玩笑,何必哩。"

英芝跑了一阵,跑不动了,就停了下来。小路到此已经绕到了河边。过河就是凤凰垸。英芝想,反正也到了家,打个招呼让他回去好了。

贵清推着车跑不利索,停下时,直喘粗气。胸脯便一鼓一鼓的，气息又浓又长，一直扑到英芝脸上。英芝不知道怎么觉得自己好像浑身热血沸腾似的。仿佛这股又浓又长的气息是一把火，把她点燃了一样，突然她就不想赶紧回家了。

贵清说："你们村的风景蛮漂亮，不过我们村的风景也蛮好。"

英芝说："你们村的风景好关我么事？只要我们村的风景好就行了。"

贵清说："我们村的风景好，你就愿意到我们村里去呀。"

英芝说："你们村一村邪货篓子，我才懒得去哩。"

贵清就笑起来了，说："我就是那个顶大的邪货篓子，对不？"

英芝也笑了起来，说："是又么样？"

英芝说话时斜着眼睛瞟着贵清，神态妩媚又风骚。贵清心里一阵激荡，将自行车斜倒在地上，说："那我就认这个账。"说着就走过去，伸手把英芝一搂。英芝立即就软了。她想挣开贵清的手，却是无论如何也挣不动。她想打贵清，可是手也没劲抬起来。她还想骂贵清，结果大声喊叫的话到嘴边却变成蚊子声。而贵清的手一下子就已经摸到了她的胸脯上。她觉得有一种十分惬意的感觉在全身蔓延。她知道这是因为贵清的缘故。于是她停下了所有的反抗，只想这种惬意感觉多停留片刻。正待她这么想着时，贵清的嘴便已经贴到了她的嘴上。英芝所有的反抗，到这时全都变成了主动。而且，在反抗时她失去的全部力气又都回到了身上。英芝用自己的舌头将贵清的舌头顶回他的嘴里，却把自己的舌头放进他的嘴里搅动。贵清任她如此，却把自己的手伸得更远了。终于，英芝发出了尖叫声。贵清就把英芝放倒在河边的草地上。

太阳这时刻开始往下落了。虽然过了立秋，可秋意并不深浓。河边的杂草在阳光下依然显得青青葱葱。下山的阳光一寸一寸从贵清和英芝身上抚过，然后消失在云中，黄昏的意味随阳光的远去而越来越深重。当贵清和英芝的身体分开时，天已经开始黑了起来。贵清和英芝都软软地躺在灰蒙蒙之中。

好半天，英芝才说："你这算不算强奸？"

贵清说："你比我的劲还大，我还准备说是你强奸我哩。"

英芝想想适才的情景，不禁笑了起来。她原先听人说起过男女偷欢的事情，但从来也没有觉得会这样有趣。笑完后，说："反正是你勾引我。"

贵清见她笑，也笑了起来，说："有一点。因为我蛮喜欢你，那天唱完歌我就想，我要是找你做老婆，几多好。"

英芝说："你想得美。我的聘礼重得很。要有房子，有电视，有冰箱，嗯，还要有洗衣机，对了，还要有一套卡拉OK机，我最喜欢唱歌了。怎么样？你拿得出来？"

贵清说："我只好把我自己卖了，一块一块地割肉，到县里去卖。"

英芝哈哈大笑起来，说："就你那几两肉，未必比我家圈里的那头猪更卖得起价。"她笑时两肩抽动着，胸脯上下起伏，有如波浪。

贵清也大笑起来。笑完，他想，英芝真的是很美呀，我这辈子要能娶她做老婆，就是被水淹死被火烧死被人放进油锅里煎炸，也值得呀。

笑声就随近晚的风，贴着河边，飘到对岸。那边的炊烟已经散了，已然有灯光从村边人家的窗口放射出来。英芝心情愉快，她想，哇，好开心呀，这就是美好的青春吧。

四

英芝从来也没打算嫁给贵清，因为她现在还不想嫁人。英芝觉得在"三伙班"唱歌很是快活，而且也能挣钱。虽然"三伙班"不是每天都有人请，可只要被请，她便能赚钱。英芝仔细算了算，如果每个月只唱四次，按第一次挣的钱数来算，她就能挣六百多块钱。就算少一点。至少四百是能挣到手的。英芝每个月给家里五十块剩下的自已都存起来，一年下来，她就有几千块钱。对于英芝来说，这简直是天文数字。英芝一想到明年此时，她就是几千块钱的主人，就由不得开心万分，睡到半夜，也会为此而笑醒。

冬天在英芝欢乐的心情中到来。虽然每次跟着三伙出门唱歌，搭台和乘车以及顶着冷风一唱就是一天，并不见得就是件轻松的事，可是，英芝仍然觉得一切都那么美好。她在家里的地位也因为每月交钱的缘故，越来越高。英芝的妈常常堆起满脸的笑，说："我家英芝就是精，得亏没有去上大学，要不就跟村头春慧一样，成了个赔钱货。"英芝每次在母亲说这话时，都会快意地笑出声来。她想，可不是这样？

一天，风很猛。英芝上厕所。厕所是露天的，几块木板搭在猪圈一侧。风从板缝中穿过来，刺得屁股皮肤很疼。有时来月经时，手指冻得换纸都不方便。英芝蹲在两条架空的木板上时，无意间想起，这个月她的月经没来。英芝突然就紧张起来。前年英芝的二嫂怀孕时，英芝问她怎么知道自己怀孕了，二嫂说，不来月经就是怀孕了。蹲在冷风中的英芝瞬间想起了二嫂的话，想完她浑身涌起鸡皮疙瘩。

英芝不敢到乡里卫生所去。她专门跑了一趟县医院。令英芝万分沮丧的是：她果真是怀孕了。英芝有些发蒙。她同贵清的偷欢，也没几次。虽然贵清常来找她，但多数时候都好几个人在一起玩，想私下里有什么事儿，也不太方便。只那一次，英芝到方家台唱歌，贵清也跟了去。英芝去上厕所，贵清便跟在后面。贵清急吼吼的，死皮赖脸拉了英芝到一户人家的树林子里，两人匆匆忙忙地凑合了一次，前后只几分钟。这次令英芝感到非常不愉快，英芝厉声地吼了贵清，她说："你怎么像个流氓？！"

英芝知道，麻烦就是出在那一次。她想想就觉得生气。恨不得找到贵清一刀剁死他。英芝出了县城径直就去老庙村找贵清。

贵清正跟人打麻将,一见英芝,喜出望外,甩下麻将就屁颠颠地跟了英芝出来,英芝闷头往前走,贵清就跟在她后面,一直走到村口的树林子里,英芝方停下了脚步。

贵清说:"我当你再也不肯理我了哩。"

英芝没好脸色,说:"你当我想理你?"

贵清嬉笑道:"不理我,你上我们村来干什么?肯定是想我了又不好意思说是不是?这林子是个干事的好地方哩。"

英芝说:"是你妈个屁!"

贵清怔了怔,说:"怎么了?找上门来就为了骂我?"

英芝说:"骂你我都不解恨。"

贵清说:"你姆妈晓得我睡你了?"

英芝还想骂他,可转个念想,骂他又有什么用呢?她缓和了语气,说:"比这还差。"

贵清说:"你另找下男朋友,被那男人晓得了?"

英芝说:"我找你个头呀。我这个月没来红!"

贵清说:"你们女人的那号脏事,跟我有什么相干?"

英芝恼怒道:"怀了你的杂种才不来的,你说跟你相不相干?"

贵清大惊:"什么?你怀伢了?我的?"

英芝说:"你这个不要脸的!不是你的是哪个的?"

贵清立即跌脚拍掌地大笑起来,说:"太好了,太好了。想不到老子一放一个准。"

英芝说:"你开心,我怎么办?叫人晓得了,我还有什么脸面活人?"

贵清说:"你是我儿子他妈,我哪能让你没面子?嫁给我就是了。"

英芝冷冷一笑,说:"你打算拿什么娶我?"

贵清想起英芝曾经说过的话,他有些丧气,可在转眼间,他想起了什么,立即眉开眼笑。贵清说:"拿我儿子呀,他还不能抵你那些什么电视机、洗衣机吗?"

英芝正思考还能要找贵清提些什么要求,突然听到"儿子"两个字。一股异样的感觉爬上心头,不知是仇恨还是欢喜。她冷冷道:"你倒是有一手。"

贵清见她如此,倒是笑了,笑着的脸上有些痞气。贵清说:"这也是没办法呀。我看你还是趁早嫁过来好了。"

英芝恼怒道:"你休想!"

贵清脸上还是在笑:"那我倒要看你么办。我有什么打紧,你是个女人,女人跟男人不一样。你自己也晓得,女人没结婚就大了肚子,脸面往裤裆里夹呀?"

英芝气得牙都要咬碎了,想要破口大骂,可又回味贵清所说,她是个女人。是呀,英芝有些伤感地想,她不过一个女人。所有风流债中,都是男人起事,女人遭罪,仿佛历来如此。倘贵清耍赖,不认她这个账,她又该怎么办?一想到自己肚子大了的消息行将满村满乡流传,一想到她走到哪里就被哪里人指指点点，英芝便不寒而栗。看看贵清那张扬扬自得的脸，她原本塞了满心的愤怒竟平了下去。涌在心里的却是一股淡淡的悲哀，只因为她是个女人。

贵清在英芝伤感的时候，趁机又一把搂她到了怀里，用一种格外温柔体贴的声音说："算我求你，嫁过来好不好？"说完便动手动脚。英芝被他的温柔所动，心想已经是他的人了，不由他又能怎么样？

五

腊月二十八，天气阴阴的，看上去像要下雪，就手一推房门，寒气便扑面而来。风也好猛，刮过来一阵，就像一大群狼从身旁呼啸而过，令人心里无端生出怯意。就在这天，英芝嫁到了老庙村。孩子在肚子里已有两三个月，自己不嫁不行，英芝心情上很是无奈。因了这个，她也无法在聘礼上讨价还价。

贵清家也请了"三伙班"的人马。三伙在跌脚长叹英芝活活糟蹋自己过后，所收费用也几乎低了平素的一半。"三伙班"在老庙村整整唱了一天。傍晚时分，英芝坐着贵清借来的拖拉机吹吹打打地进了老庙村，一到村口，她便听到那些熟悉的音乐，刹那间英芝热泪盈眶。

这天夜里，贵清喝多了，醉醺醺进入新房，东南西北都分不清，自然也没有跟英芝亲热。英芝躺在充满酒气的新床上，想着自己走进这里的过程。想到半夜，泪水湿了枕头。

没花多少钱就娶回一房媳妇，贵清的爹妈脸上并未显出多少笑意。对英芝的态度也是淡淡的。英芝看得出来，心里便有些不悦，不悦之中更有一些奇怪。英芝问贵清，说我又没让你家破费，你爹妈怎么还不高兴我？贵清吭吭巴巴地半天，却还是说了实话。贵清说："我爹说一个媳妇这么便宜，怕不会是什么好货色。我妈也说，会不会是有病才这么贱的吧。我跟他们解释了半天，他们都不信。"

贵清的这番话，气得英芝一口血差点喷了出来，直恨不能喝毒药。英芝当即便拍着床帮同贵清吵了起来。英芝说："我是便宜货么？我赚的钱你爹妈见都没见过那么多。我嫁到你家，是我这辈子倒霉。我碰上了你，就只好自己把自己贱卖掉。你家好歹也要领个情吧？倒说这种不是人的话。"

贵清说："吵个什么呢？我都替你解释了。老人嘛，看到自家娶媳妇跟别人家的不一样，总归是有点闲话的。我大伯家比我家的家境还好，他家的老二娶媳妇硬是用我堂妹子换亲换回来的。我爹妈本来也为我的亲事愁得不得了，一天只吃两顿饭，替我攒钱。还说如果攒不出钱来，也就只好拿我妹子去换亲。还好，我碰上了你，没花多少钱你就肯上门。这事有些突然，我爹妈一直还没拐过弯来。闹不清我家媳妇怎么没花钱就肯过门。就这简单，你听着不就是了？"

英芝更加气炸了肺，却什么也说不清，吵吵嚷嚷地一通大闹。贵清解释烦了,也不再赔小话,倒是懒懒地有一句无一句地搭腔,一副嫌麻烦的架势。英芝吵痛了嗓子,人也累了,肚子也隐隐地有些疼,怕坏了孩子,便不敢起劲往下吵。歇下嘴不说什么时,就立即觉得婚姻真是没意思透顶。贵清比她想象得要无趣一万倍,而公婆转眼间在心里已是仇人。

英芝在台上会做戏,在过日子中却不会。她心里存有对公婆的怨恨,相互见面时,脸上便露不出好颜色。说话时常阴一句阳一句。村里稍有鸡飞狗跳,英芝便跑出门看热闹。回来后自顾自地唱些你爱我我爱你的歌,一副全然不把公婆放在眼里的派头。

公婆二人也不是省油的灯,自己本是长辈,媳妇嫁进来,就得垂眉低眼伺候他们,就得烧火做饭挑水劈柴喂猪喂鸡,就得屋里屋外忙进忙出做事做得身影像旋风,就得隔三差五向公婆请安递茶倒洗脚水,这才叫媳妇。否则娶你回来做什么?光娶你来生个崽儿?只要儿子有本事,找哪个娘们儿生崽儿还不一样?一个家里有公婆有男人有小姑子,哪能由得你个小媳妇这样嚣张?这样想过,公婆两人便也把脸色挂了出来。本来正同女儿说说笑笑,一见媳妇,脸皮立即拉长。英芝夜里便对贵清说:"每天我一出门就先见到两匹马。"

贵清说:"我家哪来的马?"

英芝说:"你没看你爹妈的脸呀,比马脸还要长哩。"

贵清这时就只说了一句:"他妈的!"不知是说英芝的刻薄还是骂他爹妈的马脸。

夏天刚过完，英芝的孩子出世了，是个儿子，眼睛大大的，哭声嘹亮。公婆新添了孙子，高兴得屋里屋外不知道忙什么好。上医院看孙子时，孙子被英芝抱在手上，公婆的马脸一齐变短。两个花白的脑袋凑在一起看孙子小小的样子，糙手在小脸上刮来刮去，乐得嘴都合不拢。英芝却仍然一副不把他们放在眼里的嘴脸，心想，我给你们生了孙子，看你们还敢给我脸色看？

满月时，贵清又摆了酒席。贵清有了儿子，觉得自己在老庙村有了几分骄傲。这份骄傲到了英芝那里，就是满脸的得意。酒醉饭饱后，贵清躺靠的被子上，边用手指头抠着牙缝里的菜筋筋，边痞着脸说："不是我有两下子，打炮打得准，你生得出这好的儿子？"英芝便大骂他一句"不要脸。"

贵清没说什么，心想不要脸也得两人做呀。还多亏老子不要脸，三两下就把你弄到了手，把儿子塞进你的肚子里。要是光晓得要脸面，这日子说不定老婆还没讨到哩。这么想过，贵清心里越发有得意感，觉得自己很是有些了不起。

轮到英芝回娘家了。这是生了孩子后头一次回娘家，英芝不想自己太窝囊，便涂脂抹粉地把自己打扮了一番。虽说已是孩儿的妈，可英芝并未满二十岁，脸色红扑扑的，如果不看因喂奶而鼓胀胀的胸脯，她依然一副青春少女的姿容。英芝对着镜子欣赏自己的容貌，看着看着，便禁不住叹息。觉得自己本应该有一个漫长而快乐的青春年华，她可以随着"三伙班"走乡串垸地到处唱歌，说不定她就能唱成一个人见人爱的歌星；或者她可以跟人一起到南方打工赚钱，见识一下外面的花花世界；就算那些都不成，她也可以多谈一阵子恋爱，身边有三五个男人追求，与他们一起打情骂俏进城逛街，不也是快乐无比的事？然而……然而……然而她却偏偏糊糊涂涂地怀上贵清的孩子，自己这辈子青春仿佛就在不经意间给断送掉了。英芝抚着自己的脸，心里充满酸甜苦辣。

英芝正想得云天雾地，儿子哭了起来。儿子名叫贱货，是公公起的名字。起先英芝不干，说凭什么我儿子是贱货？公公嘴一撇说："老规矩都这样，起个贱名字好养，名字一金贵，就要伤儿身，你懂不懂？"婆婆一边还帮腔，说："我们贵清小时候就是叫苕伢，过了十八才叫贵清，你看他长得几多壮？"英芝气得直咬牙，不想顺从公婆之意，可又怕万一叫个金贵的名字真的会有伤儿身，便又忍了。忍下之后，心里却像是给套了双小鞋，鞋里又进了颗大沙粒，硬是硌得慌。

贱货哭得哇哇啦啦的，英芝知道他是撒尿了。贱货的尿特别多，满屋里都有他的尿臊味，英芝起身过去给他换尿布，嘴上骂道："拉拉拉，拉个死呀，这么多尿！真是个小贱货。"换时心里便发烦，只想对那张小屁股打两巴掌。手掌举起，落下时却成了抚摸。贱货的肉软软的，像海绵，摸起来很舒服，英芝摸了两下，又舍不得打了。

贵清进屋来，说："嗯，好臊。英芝，想跟你商量个事情。"

英芝没好气道："你肯定是没好事的，说！"

贵清说:"那不见得。是这样,我爹妈盼孙子盼了好久,你生了贱货,他们高兴得不晓得怎么办好,想要给我们带贱货,你说呢?"

英芝心想,你们以前嫌我,现在倒来求我了?我就是不让你们如意,怎么样?想罢便说:"休想。儿子是我生的,凭什么交给他们?想带孙子自己生去。"

贵清笑了,说:"我妈要生就是生儿子,哪能生得出孙子?这家里,除了你,哪个又有那本事?"

英芝没笑,一个心眼认准了就是要跟公婆两人顶着。英芝说:"我管什么儿子孙子,我自己的孩子自己养,他们别想碰。"

贵清说:"你这是发得哪门子犟?我爹妈替我们带孩子,那我们多省事?起码这屋里臊味都没了。贱货这个狗东西,屎尿不晓得几多。"

英芝说:"屎尿多也是我的儿,我喜欢。怎么样?"

贵清叫英芝这么呛过几口,也不悦了,说:"好好好,你要怎么样就怎么样。不过到时候你带孩子叫苦连天时可别找我。我晚上是要出去打牌的。好好的事,叫你享福你不享,真他妈的是贱货的妈。"

英芝因要回娘家,不想跟贵清吵。吵翻了两人垮着脸,回到娘家也没面子。英芝便不多说,只"哼"了一声,抱起孩子出了门。出大门后回头看贵清跟没跟上来,这时便看到公公婆婆眼巴巴地在站在门口向她这边张望,脸上有点可怜的样子。英芝知道他们在望贱货，心里越发得意，把手上的贱货又搂了一搂，低下头，在贱货的小脸上"叭叭"地亲了几响，然后胸一挺，自顾自地往村外走去。

英芝和贵清回到娘家里，已是中午。英芝的爹妈和哥嫂都来看贱货，都说这小子名字叫得的确是贱，可鼻眼倒也都是福相。贵清和英芝听得满脸是笑。三伙也来了，递了一百块钱，说是给贱货的，算是见面礼。英芝爹妈见此，忙不迭地留三伙一起吃饭。

家大口阔，吃饭时，桌子就摆在堂屋。一摆就是两桌。贵清跟英芝的哥哥上桌就干起酒来，连吼带拉的，煞是热闹。贵清是个闻不得酒的人，一闻就非要喝，一喝就要往醉里去，一醉就不知云里雾里，嘴里没有谱，胡说又八道，引得旁人哈哈大笑不止。英芝坐在另外一桌，听得贵清嘴没遮拦心里发烦，却也无奈。

三伙是长辈，也不喝酒，跟英芝以及英芝的爹妈坐在一桌，边吃边闲谈。英芝不断问及三伙班的事，啥时啥地演了几回，拿了多少钱诸如此类，问过也不时地轻叹一口。三伙自是狂吹一通，吹完也为英芝过早离开三伙班而长叹一气。英芝的爹妈对三伙班唱些什么歌毫无兴趣，却是不断地问及亲家的家事。英芝说起公婆，话就特别多。夹枪带棒地攻击一番后，自然也提到公婆想要带贱货的话。英芝说："我就是不让他们碰一下孙子，气死他们。"

三伙说:"英芝呀,要我说,你总是做些苕事。你赶死赶活地赶去结婚生伢,是一大苕事,再又硬着头皮不让公公婆婆替你带伢,是又一大苕事。"

英芝说:"怎么是苕事?我反正不想让他们开心。"

三伙说:"一个人硬气是好,可是要看这口气硬得有没有用。你这就是硬得一口没用的气。你不让公婆带贱货,你就得自己带。你自己带,就是受累,就得被贱货拴在屋里,哪里都去不了,就像一根绳子拴了只羊一样。贱货就是那根绳子。"

英芝想想,说:"他们对我那样不好,我凭什么让他们开心?"

三伙说:"你何必这样想?你管他们开不开心,你让你自己开心就好嘛。公婆替你带了伢,你想怎么出去玩就怎么出去玩,潇潇洒洒的。高兴了,还可以到我班里来唱歌,给自己挣几个零花钱,你有什么不舒服的?"

三伙这么一说,倒是点拨了英芝,英芝心想,对呀。我管他们开不开心,我自己开心不就行了?再说要还能回三伙班唱歌,岂不是让青春又回来了?

英芝忙说:"我还能回三伙班?"

三伙说:"那有什么不行?你嗓子又没坏,脸盘子还是年轻漂亮,只把腰身减点肥,跟以前有什么两样?"

英芝兴奋得脸都涨红了,连声说:"真的?真的?是真的?"

三伙哈哈大笑起来，说："真不真我说了不算，你叫你爹妈说。"

英芝妈忙说："我家英芝就是水灵，生了伢也不像个媳妇样子，硬是还像个大姑娘。"

英芝爹却说："怕不好吧，嫁出去了，要随人家。公婆肯定不会高兴自家的媳妇在外面抛头露面。我看你还是算了。"

英芝说："我怕什么？我嫁过去他们就嫌我，我偏就是要他们不高兴。"

贵清那边已经醉得趴倒，连胡说八道的能力都没了。英芝让她哥哥把贵清扶进房间，放在床上。贵清似醉得有些难过，哼了几声，英芝厌烦地瞥了他一眼，也懒得上前细观。她自顾自地翻开她做姑娘时用过的小木箱，把几件唱歌时穿过的衣服找了出来。

才只几个月，衣服上已经有了点湿霉味。色泽倒如以往一样鲜艳明媚。尽管天很冷，英芝仍然忍不住拿到身体上来比试。她一件件脱下棉袄，脱下毛衣，脱下棉毛衫裤，脱得只剩胸罩时，开始打哆嗦。在哆嗦中她将裙子套上了身。然后便对着镜子前后地照着自己。胸脯处更饱满了，顶得裙子胸围没有缝隙，乳沟因了这个，显得更深凹。英芝想这样才更出效果。倒是腰腹处略紧了一点，但也没太大关系。她穿它们在身上，仍然格外美丽。英芝对着镜子，妖娆柔美地做了几个动作，又扮出迷人的笑容，摆了几个姿势。

顿然间,她有了信心。她想,就把贱货给你们吧,我有我自己的开心。

六

英芝从娘家回来的当天,就感冒了。她估计是那晚上试衣冻凉了的缘故。贵清格外关切地为英芝倒水喝药,又半抱半扶地弄她到床上躺着,然后说免得把感冒传染给了贱货,便将贱货抱出屋交给了英芝的公婆。英芝冷眼看他做这一切,可因自己心里有了底牌,也就顺水推舟,不多说什么,一副病得没气力的样子。

英芝年轻身体好,一场感冒也算不了什么,三天就跟什么事没有过一样。仿佛感冒可以减肥似的,英芝觉得自己的腰身也细下来了一些,便越发地有些高兴。

贵清见英芝对抱走贱货也没有什么反应,脸色倒是比往日开朗,知是她接受了这个事实,也就松下一口气,立即就回到他以往的生活程序中去。白天跟村里的哥儿们出门逛荡,晚上便喝酒打牌,家里的事一咕噜都甩给了英芝。

英芝把贱货交给公婆后,除去给贱货喂喂奶,她基本不管贱货的事,连夜里贱货也是跟奶奶睡在一起。英芝舒舒服服地过了两天日子,第三天,公公就叫她到果园里去干活。公公说:"你婆婆给你带伢,你没事干,得干活去。"

英芝吃了一惊,说:"怎么要我干?贵清呢?"

公公说:"贵清从小就没干过那些活,他不会干。"

英芝冷笑一声,说:"我从小也没干过那些活,我也不会干。"

公公说:"你不会干可以学会。"

英芝说:"那贵清怎么不学?"

公公说:"贵清不肯学。"

英芝说:"那我也不学。"

公公垮下脸来,说:"你说的什么话。贵清是个男人,男人这年龄该是他吃吃喝喝玩玩的年龄。要不一天到晚埋头干活,哪个瞧得起他?你是贵清的女人,你就要学会心疼他,要他做人有点面子。"

英芝说:"新社会了,男女都一样。男人玩,女人也要玩。女人干活,男人更要干活。"

公公几乎是吼了起来,公公说:"哪有这个事?你到村前村后看看,哪个家的女人不干活?哪个家的男人不玩玩?等我死了这个家就得靠他撑,他这个时候不玩到时候哪有玩的?"

英芝说:"哪有这种道理?"

公公声音更大了,几乎有点暴吼的味道,公公说:"我家从来就是这个理。你进了这个家,就得服这个理!"

婆婆一直抱着贱货倚着门框观看,此一刻也开了腔,婆婆说:"等你儿子娶了媳妇,媳妇给你生了孙子,你就可以不用下地干活了。做女人的就得这样。我这辈子就是这样过来的。你是女人，你要像个女人样子。"

英芝没见过公公这种阵势，心里到底有些怯，便不敢再回嘴。心里先怒骂公公，骂完又骂婆婆，暗想到，我凭什么要跟你这辈子过得一样？我凭什么不能换一种活法？女人应该活成什么样子，你知道个屁呀。

英芝虽说一千个不情愿，却也还是跟着公公出门了。外面的风很冷，呼呼地一直能吹到人心里。果园在村外，沿着河走好几里路。河边的草都枯黄着，无精打采地趴在地上。冷风贴着河面，掠过枯草，嗖嗖地往脖子里钻。英芝没戴帽子，也没系围巾，为了漂亮，棉袄也是薄薄的，结果叫风这么一吹，冻得几乎想要缩成一团。英芝便在心里更加使劲地骂着公公婆婆。正骂时，走到了她和贵清曾经做爱过的林子，千般的往事涌上心头，她便掉转了枪口，开始骂贵清，直骂得自己心里疲惫。

要命的是果园里也没什么事，公公绕着果园转了几圈，也不搭理英芝，然后闷头剪枝。英芝插不上手，站着没事又受冻，便说："没我事情，我到棚里去了。"公公也没说话。英芝鼻子里哼了一下，朝草棚扬长而去。

草棚平日也没人住，只是在挂果时，怕人偷窃用来守夜。因棚内无人，似乎是有狗来过，更可能是有野合的男女来过，里面乱糟糟的，恶气扑鼻。英芝走到门口，还没踏进去，就被里面的臭气呛得连退几步。英芝扭头看了看公公，公公依然低头剪枝，眼睛根本不朝这边张望。无奈的英芝在门口站了片刻，看到门边有一只竹帚，便只得拿了竹帚捏着鼻子走进草棚，草草地将棚里污垢清理了一下。

英芝收拾完草棚，便抱膝坐在草棚中，透过缝隙，她看着公公在远远的地方，一下一下地挥动着剪子。英芝想，原来你们带贱货是为了这样整我，是想要我给你们当长工。呸！英芝想着不禁恨恨得想要咬碎自己的牙。

三伙来找英芝时，英芝还没从果园回来。三伙环视了一下英芝婆家，觉得英芝真是吃错了药，凭了她的面孔怎么也犯不上嫁到这样的家里。贵清家毫无富裕之气。屋子已经老旧了，起码是贵清爷爷辈的，院子也有些破，墙角堆了些旧砖，仿佛准备起屋用。

英芝的婆婆抱着贱货坐在院子里。嘴里哼哼唧唧地唱着花鼓调。三伙认出了贱货，上前打问英芝在不在。

英芝的婆婆不说英芝在否，光是盯着三伙的脸盘问。问得三伙恼了火，大声说："知道不？英芝管我叫叔。英芝嫁给你儿子那天，是我三伙班来唱的堂。少收你家一半的钱，你搞清楚了没有？你拿我当奸夫呀。"

幸而贵清输了牌，回来拿钱，看见三伙正发脾气，才给解了围。三伙问清英芝去果园干活了，而贵清却在外面打牌，气得脸色发青，冲着贵清说："英芝嫁给你，是你的福，你个大男人，自己一边玩儿，怎么倒让她在这天里出去干活？"

贵清忙作揖不止，说是不晓得他爹让英芝干活去了，其实这大冷天里，也没啥非干不可的活儿。

三伙懒得跟贵清多说，丢下一句话，说："叫英芝明天早上十点到黄叶洼去，莫忘了带上台的衣服。"说完蹬上自行车就走了。

贵清一连几天都输牌，家里一点钱都叫他送到牌桌上。眼下的几局，他又输了，欠着人家几百块债。贵清原本想找他爹妈借一点，可听三伙这一说，便改了主意。贵清知道英芝一旦出门唱台，就会赚回不少钱，还他的债务绰绰有余，立即有一种心花怒放的感觉。贵清一开心，便立即追着喊："我家英芝可以分多少钱？"

英芝的婆婆一边冷冷道："这个唱堂会的男将，不是个好东西，一看他的眼睛就晓得。你让英芝跟他去混，不怕他打英芝的主意？"

贵清说："哪能呢？英芝管他叫叔。都一个村住的，兔子还不吃窝边草哩。"

英芝的婆婆说："英芝那个小骚货，人家不吃她，她还不会送上门去？"

贵清便笑了，说："英芝是骚，可是也得跟我这样的人骚呀，再次也得找个小白脸骚骚，她犯得着骚到那个老家伙手上？"

英芝的婆婆说："我比你晓得浪女人，也比你晓得浪男人。你这样的毛头小崽有骨架有肉劲，可是那种老家伙是有心计有软功夫的。"

贵清笑得更厉害了,说:"妈,我从来都不晓得你还蛮有水平的哩。"

贵清正笑得欢时,英芝回来了。英芝听到贵清的快意大笑,想到自己天寒地冻着出门干活,一股怒火恨不能立即喷到他脸上。贵清见英芝进屋,没等她开口发火,便欢啸一声冲上前,欢天喜地地说:"英芝呀英芝,我的财神爷爷,你终于回来了。三伙叔来找你啦!"

英芝正垮着脸想要发火,一听三伙来找过她,想要发出的脾气倏然间消失。英芝忙问:"三伙叔有没有说找我做么事?"

贵清说:"当然说了。他让你明天早上十点直接去黄叶洼。肯定是让你去三伙班唱堂会。你得跟他把价谈好。"

英芝惊喜万分:"真的?明天就去唱?"

贵清说:"我哄你做什么?今天你早点睡,明天唱起来有精神。我头一个支持你。"

英芝知道他的用意,眼睛一翻,说:"你以为我挣下的钱会给你去打牌?我劝你莫做这个秋梦!"

贵清不敢回嘴,怕惹翻了英芝自己果真是一分钱好处都没有。忙痞着脸笑道:"我不做,坚决不做。我连春梦夏梦冬梦都不做。"贵清说时想,到时候家里有了钱,你还能不替我还债?我是你的一家之主,就是你的主人。而你只不过是我的女人。连你人都归了我,你的钱还能不归我?这么想着,贵清心里十分踏实。

虽然干了一天的活,肚子里憋了一肚子气,可英芝心情还是十分愉快。她也不想跟贵清弄得太僵,因为出去唱堂会,还必须靠贵清支持。晚上,她也就心平气和地应付贵清的纠缠。当贵清呼呼地睡着之后,英芝突然觉得,今晚是她嫁来老庙村后心情最平静的一个晚上。

七

英芝起了个大早,把自己打扮得如花似玉。躺在床上的贵清看着英芝梳洗和化妆。看着她由一个蓬头垢面的小媳妇一下子变得艳光四射。贵清心里不禁有一些酸溜溜的,仿佛自己的老婆此刻准备出门嫁人。贵清说:"英芝,我还是要有言在先。唱归唱,但不准跟人骚。你现在是我老婆。"

英芝脸一板,说:"放你的屁,自己天天在外面浪,倒来管我骚。我什么时候骚过?"

贵清说:"我已经把你浪到了手,我还浪什么?你呢,也把我骚到手了,再发骚也没什么意思。你是我孩子他娘了。"

英芝说:"三伙叔要求我怎么我做就怎么做,你管不着。"

贵清说:"那是,你在外得听三伙叔的,可在家里就得听我的,没错吧。现在是在家里,所以你就得听着。做姑娘时发骚,那是俏,是美;做媳妇了还发骚,那就是卖弄,是勾引男人,是摆淫态,请人来搞你。你要敢这样,我就会打断你的腿。老子可以没老婆,可老子不能当乌龟。"

英芝在这个心情好的早晨,不想跟贵清发生冲突。尽管贵清的话已经让她气得发抖,但她知道一旦闹起来,定没有个好结果。英芝只是愤愤地骂了一句:"你神经病!"早饭都没吃,掉头就走人了。

清晨的空气非常新鲜。太阳还没出来,早雾笼罩在开阔的原野上。晨风轻然地吹刮,本来就稀稀的白雾,便在风中晃荡,越晃越稀薄,没等太阳升起,就晃没了。

英芝在经过黄叶洼的小集市上买了两个包子。这个镇英芝很熟悉,叫车轮镇。车轮镇很小,小得令英芝认为简直不是镇,顶多也就是一个大点儿的村子。英芝的姨嫁在了这里,此外从老庙村进县城这里也是必经之路。所以英芝对这一带十分熟悉。镇外有一个配种站。英芝的姨父在那里工作。英芝啃着包子,从那里过时,配种站已经有人在忙了。有两个年轻人看到英芝,其中一个叫猴子,英芝认识。猴子叫了起来:"英芝呀。赶早来配种的么?"

英芝知道他们开心,便笑骂道:"配你个头!小杂种。"

猴子哈哈大笑,说:"你跟我配,配出来肯定是个小杂种。不过,哪能用头配哩,得用我的老弟才行。"猴子说完,一些赶着猪前去配种的农民都笑得一哄。

这样的玩笑,英芝也是司空见惯,仍然笑骂着:"你再占我便宜，看我撕你的嘴。"

英芝说罢加紧了步子，猴子和众人的笑声，便迅速地掉在了身后。

英芝到黄叶洼时，三伙班的人已经到得差不多了。老熟人们见了英芝笑闹一阵后，便开始搭台。负责换碟的仍然是文堂。英芝有一年没唱了，文堂让英芝合一下歌子。合歌时，文堂说："英芝，你干什么嫁得那么快？弄得我连追你的机会都没有。"

英芝笑了，说："你哪里瞧得起我？你是镇上的人，老婆长得像一朵花。我一个乡下女孩，嫁人还谈什么条件。"

文堂也笑了，说："女人还讲什么乡下城里？漂亮就好，贤惠就好，夜里上了床，能浪就好。"

英芝内心仿佛有一种什么东西被撩拨了起来，望着文堂，她笑着说："前两条我都不够格，就后一条，我顶厉害哟。"

文堂都大笑起来，说："其实前两条都没什么用，最重要的就是后一条。我老婆这条最差。不晓得贵清是不是吃得消你。"

英芝想起夜里贵清的凶猛，心里立即就怯，但嘴上却故意说："就贵清那样的呀，再来五个八个我都摆得平。"说完自己便咯咯咯地笑得几欲跌倒。

在英芝的笑声中，文堂连笑边说："把我也算一个。"

然后，文堂和英芝心里都有了点什么。

黄叶洼的堂会也是为婚礼而唱。时间是一天，新娘子到黄昏时才接来。于是从早到晚，流行歌曲的音乐就一直响在黄叶洼的天空。三伙班的主唱的人有四个。大家轮流上场。下来休息时，文堂就开始吃英芝的"豆腐"。最初文堂捏英芝时，英芝还打他一两巴掌，叫他老实点。文堂伏在她耳边说："你我都是过来人，只不过玩玩嘛，又不破坏你的家庭。"英芝一想，也是，自己已经嫁了人，瓜也破了，跟他玩玩也不是什么大不了的事。如此想过，也就由他。

这天的黄叶洼堂会，英芝拿到了72块钱，比以前少一点。三伙解释说，黄叶洼比较穷，包场的钱本来就不高，点歌的人不多，所以比平常要少一点。英芝虽然觉得钱少了，心下有点不悦，但也不好多说什么。

因为不同路，英芝不能跟车走，便独自回家。刚走出十几步，碰上上厕所转回来的文堂。文堂说："就走？"

英芝说："再不走就晚了。人家都在装车，你溜哪去了？"

文堂没说话，猛地把英芝一抱，一只手便急速地伸进了英芝的裆下。英芝挣扎了几下，说："你太邪了吧。"

文堂说："玩玩嘛。"

英芝还是推开了文堂，说："我凭什么要给你玩？"

文堂说："我撩都被你撩起来了。"正说时，装好车的三伙在叫文堂了。文堂从口袋里掏出一样东西，塞在英芝手上，然后捧起英芝的脸，在她嘴上猛吸了一口，没说话，就跑了。英芝望着他跑去的身影发了一下呆。她的心嘭嘭地跳得很急促。她忍不住抚了抚自己的嘴唇，觉得留在那里的感觉非常特别。最后，她才低下头看看文堂塞在她手上的东西。原来是10块钱。

天已经黑了，英芝一路走回家时都在算账。今天唱歌赚了72块钱，被文堂亲了一口，赚了10块，总数是82块。英芝想，就数文堂这10块赚得最省事了。以后每次出台的收入一定不能低于80块。如果低了，就让文堂多弄几下。身体是自己的，也不要本钱。让贵清玩，还一分钱也没有。更何况，别人吃吃豆腐，自己也没什么不舒服，有什么做不得呢？再说，文堂也说过，只不过玩玩。外国人见面认不认识都先抱着，还要亲嘴。那才是礼貌，只当我们是在外国讲礼貌好了。

想到这里，英芝又想，如果其他的人也要同她来讲这个外国礼貌，她干不干？想了许久，她给自己定下一个规矩：只要给钱，就干。同时，她又给自己立下另一个规矩：只准他们吃豆腐，小小地玩玩，但不准来真的。她不能太对不起贵清。英芝到家的时候就想到这里。

英芝又回到了自己以往的生活之中。她赚下的钱一天天多了起来，她人也一天天地快乐。面对英芝这份快乐，贵清也无话可说。对于贵清来说，最重要的事，便是常常在枕边央求英芝能多给他一点钱。英芝心里虽然烦他，可想到只要能摆平贵清，她就可以出去唱歌。只要她能出去唱歌，她就可以再赚。因此每次在贵清要钱时，英芝多少都会给一点。

三伙班一出去就是一天，唱歌时，女的穿得又少，男男女女混在一起，免不了有些动手动脚。不光文堂悄然吃英芝的豆腐，其他几个也都有一点儿。与英芝同唱女角的女孩子叫小红，因为没有结婚，小红比英芝更开放。一旦有什么事要人帮忙时，小红差不多整个身体都会贴在男人身上。最初时，文堂跟小红黏糊时，叫英芝看到，英芝一脸的不悦。文堂转过脸又来搂抱英芝，说是大家都不过解解闷，也没别的事，何必吃醋？英芝细细想下，觉得也是大可不必让文堂归自己一个人所有，而自己也不归他独占。当唱男角的祖强私底下对英芝动手动脚时，英芝也就由得他去。没多久，三伙班的人都晓得，小红是可以睡的，而英芝只能摸。睡小红不要钱，而摸英芝却是要付钱的。于是大家都笑道，想不到嫁了人的英芝倒是比没嫁人的小红更俏一些。

有一天，到银水村唱堂会，这家死了老人，也算白喜事。酒席完后，抬棺材到坡上入葬时，下起了雨。三伙班没法走，便都躲在祠堂里避雨。闲着没事，几个男人一起打扑克。每人出资50块，交由英芝和小红平分。条件是哪边赢了哪边就可以抱着英芝和小红打牌。这场牌，连三伙都加入了。英芝和小红也觉得自己不吃亏，便嘻哈着在几个男人怀里滚来滚去，被他们搂抱和摸抚。

这天英芝拿到手132块钱，其中50块钱，她没费半点力气，只是玩玩，就到手了。她很开心。

回到家时，雨已经停了。贵清正躺在床上，嘴里叼根烟，脸上闷闷的不高兴。英芝一看便知道他必定输了钱。她不想冲他发脾气，从包里抽出20块钱，丢在床上。

贵清说："今天太阳从西边出来了？没跟你开口，你就给钱？"

英芝自顾自地换下湿衣服，懒得理他。贵清说："我说英芝，你既然开恩，就开个大恩好不好。我差光头50块，差友杰43块，差黑胖14块。今天我先是输，后来又使劲赢。本来是可以赶回本来，可友杰的老婆死活把友杰扯回家了，他妈的，那个肥猪婆，将来定不得好死。你再给我100块好不好？90块也可以。"

英芝说："没那么好的事。我辛辛苦苦在外面赚钱，养着你在家里，一分钱不赚，还光赔钱，哪有这样的道理？"

贵清说："等你老了，就由我来养你呀，这不很合理吗？再说了，我哪是你养的？我吃我爹妈的，用我爹妈的。他们养我养得开心，还轮不上你来养哩。"

英芝说："你说得也对，你爹妈喜欢养你，那你找他们要钱去呀。"

贵清说："你把贱货交给我爹妈带，你还应该给点带小孩的钱是不是？拿来吧，我给我妈去。"

英芝气得够戗，可是她转念一想，吵闹有什么用？真要是闹僵了，自己出不了门，岂不更糟。于是英芝又甩了90块钱给贵清，气吼吼地说："我跟你讲，这是最后一回。你要是买衣服，我还可以考虑，你要是再输钱，我决不给你一分。"

贵清拿着钱，吹弹了几下，痞笑道："下回的事下回说。

老实跟你讲了，我只欠光头20块，欠友杰30块，我这一下还赚了40块钱，买一瓶酒，两条烟，总可以吧？"说话间，人便跑了出去。

英芝气得一口气堵在胸口。她躺在床上，想起下午在几个男人手上滚来滚去的情景，想起他们在自己身上游走的手，她突然觉得如果他们要能多给她一点钱，她还可以多给他们一点好处，比方，就和他们睡了？可一转念，英芝又觉得钱虽是好，可是挣回来也是一家人花，而身子是自己一个人的，用自己一个人的身子去为全家人换钱，未免也太不值了。

这一夜，英芝心里麻乱。

八

一年下来，英芝的钱已经上了千位数。存款她藏在一个连贵清都不知道的地方。贵清几次想要知道她到底有多少钱，英芝都没说。有一回，贵清发了狠，破口大骂英芝。说是结婚以后，夫妻财产是公共的，他应该知道家里存有多少钱。英芝猛烈地还嘴，说只要你能赚回一百块钱，我就和你公共财产。现在这钱是我一个人赚的，就是只能算我的。贵清说一个家庭应该是一个人赚钱，一个人管钱。自己是一家之主，就应该负责管钱。英芝则认为，一个家庭赚钱的应该是男人，管钱的是女人。现在男人不中了，女人自己只好又赚钱又管钱。而贵清则说又不是旧社会，非要男人出门赚钱。现在世界不同了,男女都一样。女人有本事,就该女人赚钱,男人没本事,就在家里管钱。

两人为争着管钱常常吵得一塌糊涂。有一回英芝的公公婆婆就替贵清还把族长找来,请族里的大辈人主持公道。族里的老人听完贵清讲,又听英芝讲。最后一致认为,男人不管有没有赚钱,都是一家之主,女人赚回来的钱,应该一分不少地上交给男人。贵清一听完几个老人的话,便冲着英芝叫:"你听听,你听听老人讲的!这辈子都没听说过女人把持家里的钱财。男人当家,这就是我们中华民族的优良传统。"

英芝势单力薄,但她不知道应该怎么反驳,她只是对着贵清骂道:"优良你个屁呀!"

这一声骂,令族里的老人对英芝的印象都十分之恶劣。但英芝不在乎。英芝想,你们是一个族里的人,你们都是男人,你们一个鼻孔出气,你们哪里有公正?她用自己劳动赚来的钱,她就要掌握在自己手上。她在这里是个外人。公公婆婆百事刁难,丈夫只晓得吃喝玩乐,除了夜里能跟她上床睡觉,其他完全是一个废物。她不把钱揣在自己身边,她心里怎么踏实?否则她在这个家哪里有一点地位可言?如此想过,英芝就是不把财权交给贵清。英芝对贵清说:"你就是上北京开会,我也不会把钱交给你。"

贵清面对英芝如此之举,也奈何不了她。于是只有在自己想要钱时,早早地哄英芝上床睡觉,然后在枕边温言软语地疪得英芝开心，这样方能讨十块二十块到手。

有英芝在外面赚钱，有爹妈给带着儿子，贵清诸事不操心，跟他的狐朋狗友们倒玩得更畅快。

老庙村的人同邻近几个村不太一样。邻近村里能干活的人许多都跑到南方打工去了。走进村里，用贵清的话说，满村都是"三八六一九九"部队的人。"三八"指妇女，"六一"指儿童，"九九"指老人。放眼朝村里望去，青壮劳力几乎看不到。

但老庙村的年轻人却喜欢窝在家里。老庙村的人说，老庙村又不穷，养人还是养得起的。出远门又有什么好？累爹娘牵挂，自己也过得苦。何必？中国人讲的就是个知足常乐。有吃有喝，没地主压迫剥削，比什么都好。老庙村人对自己清清淡淡的日子就这么一副心满心足的感觉。于是老庙村对贵清这样二十岁左右的年轻人光晓得玩乐，也就持一种宽容的态度。

贵清打牌打得更野了，常常通宵不归。头一回贵清没回家过夜时，英芝还满肚子不高兴。一个人睡在床上，如一块肥沃的地荒在那里，一任野草疯长，没有田野里的歌声，只有萧瑟的风悄然刮过，好是清冷。以后贵清又有过好几次在外不归后，英芝的清冷感也没了。倒觉得一个人也有一个人的自在。土地就算荒成了沙漠，也有沙漠的好看。

但英芝的公公婆婆却不那么乐意。贵清在村里怎么玩他们都没意见，但贵清玩得夜晚不回来，他们就有意见了。他们觉得贵清如此不愿归家并非贵清贪玩，而是英芝没有伺候好贵清的缘故,是英芝成天往外野,以致让贵清恋外不恋家。饭间,他们常指桑骂槐地说英芝,每次都气得英芝在饭桌上就吵了起来。吵过的结果是英芝摔碗而去,饭也没吃好。

有一天,贵清又是一夜未归。英芝早起后,也懒得管他回不回来,自己打扮了一番就出去唱歌了。傍晚回家,家里却闹成了一团。婆婆号哭着,而公公拍桌子摔椅子地骂人。英芝不知道出了什么事,忙问在家放假的小姑子。小姑子嘴一撇,说:"还不是为了我哥。"

英芝的公公见到英芝,骂锋立即转到英芝头上。英芝的公公说:"野到哪里去了?成天光晓得自己跟外面些野男人骚来骚去,自己的男人问也不问。"

英芝劈头遭公公一顿骂,一肚子火便冲上来。英芝说:"我骚什么了?你还像不像个做爹的,开口就这样骂人?!"

英芝的婆婆哭叫道:"贵清要是有什么事,我要跟你拼了。"

英芝说:"贵清有什么事?凭什么要跟我拼?我把贵清怎么啦?"

见家里吵成这样,英芝的小姑一边急着喊了起来:"别吵了,我哥出事了,你们吵有什么用?"

英芝突然听小姑这么一叫,大惊失色,双腿一下了软了起来。她恍然意识到,公公婆婆如此乱闹,一定是贵清出了事。如果贵清出了什么事,比方死了……又或者受了伤……英芝想想有些害怕起来。她忙问:"怎么啦?贵清出什么事了?"问时,她能感觉到自己的声音在发抖。

英芝的小姑说:"昨天晚上,叫镇上的派出所抓起来了。"

英芝惊说:"在哪抓的?为什么?"

英芝的小姑声音低了下去,说:"听友杰他老婆说,是在镇上'娇妹'歌舞厅里,说他们……他们……"

英芝的心一沉,一股恶气涌上心头,但她还是追问了下去:"他们怎么了?"

英芝的小姑一脸的不悦,她不耐烦地说:"烦死人了。我哥真恶心,他们轮奸了里面一个小姐。"

英芝的愤怒顿时要将胸膛撞破。英芝跳了起来,对着公公婆婆喊叫道:"这就是你们的好儿子!你们不骂他,倒来骂我。他在外面当流氓,我当你家的媳妇都当得没脸。"

英芝的婆婆毫不示弱,说:"我家贵清没结婚时,不晓得几好个伢。从来都没犯过什么事,又乖又孝顺。自打跟你结了婚,连家都不想回了。"

英芝的公公更是吼一般说:"贵清放了个老婆在屋里,还要出去搞女人。那还不是怪你!你要把他伺候好了,让他是个饱男人,他哪有劲在外面瞎混?我贵清要是在外面搞出个脏病回来,你得负一百个责任。"

英芝心口一闷,悲愤交加涌上心来。想到自己在外面辛辛苦苦地赚钱,经常是早出晚归。有时早饭都吃不上,哪天回来晚了,也就只一点剩饭打发。他贵清却好吃懒做,只在家里游手好闲。平常玩玩牌喝喝酒倒也罢了，他却竟然背叛她，跑到外面去玩那些脏女人。自己的男人走到这个地步，她还有什么意思同他做夫妻？如此想过，所有的悲伤都从英芝的心里散发出来，英芝不禁放声大哭，哭得天翻地动。她也不想跟公公婆婆吵了，也不想再继续询问小姑子了，她更不想到派出所去查个究竟，甚至想也没想过是不是应该托关系把贵清先弄出来，总之，她什么想法都没有了。她哭回到自己的房间，一头栽在床上，只恨不能自己立刻就死掉。

第二天快中午时候，贵清回来了。人怏怏的，像打了霜一样。往日脸上那些神气活现的气色，像被人刮去一样。他觉得昨夜是自己最倒霉的一夜。本来是在歌舞厅唱歌玩的，结果黑胖几个要搞小姐。他怕英芝知道了不依他，故没有参与，只是一边唱自己的歌。结果公安来了，连他一把抓进了派出所。一整个夜晚，连审带吼，连骂带打，完全不是人的日子。天快亮时，总算查清，基本没他的事，便将他放了回来，贵清觉得自己这辈子都没有如此受气。

贵清的爹妈欢喜地迎上前，递水洗脸，上茶端饭，仿佛贵清是满载荣耀远道而归。一夜没有睡觉的英芝侧耳听到外面堂屋的动静，知是贵清回了，心里虽是恨极了他，却也暗中松了一口气。

贵清抹了一把脸，懒得同他爹妈多说话，只低头问了一句："英芝呢？"

贵清的爹说:"昨天闹了一夜,我跟你妈觉都没睡好。"

贵清说:"我要跟她讲清楚。"

贵清的妈说:"屁大点事,扯着嗓子喊一夜,不想着赶紧把男人弄出来,倒光想着自己委屈了,你跟她有什么好讲头?"

贵清心烦,没好气说:"她是我老婆,我不跟她讲清楚,跟哪个讲?"

贵清的妈说:"以往哪个男人没有三妻六妾的?现在虽说是新社会了,男人拈个花惹个草又算得了什么?值得哭通宵?"

贵清说:"你们少说两句好不好?我又没有拈花惹草。"

贵清的爹说:"什么?没你的事?那公安抓你干什么?"

贵清说:"是他们在跟小姐混,我在旁边唱歌。他们要抓当然一起抓了。"

贵清的妈立即高声喊了起来:"听到没有?我儿根本就没什么事?自己的男人自己都信不过,哭什么哭?!"

外面的话,英芝听得真真切切。贵清爹妈的腔调让她恨得牙都差不多咬碎了。一怒之下,英芝披了衣服出来。她的头发散乱着贴在脸上,眼睛红肿得像熟透的桃子。一夜之间,漂亮风骚的英芝好像换了个人。贵清不觉有些心疼。心想不管怎么说,自己也有错;不管怎么说,英芝这眼泪是为我流的。

英芝连看也没看贵清,直接冲到婆婆面前,恶声恶气地喊道:"我就是要哭,怎么样?你男人要在外面搞了别家的女人,你是不是还要唱五句子,夸你的男人有本事?"

127

英芝的婆婆被英芝如此一吼,吓了一跳,呆着眼一时说不出话来。等了片刻,才想转,气得面孔发白。一拍大腿便号:"看看看,这是媳妇跟婆婆说的话吗?我男人是哪个?他是你的公公咧。我儿呀,你都听到了吧,她平日里就是这么恶呀。她敢当你的面骂你爹你妈呀。"

英芝说:"我才讲一句,你就号成这样,那我男人在外面当嫖客,我就不能哭?"

贵清的爹气得打战,声音都变了。他指着贵清的鼻子,说:"这样的恶婆娘,你还不掌她的嘴?!"

英芝便一个大步冲到贵清面前,昂头挺胸地吼道:"你打呀,你打!你在外面嫖女人,回来打老婆,这才算有种。"

贵清本来见英芝哭了一夜,两眼红肿,心里颇有些怜惜她。尽管昨夜憋了一肚子气,但他仍对自己的行为有几分内疚。原想回来好好安抚一下英芝,结果叫英芝不由分说地一场大闹,令他的怜惜和内疚以及安抚之意全都一散而尽。他想,妈的,这婆娘看来不教训是不行的了。出这点屁事就把家里弄得跟闹大地震一样,以后要真有点什么,她还不把爹妈给杀了?念头到此,贵清便一扬手,照着一直冲到他鼻尖前的英芝猛扇了一个大嘴巴,打得英芝连连退了几步。这个大巴掌大大出乎英芝的意外,她捂着脸怔住了。呆看了贵清好几分钟,那眼神充满惊愕和疑惑。

仿佛是清醒过来,英芝立刻悲愤交加。她像一头母狮子伸张着双臂扑向贵清,连号带骂。这回是贵清未曾提防。他闪身不及，脸上当即被英芝的指甲划了三道血痕。贵清一边挡英芝，一边抹了一把脸。脸上有血渗出来，沾在贵清的手掌上。贵清见到红，心里的怒火如同被浇了汽油，一下子腾腾燃烧起来。他两手一把抓住英芝，抬起右脚，一脚踢向英芝的小腹。英芝大叫一声，松了手，捂着肚子蜷缩在了地上。贵清的火气没有因为英芝的惨叫而熄灭。他再一次飞起脚来，踢在英芝的屁股上，英芝倒在地上，了无反抗能力。贵清继续他的拳打脚踢，嘴上骂道："你敢动手打老子！你当你是警察！你把老子不当人了？老子今天要打死你。看你还敢不敢在这个屋里耍蛮。"

英芝在地上滚着号着，却不敢再骂。这是在堂屋。堂屋的墙上贴着一张领袖的画像，画像上面有五个斗大的毛笔字：天地君亲师。这是英芝的公公亲手写的。字下方是一张深咖啡色的方桌，桌上的油漆业已剥落了许多。英芝的公婆在桌子两边坐了下来，冷冷地看着英芝在地上滚动和哀号。

九

英芝在挨打的当天，怀着满心的悲愤回娘家。正值农闲，田里没什么事，只英芝的爹一人看着店铺去了，英芝的哥嫂几个都围着桌子打麻将。英芝的妈在圈里喂猪，扯着喉咙问英芝不年不节地怎么突然想着回来了？贱货怎么不带回来玩玩？英芝不好意思说自己挨打的事，说出来她又有什么面子？便支支吾吾说老庙村没什么玩头，想爹妈了，就回来看看。英芝的嫂子把麻将推得哗哗响，嘴上笑说，哟，看不出来，英芝还是个孝女咧。英芝的嫂子本是说笑，并无他意，英芝听耳里却怎么都觉得百般不顺耳。

晚饭时，英芝的哥嫂拉英芝打麻将，英芝没心思，就找由头推掉了。英芝走出了屋，心情有些落寞，便一个人在村里转悠。不时有人跟英芝打招呼。有几个孩子学着英芝的声音跟在她身后唱歌。熟人家的狗都快不识英芝了，见了英芝汪汪地乱叫。村里的所有都令英芝感到亲切，老庙村此刻在她的心里越发犹如地狱。英芝想，我为什么偏偏嫁到了那个鬼地方呢？

不自觉间，英芝转到三伙的房子前。三伙的屋是村里最漂亮的。有三层楼高，最了不起的是每一层楼都有一个厕所。村里人曾经都使劲嘲笑三伙，说他竟用那样多的面积花那样多的钱来修厕所。屙屎这活儿，随便搭张席子，围几块木板不就有了？三伙说："你们懂个屁！"

英芝知道，只有三伙有这种见识和魄力，只有他知道人生短暂，一个人应该怎么过做人的舒服日子。因了三伙，他的一家子人都活得扬眉吐气，舒服自在。可惜贵清同为男人，却连三伙的一半都赶不上。

楼上传出三伙跟孙子的逗笑声。那声音爽爽朗朗的，没有一点愁意。英芝仰头望去，楼上的灯光从窗口泻了出来。白晃晃亮堂堂，在暗黑里分外夺目。

仿佛被这灯点亮了似的,英芝突然想到,就算我是女人,只要我能挣钱,三伙能做到的事,我为什么就不能做到呢?我又何苦要跟公婆住在一起去受他们的气呢?如果我自己挣下钱来,我岂不是自己可以盖一栋房子,就像三伙这样的?虽然说盖房子应该是男人的事,可是女人如果有本事,不是一样可以为自己盖么?我一个月能赚几百块钱,一年下来也有几千块。不出两年,我就盖得起房子来。我不需要盖三层楼的,盖两层楼就可以了。我可以住在自己房子的楼上,高高地看到公婆的院子,我不在乎他们骂人,不在乎他们阴阳怪气,我可以跷着二郎腿不睬他们,甚至,我高兴了,还可以朝他们吐一口涎水。那种感觉该有多么好呵?

英芝被自己突来的想法激动了。整整一夜她脑海里都只有新房子的画面。她把她所能想到的漂亮房子全都想了一遍。她意识到这栋新房子的出现,将会改变她整个的生活。直到天已大亮,她的心情都没有平静下来。英芝想,贵清你玩你的吧,你懒你的吧,你爱怎么样就怎么样吧。我就要做给你们看,我是女人,是别人的老婆,是别人的媳妇,我可以靠自己盖一栋房子起来。我要用我的房子来气死你们笑死你们!

早上,英芝正吃饭时,贵清骑了自行车来接她。英芝的心里被新房子占满了,头天的屈辱和仇恨就淡下去了许多。贵清见英芝脸色还好,悄然松了口气,忙赔着笑脸想跟英芝说道歉。还没开口,突见英芝朝他使劲地挤眉弄眼,立马就明白英芝并没有跟家里人说挨打的事情。于是贵清揣在心里的那份担心，一下子就没了。贵清恢复起往日的痞脸，说："玩够了吧？我来接你回家了。"

英芝的嫂子便笑："哟，贵清呀，你这是像绑在老婆腿上的锣哩。我们英芝刚回来一天，你就响着跟来了？"

贵清便嘿嘿地笑道："要不我怎么这么没出息呢？我们里里外外靠英芝哩。没英芝我活得就不像个人样哩。"

正吃早饭的英芝一家人便都哈哈大笑，笑声中也满为自己家的女儿自豪。英芝在大家的笑声中，也就没说什么，只是跟爹妈道了声别，便跟了贵清回家了。

英芝坐在贵清的车上，两人都没说话。到头一回亲热的河边时，英芝跳下了车，赌气地坐在草地上。贵清知道这一刻英芝要发作了，便忙倒下车，凑过去，作小人状地说："英芝，别生气了好不好？昨天我正在气头上，嫖妞的是友杰和黑胖他们几个，不关我的事。他们害得我在局子里待了一夜，受够了气。本来回家想好好休息一把，可你又和爹妈闹成那样，我心里烦，一时昏了头，要不我怎么会那样打你？以前我几时这样过？今天你都打回来好不好，我保证一下也不还手。"

英芝叫贵清这么一说，满腹委屈都涌上心头，她不禁哭了起来。贵清赔了半天不是，英芝仍然哭着不说话。贵清觉得说多了也是白说，就住了嘴，闷闷地坐在一边，嘴里衔了根草，望着远处的云发呆。

英芝哭够了,她知道再哭下去也没有什么用。便抹了抹眼泪,说:"要我原谅你,我只有一条:我不想再跟你爹妈住在一起。"

贵清一怔,说:"不住我爹妈那里,住在哪里?我是不会当上门女婿的。"

英芝说:"我们自己盖屋,过自己的小日子。"

贵清说:"我们?我们哪里盖得了房?"

英芝说:"我晓得你家老房旁边还有一块地,正好可以盖屋。只要我们两个一条心,努力挣钱,你再找你爹妈要一点,一年下来,不就可以盖了?我们都这么大了,应该有自己的家。再说你每天这么混,有什么意思?混出事来,里外不是人,又何必呢?还不如自己到外面挣点钱。"

贵清忙说:"挣钱倒是可以,我朋友在县城里跟人搞装修,生意不错,前两天还托人找我去帮忙。我明天就可以走人。可是,不见得非要盖房呀。我家的房间有多的,再娶几房媳妇也住得下,何必花那个钱盖呢?再说了,哪个屋里的儿子媳妇不是跟爹妈住在一起?"

英芝说:"你就是这样没出息。自己过自己的独立日子,有什么不好?"

贵清说:"这是分家哩,村里人恐怕会笑话,我爹妈怕也不肯。"

英芝生气了,说:"你到底是跟你爹妈过一辈子,还是跟我

133

过一辈子？"

贵清说："我爹妈都老了，我又是独子，他们一死，我们不是可以住现成的房子吗？何必费那么大的劲又去盖呢？想想也划不来呀。"

英芝冷冷一笑，说："看你爹妈那股子活劲，恐怕我都死了他们还没死。一句话，你干不干？你要不干，我们就离婚。"

贵清吓了一大跳，说："莫说得吓人！你不要害我的贱货成个没得娘疼的伢儿。再说了，晚上我连个陪床的都没有，你这不是存心逼我到外面找烂女人吗？"贵清说时痞着笑脸，伸手去搂英芝。

英芝推开他，说："你要答应了我，我还就能在你家过下去。我忍个把年，住自己的房子，也算有一条活路。"

贵清叹口气说："说得就像马上要死人似的。算算算，依了你，反正你跟我爹妈一口锅里搅不到一起去。我回去跟我爹妈商量一下。这总可以吧？"

英芝没说什么。她想贵清有这样的态度她也满意了。

事情比英芝预想得要顺利。最主要的还是贵清的一张嘴能说。贵清说，如果我们自己要盖屋，我就会到外面找活儿干，多赚点钱，也算是有了一个人生目标。如果不让我们盖屋，我就还会跟着友杰光头黑胖他们混日子，搞不好哪天又被逮到局子里去了。

英芝的公婆原先一说另外盖屋，两个人便板下面孔，一个在堂屋，一个在厨房，倒着嘴骂贵清。他们知道这肯定是英芝的主意。他们尽管看都不想看到这个媳妇，可是他们仍然是不肯答应。他们私下说，就是不能好了那个贱人。

可叫贵清这么一说，想想也是。上回逮到派出所已经够让他们受惊吓的了。友杰、黑胖和光头三个叫家里保回来，个个都在家里躺了三天。爬起来出门，一说起在派出所里那个狠打呀，声音都还发抖。贵清是运气好，自己对人倒说是不想沾外面的女人，可友杰他们几个却都说其实是还没轮着他上，警察就来了。下回再玩出事来，被打出毛病来岂不更糟。这样一想，就觉得还不如让贵清出门挣点钱好。房子就盖在自己隔壁，也就跟没离家一样。

英芝的公婆商量了一下，同意了贵清的要求。只是表示，第一，两院之间的墙要开个门，好让贵清和贱货两边进出方便。第二，要盖屋自己拿钱。

贵清说给英芝听，头一条，英芝满口答应了，因为这对她也方便。第二条英芝沉下了脸，放开口骂了几句公婆。贵清说："我说英芝，你骂的是我爹妈哩，这不跟骂我一样？他们说了这个话，你肯不肯吧？你如果不肯，我再去跟我爹妈说算了。反正我是不想盖屋的。"

英芝咬牙切齿地想了一下，本想脱口再骂贵清。可一转念，觉得自己在这边孤家寡人一个，诸事还得靠贵清。倘闹翻了，往后的日子更不会好过。不如忍上一口。英芝想罢，也就用了半天的劲，把自己的怒气咽了回去。英芝说："不给钱就不给钱，老娘自己出门挣。我就不信挣不回个房子钱来。"

晚饭时，英芝的脸上便有得意之色。英芝的婆婆看了颇有几分生气，便吃着饭说，我是为了我儿，不为我儿，我才不会把地让出来盖什么新屋哩。英芝的婆婆特地放着高声，摆着要说给英芝听。英芝心里暗笑了一下，自道，管你为了谁，只要把地给我们盖屋就行了。

十

贵清果然第二日便到县城去了。去了几天后回来过一趟，叹说是工钱少得可怜，人却累得慌。英芝的婆婆就忙说累就留在家里歇几天吧。贵清趁机当晚就留在了家里。贵清先到村里打了一晚的牌，夜半三更回来，又在床上跟英芝纠缠了半天。等筋疲力尽躺下睡着时，天都快亮了，便又在家休息了一天。第三天一早，英芝叫贵清起床，贵清反反复复伸着懒腰赖在床上不想动，英芝说了好半天，几乎就要发火了，贵清才有气无力地爬起来，嘴上叨叨说挣钱是为了今后舒服，不挣钱是为了现在舒服，反正都是个舒服，何不先舒服了再说。英芝嗤了贵清一鼻子，觉得他已经二十几岁的人了，想法竟然还这样的幼稚。

英芝为了让贵清能出门，总算耐下性子说服了贵清。贵清走时无精打采。英芝的婆婆就有些不舍,吃饭时说了几声不想去就不去,也没有哪个逼你的话。贵清瞥了英芝两眼,倒也没跟他妈搭话。英芝的婆婆便在贵清走时,倚门而望,一副怅然的样子。英芝看了心里便有几分得意,就仿佛自己打仗赢了一把。心说,你儿子媳妇都娶进了门,未必还能事事听你的?

结果晚饭还没吃,贵清就又回来了。胳膊上扎了一圈白纱布,脸色却红润有光。英芝忙问是怎么回事。贵清说贴墙时,旁边的一个伙计正割下半块瓷砖,他递给他时,他没有发现,一挥手,结果正好从膀子上划过,拉了一条大口子。贵清说:"一下子胳膊上就流成了河。"

贵清说话一向喜欢不着天不着地。英芝知道再严重也没得他说得严重,便撇了一下嘴,表示不屑。可英芝的婆婆却立马惊呼了起来:"我的儿,血流得那样多怎么行呀?英芝呀,你还不赶紧把你男人扶到床上歇下?还不赶紧到街上去买一点猪血给他补一补?伤了骨头没有?英芝呀,你还不赶紧再去买点筒子骨?"

英芝最烦婆婆的这副神气。她没有动,只是冷冷地看了婆婆一眼,然后转过脸对贵清说:"看你妈这样子,好像你都丢了半条命似的。"

贵清说:"我妈这是关心我呀。像你这样,男人受了伤,你连眼皮都不抬一下。"

英芝说:"我还不晓得你那伤能怎么样?拉了一点小口子,流了几滴血,吃喝拉撒睡,你一样也不会耽搁。我钉颗扣子,手

137

上还扎个窟窿哩。"

贵清一听就不高兴了，说："你以为我是为了偷懒装孬？"

英芝心想你未必不是？她冷然一笑，说："这话是你自己说的，我是没说什么的。"

贵清愤愤地说："你是没说什么，可是你这个毒婆娘想些什么未必我还不晓得？"

英芝的公公一直没做声，这时朝着英芝道："你男人伤成这样，你还垮着脸跟他吵？还不到街上买东西？你婆婆叫你买什么你就买什么？"

英芝听公公如此一说，心里便赌了气，心说，我就是不去又怎么样？又买猪血又买骨头，哪个出钱？一分钱挣不回来，就光是盯着我的荷包。哪有那么好的事？英芝这么想过，鼻子哼了一声，一句话也没说，掉头就往自己屋里走。进了屋她就往床上一躺，嘴上故意地哼起了小曲。

一支小曲还没有哼完，贵清突然一阵风地冲了进来。手上抓了根皮带，像英芝一样地鼻子哼一声，不说一句话，扬起皮带就往英芝身上抽。英芝一下子被抽蒙了，一声尖叫，想要爬起来跟贵清论理。刚一抬身，皮带就甩在了脸上。英芝的脸立即火辣辣地痛，尖叫立即变成了号哭。贵清全然不理会她的哭闹，只是黑着面孔猛劲地挥动手臂。英芝将脸埋在枕头里，她的声音呜呜的，像一只受伤的狼在哀叫。英芝心里很痛很痛，可她却听到儿子贱货在门口咿咿呀呀的笑声。英芝婆婆说，贱货好乖。我们贱货将来也要像爹一样,不得随便被人欺负。哪个欺负你,就打哪个。英芝心里喊叫着:"总有一天,我要杀了你们。"

贵清似乎是打不动了,将皮带朝床上一扔,说:"我要一直打得你晓得怎么给男人当老婆!"

贵清说完便走了。屋里突然静下来,只是英芝自己的哭声。英芝哭得好累,止了声。她想爬起来,一挪身子,便觉得全身都痛。她的眼泪便又涌了出来。她越想越憋气,自己并没有什么对不住贵清的,搞不懂贵清为什么竟然这样对她下辣手。她抬头看着墙上挂着的结婚照,她的脸上化着妆,贵清似在斜眼望她,嘴笑得咧了开来,一副幸福不过的样子。然而,就是这个幸福的人,刚才几乎就把她给打死了。男人怎么是这样的东西。英芝忽觉得自己的命很苦很苦的。而以前,她却从来没有想到这个问题。

这一天,贵清在外面打了一夜的牌,直到第二天早上才回来。一进门,贵清就对英芝说:"给我打盆洗脸水来。"

英芝想跟他吵架,可想起昨天的皮带和她现在仍然疼痛不已的身体,便忍了下来。她拿了脸盆到灶房,端了一盆水进来。她的胳膊、大腿以及背上都有伤痕,叫衣服一磨,痛得她只想叫唤。可是叫唤出来了又有何用?英芝还是忍了。

贵清洗完脸,打了一个长长的呵欠,示意英芝把水拿出去倒掉,然后往床上一躺,说:"非要这样调教你,你才老实。"

英芝没搭腔,心里却骂道:"放你妈的屁!"

打这以后,贵清不再进城找活干了。英芝也不再要求他去干活。贵清成天在村里打牌,偶尔帮他爹到果园里忙乎一两天。他的日子过得很快乐。夜里,他也常常哄哄英芝,让英芝开心。只是英芝再也不要求他做这做那了。英芝只是自己在心里盘算着怎么能早些盖好房子,怎么能早些离开公婆的家过自己的日子。她到县里去了好几趟,专门去看别人家盖好的房子。她对着那些房子,一笔一画地描下图来。她还跑了几趟砖厂,托了几个熟人,找到厂长,希望便宜地卖些砖给她。水泥厂她也去了,她二哥有个同学在这厂里搞搬运,答应帮她用厂价买到水泥。她还把县里所有的瓷砖店都跑到了,横比竖比了好几家,算是看中了一家又便宜又好看的瓷砖。她知道三伙家的地都嵌了瓷砖,她想她的房子也要盖得像三伙家一样漂亮。而且一定要有厕所。每天每天忙着这些时,英芝都在想,就算我是个女的,我也要自己盖间房子出来让你们看看。英芝有了自己的生活目标,便将公婆和贵清对她的态度都看淡了。

转眼又到了春节。每到春节前后,三伙班总是最忙。这时节,不晓得什么缘故,结婚的人极多,死的人也极多。三伙班的请单一摞摞的,几乎隔不一两天就有请家。三伙在家里装了一部电话,电话铃隔不一阵子就叫了起来,村里远远近近都听熟了这声音。铃一响,立马就有人说,又是哪个苕猪给三伙这狗日的送钱来了。

英芝们却巴不得三伙的电话每一分钟都在响,那声音对于他们来说就是钱财。原先英芝唱到一笔钱,就去农行存上一笔款。现在这么连着唱,她连上农行去的空都没有。于是,她在棉袄夹层里缝了个口袋,把钱塞在那里面。有几次,她躺在床上时,窥见贵清翻她的口袋,她不动声色。她想,她的钱就是她的钱,不能给贵清。钱一到贵清手里,就是别人家的了。贵清手上只要有一块钱,不是买烟喝酒,就是输掉了。她不能让贵清这样把钱浪费掉。钱要用来做钱应该做的事,比方盖他们的房子。

雪又开始下了起来,已经迫近年关。雁回村一个姓刘的人家请了三伙班。刘家的儿子在广东打工,挣了不少钱,这次是衣锦还乡,硬要请三伙班来为全村唱个专场,热闹一下,也是答谢村里乡亲对他爹妈的照顾。演唱开始时,刘家儿子跟三伙和英芝他们扯闲话。听说他们是凤凰垸的,便问认不认得一个叫春慧的女伢,也是凤凰垸的。英芝便说,怎么不认识?跟我是同学,最没用的一个人。刘家儿子便大惊,说她还最没用?她最没用就不晓得哪个有用了。她的电脑玩得溜熟,大学还没有毕业,就被一家大公司相中,放暑假里成天开着个小汽车去人家公司上班,风光得不得了。有一回老乡聚餐,把她也叫上了。结果那回就是她买的单,一顿饭吃下去,硬是花了她一千多块钱,她眼皮都不眨一下,立马就付了账。英芝听得目瞪口呆。想不到一个连夜路都不敢走的春慧,竟能如此出息。三伙见她发呆,便说:"那有什么好比的?人家是上大学的人,有学问就有本事,一个人有一个人的命哩。"

英芝头一回觉得没有上大学还是有些划不来的。

因为下雪,专场唱歌便安排在刘家的老祠堂里。祠堂里有现成的戏台,是以前唱天沔花鼓戏时用过的。台后有一个小房间,供演员化妆和更衣。

因为是在祠堂里,演唱的音响效果就比外面好得多。英芝和小红都是裸肩露背地上场,她俩唱得很卖力。每一只歌唱完,都有观众鼓暴掌。祠堂里挤满了人,场内有些热气腾腾的。但到底是冬天,英芝和小红每每从场上下来,都觉得冷得够戗。于是,台后的小房间里便生上了炭火。英芝和小红一下场就头尾不顾地冲到小房间里去取暖。

演唱几乎到一半,场面上的气氛热闹极了。冬日农闲,打工的也都回来了。成日无事可做,难得有如此好的聚会。祠堂里被挤得满满的。从南方回来的人们,见识过开放,觉得这个的唱法太老土,一点儿也不过瘾,于是就有人叫喊起来。第一个喊出声来的便是刘家的儿子。他说:"穿的是不是太多了?"他的声音不太高,却如惊雷响过,应和之声立即四起,乱糟糟中只变成了几个简单的字:"脱!脱!"

正在台上唱歌的是小红。小红先不知道人们喊些什么。依然嗲着声气跟台下人打情骂俏。待明白人们叫喊的内容时,怔住了。她扭头朝老板三伙张望。三伙一看如此局面,便下场找刘家儿子。刘家儿子说,如果脱了上衣,每人另给小费200块。如果脱得一丝不挂，就给500块。给女的，不给男的。男的没看头。三伙一想，价开得这么高，自己的提成也多得多，便立马答应。

小红一下场，三伙便将刘家儿子的意思说给小红听。小红披着大衣，脸红扑扑的，坐在炭火边，想了一想，说："500块钱不好挣，脱就脱。反正这里的人也不认识我。英芝，你呢？"

英芝被那立即可以到手的500块钱引诱得心嗵嗵地跳，她想如果一次就能拿到500块钱，用不了几次，她的房子就盖成了。可是又想到自己脱衣在人前的样子，便又觉毛骨悚然。

英芝犹疑着说："我怕不行，我有男人，他要晓得了，会杀掉我的。"

小红说："他有钱花了，还会杀你？你要分他200块，你看他敢动你一根手指头。"

英芝说："说的倒也是。可是这都是村靠村，庄靠庄的，传到我爹妈那里，我也不好做人。"

小红说："我们村那些嫂子喂奶时不都人前人后地露着奶子，有哪个说什么没？你在这露一下，就能赚200块，有什么不好？我们女人亮的是形体美。"

英芝一想，可不是？小红接着说："我是不怕的。我一不是你们乡的，二是我横直不准备在这里长待。我迟早要去广东找事做的，赚一笔是一笔。"

英芝思想斗争得十分激烈，她多想要那500块钱呀。如果每次都能赚到500块，她的房子不出半年就能动工了。可是……英芝在脑子转一个弯的时候，她又有些悲哀。她和小红不一样，小红单人一个，说走就走，了无牵挂。而她却已经是别人的老婆，是贱货的母亲。她随便抬抬腿，也要牵动几个人。何况她又是本乡本土人，一旦被人说闲话，全家人都不会给她好脸色看。她怎么能当众脱光呢？她怎么能经受得了人们背后的议论呢？英芝想后私下里长叹，自己做事竟不能由自己做主，竟不能爽爽利利，真也是可怜呀。

小红已经出场了。音乐嗲嗲恰恰着。从外面传来的每一下节奏以及小红吐出的每一个字，都如同锤子一样，敲打着英芝的心。人们的热情已经高涨得无以复加。喊叫声中夹杂着尖叫。英芝能猜得出来，那是小红在一件一件地脱着衣服。最后的喊声是全场性的，那声音就恍然炸弹在身边爆响，令人觉得可以把屋顶一直冲到天上，从此掉不下来。

但英芝却没有敢去看那样的场面。只她一个人坐在台后小房间里的炭火旁。和外面那些激动的人相比，她竟是有些哀伤。红彤彤的炭火中，她恍然看见了春慧穿着时髦地开着小车朝她驶来。那么一个无能的春慧，她凭什么混到这样的地步呢？如果她英芝去了南方，她岂不是可以比春慧混得更好一些？她想，她所有的一切，都是她的婚姻害了她，都是贵清害了她。

小红终于唱完了。她裹了件大衣冲进了小房间里。她的嘴冻得乌青，可脸上却因兴奋而红光四射。英芝从来没有见过小红这么漂亮。她竟是有些惊讶。跟在小红身后进来的三伙说："小红，了不得，这500块钱你是到手了。英芝呀，你是没见过那样的场面。我走南闯北这么多年，也是头一回看到。人气简直都快把小红烧着了。"

小红说："一点也不冷。太刺激了。英芝不信，你也试一试。"

跟着小红上场的就是英芝。英芝一出台，台下的观众还在激动之中，没等英芝开口唱，就有人喊："接着脱！"

英芝没有搭腔，只是笑了一笑。听着音乐响起，她开口唱了起来。几乎没有人听她唱什么了，人声嘈杂得如同菜市场。高声喊"脱"的人一阵一阵，仿佛就等着看她脱衣服。英芝的歌唱了一半，还没有脱的意思。下面便有人急了，喊着："不脱就滚下台！""还是换那个上！"

刘家儿子就坐在前排，他扬起5张钱，朝着英芝摇着。嘴上喊道："脱了这钱就是你的啦！"

英芝有些恍惚。开着小车的春慧似乎又从那钱里朝她驶了过来。一瞬间，英芝抬起了胳膊，她把手放在了裙子的吊带上。场下突然静了。大家都屏着气望着英芝。英芝嘴上唱着，却背了过身体。她将吊带从两边的肩膀上滑下。裙子从她和身体上缓缓地落了下来。大家眼里出现的是身穿胸罩和三角短裤的英芝。英芝的三角裤很小，小得几乎使半边屁股都露在了外面。叫喊声和口哨声又响了起来。英芝听到刘家儿子的声音："好呀，好身段！刺激！再脱！"

英芝从来没有如此这般地站在人前。她一扭腰一扬手，觉得自己也从来没有如此地轻盈和自在。喧嚣的声音促发得她全身热血沸腾。她的手指情不自禁地放在了胸罩的铁钩上。只轻轻一下，胸罩也脱落了下来。白色的乳房如两只鸟一下子在胸脯上舒展开来。

高潮再一次在这个老祠堂里掀起。刘家儿子手上的钱仍然对着英芝摇着。但是这支歌在此时恰好完了。等不及英芝全部脱净，便到了英芝下场的时候。英芝谢了幕，匆匆捡起自己的衣物，捂着胸脯，飞一样跑下台。三伙手抓着大衣，将英芝一裹，挟着英芝就进了暖和的小房间里。三伙略带遗憾地说："英芝你脱得太晚了，只要再多一句，你的500块钱就到手了。"

英芝不知是冷还是激动，她全身发着抖，已然失却言语的能力。她坐在炭火边，烘烤了好几分钟，才长长地缓了一口气。英芝想，三伙说得也是。

这一天，英芝拿到了302块钱。其中200块是刘家儿子给的小费。而小红则拿到了500多块钱，数钱时小红眼睛的光芒仿佛把她周边都照亮了。

只是男人们的钱都很少。他们看也不看就装进衣袋，然后叹说悔不该生成女儿身呀。文堂说："早知道你们这么敢脱，还不如先脱给我们几个看看，肥水先落自家田嘛。我们几个凑也能凑出个五百八百来。"

小红说："真的？你的话当真？"

英芝却没有说什么。她在琢磨文堂究竟是说真话还是在讽刺她们？

十一

元宵节刚过。舞龙灯落得满地的碎纸还没有被冷风刮尽，县里的报纸便发表了一个回乡大学生的文章。大学生对乡下过年间的恶俗表演进行了严厉地质问。说是难道为了热闹就可以不管内容健康不健康吗？文章中提到一些戏班子大唱黄戏，一些杂耍班子大搞迷信，一些歌班子大脱衣服。说是看了这些后，觉得农村的面貌比他离开家乡外出读书的时候更加落后了。这封信引起了县里领导的重视，立即进行了调查和整顿。

只十天工夫，三伙班的演出资格就被取消了。因为写文章的大学生就是雁回村的。

散伙前，三伙找了英芝几个在镇上吃了一顿饭。三伙说，满以为在雁回村后，生意会更红火，想不到却被弄散了伙。三伙说时，便猛猛地喝酒，边喝边叹气。文堂一次一次地敬酒给三伙，每敬一次就骂那大学生真是吃撑了，啥都看了，啥都听了，饱了自己的眼福和耳福，然后又不让别人活。文堂第三回骂时，三伙便制止了他，说人家有人家的道理。人家上了大学，有文化，当然是看不惯这些的。人家要看踮着脚尖跳舞的人，要看穿着长袍裙子唱西洋歌子的人，人家还要看穿着燕尾服的男人在台上指挥的一个大乐队演奏。那是高雅，是艺术。我们几个只不过看村里人可怜，想热闹的时候不晓得怎么办好，才找了这个由头混点农民的钱，当然也是有点碍人眼。

英芝说："那以后村里红白喜事想要热闹一下怎么办？"

三伙说："那就不热闹好了。结婚时，就光笑，死人时，就猛哭。保管也结得成婚，也死得了人。"

三伙这一说，倒让大家都笑了起来。一桌酒席散了，分手时彼此倒也没多少愁悲，只说以后有机会再重头来。

英芝回来的一路，心里闷闷的。本想尽快把盖房子的钱挣到手，没想到反而坏了事。便想起文堂骂那大学生的话，觉得文堂是骂得太有道理了。

英芝没有直接回家，倒是同三伙一起回凤凰垸了。娘家里仿佛还在过年，一伙人围着桌子在堂屋里打麻将。屋边生了火，暖融融的。大家见英芝进门，便一个个喊喊叫叫。英芝的大嫂立即叫英芝上桌打牌，她让给英芝。英芝摆摆手，回绝了。英芝的妈正在灶房做饭，听讲英芝回来了，立即眉开眼笑地跑出灶房，手捧着拿了一堆吃的东西，又是麻叶又是花生。英芝瞬间就觉得还是这里更像她的家。

英芝接过她妈手上的食物，没吃一口，便拉着她妈的衣袖往里屋走。英芝说："妈，我想跟您说个事。"

英芝妈说："我正做饭哩。"

英芝说："我说完了就走。"

英芝妈说:"不在家吃晚饭?"

英芝说:"不吃了,要不贵清又要吵我。"

英芝妈说:"你两口子怎么回事?贵清他怎么这么没良心,我这么好个女儿嫁给她,他怎么不用心伺候好你呢?"

英芝听她妈这番话,眼泪水都快冒出来了。英芝说:"都是我公公婆婆在中间生怪,尽挑拨我们。我现在只想跟他们分开来自己过。"

英芝妈说:"你们怎么分开?"

英芝说:"我和贵清想另起屋。他家旁边还有一块地,贵清说他爹妈已经答应给我们起新屋了。可是我们现在的钱还不够,我想——我想,妈,你们能不能借给我一点?"

英芝妈说:"这我当不了家,我跟你爸爸商量下了,再回你话好不好?"

英芝点点头,说:"好的。"

英芝为了听这个回话,就留了一天。第二天早上,英芝一起床,英芝妈便拉了她到灶房里,当着英芝的面给英芝炸了两个荷包蛋,对英芝殷勤得仿佛英芝不是她的女儿。英芝一看她妈这副样子,就晓得她爹一定不同意借钱,便先开了口:"妈,爸没同意借钱,是不?"

英芝妈为难地说:"英芝呀,你爸也不是没有道理。你哥几个要知道我们把钱拿出来借给你,一定是不会依的。何况你是个女儿。"

英芝便有些愤然,说:"女儿又怎么啦?女儿就不是爹妈养的么?"

英芝妈说:"老话早就有得讲,嫁出去的女,泼出去的水。你一出这个家门,就是人家家里的人了。跟你哥他们当然是不同的。"

英芝更加生气,说:"在那边,我不是他家的人,在这边,我又被泼出去了。说起来哪儿都是我的家,结果哪儿都不是。这不公平!"

英芝妈说:"是不公平,可是我们女人几千年都是这么做的,你有什么办法?到了妈这个岁数,你就不会这样想了。你就会把你婆家那边当你的家了,就跟妈现在一样。"

英芝不想再说什么,她闷头吃完饭,连一声招呼都没打,就独自离开了。

路上行人很少,平常总能拦着一辆手扶拖拉机,突突突几十分钟就赶了一半的路。可这天英芝走了很远,都没有拖拉机过来。风虽说不是很大,可天却冷冷的。辽阔的田野上,也几乎看不到几个人。偶尔有人在地里忙点什么,多也是上了岁数的老头子。不知道从什么时候开始,人们对种地一点兴趣都没有了。

英芝将围巾忘在了娘家,走了一阵,风只往脖子里灌,她便耸起肩膀,缩着脖子往前走。英芝想想就很有些憋气。男女平等,说了这么多年,凭什么到头来不管遇到什么事,都是女的倒霉。而且连女人自己都认为应该这样,比方她的母亲。女儿嫁了人就不是你们的骨肉了？婆家本就不是女儿的家，而娘家又不拿女儿当自己的家人，做女儿的人为什么就这么命苦呢？现在英芝总算明白，天下女儿在出嫁时为什么都要号啕大哭了。因为女儿一旦嫁人，就永远失去了自己的家。在空旷旷的天地之间，多少没有家的女儿心都在漂泊，她们真是天底下最可怜的人呵。

英芝怀着这样的悲伤走进了老庙村。在村头，几个无赖汉正在墙根下晒着太阳，见到英芝，一个个眼睛都放了亮。一个叫臭虫的无赖喊了起来："英芝，什么时候在我们老庙也脱一回呀？"

英芝心一惊，暗想，糟了，怎么传得这样快呢？英芝嘴上笑道："你这个臭虫，脱什么呀，脱你的皮哩。"

臭虫嬉皮笑脸道："英芝，我们一村人都羡慕贵清哩，雁回村都传疯了，说你的皮肉比冬天的雪还白哩。"

英芝好恼火，说："放你妈的屁！臭虫，小心我剥你的皮。"

英芝骂罢，不敢多停留，她心里有些毛乱了。英芝知道如果贵清听到这些闲话，一定不会给她好眼色。英芝想起小红的说的，给男人200块钱，他连手指头都不敢动一下。英芝想到此，忙拐到村里小卖部，给贵清买下一条烟和两瓶酒，又给公婆买一两瓶雪碧。英芝掏这些钱时，心里一阵阵疼痛。小卖部的老板娘却阴阳怪气地笑道："哟，给贵清买吧？难得太阳从西边出来，贵清硬是好福气呀。"

依了往日英芝的脾气，非要扬起嗓子跟她一争高下的，但这天英芝无心答理这些。她满脑子里都是如何通过贵清这一关。

英芝远远地看到了家里的大门。过年时大门刚刚刷过黑漆，色泽很亮，但这一刻的大门却正掩着。平常公婆在家，很少掩门，英芝心里扑扑地跳得厉害起来。她走到门口，镇静了一下自己，然后故意用一种快乐的声音高叫着："贵清呀，贵清，快来帮我拿一下，你看我给你买什么回来了。"喊叫时，她推开了门。她尽可能使自己自然一些。

英芝的公婆垮着脸，端坐在堂屋里。他们的头上仍然是大大的"天地君亲师"五个字。英芝先把雪碧放在桌上，笑着说："这两瓶饮料，是给您二老买的。"

英芝的公公不屑地哼了一声。英芝的婆婆伸出尖尖的手指，指着英芝的鼻子，用一种尖厉的声音叫喊道："你这个烂货，用卖×的钱买这些，想害死我们呀！"

那声音令英芝觉得自己的耳膜刺疼刺疼的，有如针扎。英芝没有料到婆婆会这样开门见山，忙分辩道："我怎么啦？我又没做什么见不得人的事。"

贵清从屋里冲出来;一把就揪住了英芝的头发。英芝立即哎哟哟地叫唤起来。贵清说："你这个臭婊子，老子让你在外面唱歌挣钱，又没有叫你脱衣服。你还要不要脸呀！你要钱要疯了？钱比脸还要紧要么？！你他妈的天生是一个当婊子的货色。老子真是看走了眼。"

贵清一边大骂，一边使劲地扇着英芝的耳光。英芝能感觉到自己的面孔肿了起来。英芝本能地反抗,她用脚踢着贵清,两只手乱舞动着。英芝说:"我就是想赚钱怎么样?有本事你赚钱回来养老婆呀!"

贵清说:"你这个臭婊子,你还嘴硬!"

英芝的一只脚踢中了贵清的下身,贵清惨叫了一声。松开手,弯下腰捂着下身。

英芝趁机掉头往门外跑。英芝想,天啦,我不能被他打死呀。英芝跑出院子,却看到先前坐在堂屋里的公公却先她一步站在院子里。大门被锁上了,钥匙不知何处。公公冷冷地笑着,理也不理英芝便往屋里走。贵清追了出来,他手上拿了一根棍子。贵清号着:"狗娘养的,你踢老子的命根子,老子还让你活?!"

贵清一棍便朝英芝打了过去,英芝闪了一下,棍子从英芝脸边刷过,落在肩膀上,英芝惨叫一声,跌倒在地。英芝已然站不起来了,她朝着猪圈爬去。贵清跟在她的身后,扬着棍子在她身上胡乱抽打。

英芝爬到猪圈边,没了退路,她也爬不动了。英芝悲愤地想,打吧,顶多就是个死。这样活着,还不如就死了。这样想过,她便无意继续反抗,她蜷缩在猪圈的墙根下,任由贵清抽打。直打得英芝几乎感觉不到了疼痛,然后她就昏死了过去。

英芝醒来时,已经是中午了。猪躺在她的身边,一股臭气直冲她的鼻子。她挣扎着爬了起来,不敢进屋,朝着门外走去。这时的大门已经打开了。英芝走到门外,觉得外面的天好亮呵。

英芝踉踉跄跄地走出了老庙村。她的棉袄已经被贵清打破,几缕棉花露在外面。她的脸青肿着,一道道血痕一直拉到了脖子上。英芝脑子里已经没有了什么意识,她只知道往前走。她甚至并不知道自己走的是回家的道路。幸亏回家的路不需要记忆也能认得。

差不多天黑的时候,英芝才到家。她的侄子苕伢先发现的她。苕伢立即发出惊天动地的叫喊。苕伢说:"爷爷——婆婆——看我细姑怎么啦——!"

一家人都从屋里跑了出来。英芝听到许多的脚步朝她而来,她一个人也没有看清楚,然后就倒了下来。

十二

整整一个礼拜,英芝都躺在娘家里,连床都没下。英芝的爹妈和哥哥们看到英芝遍体鳞伤,都气得摩拳擦掌。英芝的爹带着两个儿子和凤凰垸十来个能动手的人,当晚便奔到了老庙村。英芝的大哥说血债一定要有血来还,绝不能饶了贵清这王八蛋。然而当贵清把他揍英芝的理由高声地说来时,英芝的父兄都给傻了眼。结果他们非但没有打贵清,反而再三再四给贵清赔了半天不是,回来的一路,都垂头丧气。

这一切,英芝都不知道。

英芝下床的那天，天很晴朗。英芝身上的伤痕已经结疤，可她心头的伤却仍然流着血。吃过早饭，英芝站在自家房屋的窗前，看着屋外的太阳。太阳下，侄儿苕伢和侄女菊菊正笑着相互追打。英芝想，不晓得我的贱货现在怎么样了。

英芝的爹进屋里，闷头坐了下。英芝望着他，不知其意。英芝的爹吭了好几声，方说："自己错也错了，回家跟贵清认个错赔个礼。娘屋里不能养你一辈子。你一个女人，该做什么不该做什么，也得要有个规矩。"

英芝脑袋嗡了一下，她明白她爹的意思。然而她被人打成这样，打得伤痕累累，没人来跟她认错，她的爹却还要让她先低头认错。她觉得自己业已痊愈的伤痕又一道道地炸裂了开来，全身仿佛被炸得铮铮着响。她想要号叫，想要撞墙，想要撕破自己的胸膛，想要质问苍天，为什么对女人就这么不公平。

英芝的爹见英芝的脸色变了，从衣袋里摸出一叠钱，又说："这是3000块，家里也就这点钱，先借给你，跟贵清两个起栋房子，自己好好过吧。莫再闹得大家都没脸面。"

英芝的爹把钱放在桌上，人便走了，走时仍然一副闷闷的样子。阳光透过窗子落在桌上，那叠钱便在阳光下光芒四射。英芝的激愤忽地就被这光芒所软化。她慢慢地走到了桌前，将那叠钱拿了起来，然后找了一张纸，细细地包好，掖在贴身的口袋里。英芝回家时什么也没有拿，走时也不必拿什么，她到灶房跟她的母亲打了一声招呼："妈，我走了！"

英芝妈正给灶里添柴,扬头说了句:"伢呀,要认命。你是个女人,要记得,做女人的命就是伺候好男人,莫要跟他斗,你斗不赢的。"

英芝一个人上了路,她有些恍恍惚惚。恍惚中又想着我哪里又跟他斗过呢?

中午的时候,英芝看到了老庙村落在绿树中的房子,她的心惊跳着,不知道这次回来会怎么样。村口有人在闲玩,远远地见英芝走来,便急报了贵清。

英芝刚进村,竟突然看到了贵清。贵清站在冬天的阳光下,高大而强壮。英芝一下子觉得自己的两腿发软。她怔怔地不敢往前走。贵清迎了上来,说:"回来了?我正准备今天接你去的。"

英芝低下了头,没说什么。贵清说:"晓得不,贱货今天在村里跑着追小狗,摔了一跤,就喊妈妈。可惜你不在,没看着,那样子,才好玩哩。"

英芝的眼泪都快流了下来,她还是一句话没有说。一起进了家门,英芝便找贱货,抱起贱货,英芝忍了半天的眼泪方才哗哗地流了出来。她怕贵清看见,把脸埋在贱货的衣服里。可贵清还是看到了。贵清说:"回来了就好,还哭么事呢?"

英芝说:"我好想贱货。"

晚上,贵清要替英芝脱下衣服,英芝不肯。贵清说:"未必我都不能脱你的衣?"

英芝说:"你以为我身上还能让人看?"

贵清说:"我不管,你是我老婆,我就要看。"

贵清强硬地扒开了英芝的衣服,英芝身上的道道伤痕一下子袒露在他眼前。贵清自己呆了。英芝把脸朝向墙里,又哭了起来。贵清此时突然满心内疚。贵清抚着英芝身上的伤疤,说:"英芝我真是昏了头,我不晓得打得这样狠,我真是疯掉了。英芝你莫哭,你起来打我几下,用棍子打,好不好?"贵清说时要下床找棍子。

英芝说:"我打你做什么?我打得过你么?"

贵清俯下身来,说:"英芝,对不起。只要你不恨我,从今往后,你要我做什么我都做。你千千万万莫恨我,我其实是蛮喜欢你的。"

英芝想了想,说:"你要是真喜欢我,你就拿出行动来。我只想盖好房子,别的什么我都可以不计较了。"

贵清说:"盖,我们盖,这是早先就说好的嘛,我爹妈也都答应了。就是钱——"

英芝说:"我娘家借给了我一些钱,我自己也赚了一些,先把屋盖起来再说,就手上的钱,盖到哪里算哪里。"

贵清说:"没问题,都听你的。明天我们就开始做。"

这一夜,贵清好一阵折腾英芝。几乎到下半夜,贵清方昏昏睡去。英芝却因为贵清的一个承诺,激动得辗转反侧,无法入眠。

英芝和贵清终于开始盖他们的房子了。贵清跟人做过装修，多少懂得一些盖房的道道。他按英芝的要求自己画了一张草图。新房是两层楼的，南北朝向。楼下正中间是个大堂屋，堂屋两侧各有两个房间。朝南的房间，一间留给贱货，一间准备将来再生个儿子住，朝北的房间，一间堆放工具杂物，一间给客人来时搭铺。灶房和厨房在杂物间的隔壁。楼梯在外面，楼梯下便做了猪圈。而英芝和贵清的卧室在楼上。因为英芝说过好多次，贵清终于将厕所画进了他们即将盖的房子里。这是英芝最满意的地方。因为贵清准备在厕所安装上淋浴头，说是洗起澡来方便一点。这是英芝事先都没有想到的，英芝为这个建议好好地表扬了一下贵清。楼上还有两个房间，贵清说，说不定以后还会生个女儿，让女儿跟爹妈一起住在楼上比较好。英芝想，我才不想生女儿哩，生个女儿到世上来受气受苦，我做她的妈心里都不好受。但英芝因为心情很好，便没把这话说出口。

英芝和贵清开始一趟一趟地买砖买水泥，英芝到娘家把她哥哥的小手扶拖拉机借了几天，贵清便每天开着小拖备料。忙乎了个把多月，终于可以开工了。新房动土那天是三月八日，这是英芝挑的日子。贵清说："三八妇女节是个什么黄道吉日？"

英芝说："我就要这天。"英芝想，这天是我们的女人节，在这个日子起屋，说不定我会翻个身哩。

整个备料过程，用的都是英芝的钱，贵清拿不出一毛钱来，就是中午赶不回来在外面买个馒头吃碗面的钱都是英芝掏的腰包，如此这般，贵清自觉气短三分，也就没有什么底气在日子的挑选上与英芝相争。

三月八日，英芝屋后的桃花突然就开了一枝。往年从没开这么早，英芝不禁有几分惊喜。开工时，大家都看着了那桃花，纷然笑，说英芝你欢喜个什么？说不定是贵清要走桃花运了。英芝便也笑，说他要走桃花运，哪个还挡得住？就让他走他的桃花运，我走我的狗屎运好了。

难得英芝快活，说这么好玩的话，说得大家都笑得哈哈哈一轰一轰的。贵清满心欢喜，也就拉开一副架式正经地大干了。只是每天晚上，贵清都拉着这些帮忙的朋友上路边的饭馆去吃饭，饭间还要喝酒，喝完酒还要打麻将。这些开销仍然得英芝出。钱花在房子上，英芝不心疼，可钱都吃进人肚子里了，英芝就觉得浑身如同刺扎了一样。好几次她都朝贵清拉下了脸色，说吃几顿饭也不是不可以，但也不能天天吃呀。贵清的回答理直气壮。贵清说："你让人家天天干活，还能让人家不天天吃饭？"

英芝无话可说。

房子盖得很快，几天工夫，二楼预制板就架上了。又不几天，屋顶架上，房子就有模有样了。先前备好的材料业已用完，剩下的活计除了屋里的粉刷和铺地外，还有窗子和门，英芝所要的厕所也是空荡荡的。贵清朝英芝开了单子，说是还要买料多少，石灰和沙多少，水泥多少，油漆多少，英芝一条一款地细问贵清价格和用量，算了一夜，再怎么扣紧了算也还得花三千块钱。就这，还没有包括大门和院墙。英芝手上却只有一千块钱不到，无论如何也是不够的。整个一晚上，英芝都呆坐在屋里发愁。

贵清打完牌晚上吐着哈欠回到家，英芝问贵清怎么办？英芝的意思是想要贵清找他的爹妈借一点，贵清却佯装没听见。见贵清这副神气，英芝几乎又想要跟他大吵一架。英芝决定自己去跟公婆开口。

英芝这天早上起来，不是先到新房那里观看，而是到灶房帮婆婆煮稀饭。英芝蹲在灶边一根根递着柴火棒子烧火，她心想，我今天一定要耐心一点。英芝的婆婆冷笑了一声，说："你嫁过来一两年，没进过灶房，跑来帮忙，怕不是专为帮我煮稀饭的吧？"

英芝的婆婆的话撑得英芝一时不知道说什么好。她吭吭吧吧了半天，方说："是这样，妈，我们的房子，您也看到了，快盖好了，但是……但是……我们钱花光了，只差一点点……"

英芝的话还没有说完，英芝的婆婆就抢过了话头。英芝的婆婆说："我跟你公爹手上是有一点点钱，不过你莫指望我们会借给你们起屋用。我们这是留着养老的。看你这个浪荡样子，我指望贵清也是指望不了的。你就是来灶房烧一百天火，也休想从我这里拿到一分钱……"

英芝也没等婆婆的话讲完，便气得把手上的柴火棍子猛然往灶里一塞，起身而去。出门时，英芝想，听这种混账话，又有哪个能耐得下心来？

新房已经停工了。贵清说盖到这份儿上已经是大头朝下了。以后有一点钱就做一点。慢慢地做，总归有一天会做好的。英芝想这也不是没道理。可是让她仍然跟公婆住在一起，搅在一口锅里吃饭，进进出出用同一扇门，她觉得自己心口憋得慌。家对她来说，不是一个温暖舒服的地方，而是她的地狱。这么想着，英芝就越发觉得自己必须早早地将这房子盖起来，早早地跟她的公婆分为两家人。

这天吃过中饭，英芝对贵清说她去娘家再借点钱。贵清满口答应，一边送英芝出门，一边痞着脸说："放着你现成的娘家有钱你不借，你找我爹妈开口，那还不是自找倒霉？"

英芝气得脸都变了色，她心里暗暗骂道：你当我娘家是开金铺的？再说，我在老庙村盖屋，盖好了是你来住，凭什么要我娘家借钱？你爹妈都是甩干饭的？

骂也没用。像贵清这样的人，讲的是实惠，骂也白骂。恨只恨自己嫁错了人，这一错就没有办法回头。英芝走在路上越想越觉得婚姻对于女人来说，要么是天堂，要么是地狱。嫁好了人就是天堂，嫁坏了人就是地狱。三伙的老婆就是嫁进了天堂里，而她则嫁到了地狱。英芝真是痛恨自己做姑娘时从来都没有想到过这些，竟是这样糊糊涂涂地嫁了。嫁给了贵清这么个浪荡子不说，还摊上那样的公婆。自己的前辈子也不晓得是不是做了恶事，落得了下辈子受惩罚。

英芝一路走一路叹想。她径直走去了县城。她要去找文堂借钱。

文堂在一个名叫"踢踢踏"的歌舞厅管音响。文堂一见英芝便笑，说："是不是想我了？"

在文堂这种没正经面前，英芝一下子心情就轻松了起来。英芝也笑道："你有什么好想的？想你荷包里的钱还差不多。"

文堂便说："那我当然晓得，我说的想我就是指想我的钱，未必我还指望你想我这个人？"

英芝说："死鬼呀，你一张嘴损死人。"

文堂说："不是忙着盖新房吗？怎么还有闲心思进城来？"

英芝说："就为这事嘛。说真的，文堂，我真是找你来借钱的。房子弄得差不多了，可就是只差3000块钱，你能不能借给我，明年我保证还你。"

文堂斜着眼，笑说道："借是可以，就这么白借？"

英芝忙说："我保证按银行利息一分钱不少都给你"

文堂说："银行利息那值几个钱？"

英芝说："那……你还要什么？"

文堂一把搂过英芝，说："男人想什么，你未必还不晓得？我跟你一向关系不错，可每回你都只让我吃点豆腐，你叫我如何甘心呢？"

英芝笑道："文堂，你野心好大。你不怕你老婆把你宰成个太监？"

文堂说："不让她晓得就是了嘛。跟你讲，英芝，小红想要跟我有一手，我还没干哩。那个脏货，人尽可夫，谁敢沾上她，得了脏病还不晓得怎么个死法哩。你就不同啦。你英芝嘴上浪是浪，可除了贵清，你还没别人是不是？"

英芝说："算你还对我有点了解。"

文堂说："可是做人活上一世，也要图它个快活对不对？贵清对你也就那个样，你忠于他也就是个愚忠。所以在贵清以外，有个把情人几好？自己可以活得开心些，心情舒畅些。再说，他还可以经常给你一点钱花，嗯，还可以借钱给你盖新房。"

英芝本来听得很认真，听到最后一句，她不禁大笑起来。英芝说："我还以为你跟我讲人生道理哩。结果最后还是落实到自己头上了，男人真没一个好东西！"

文堂说："你管他是不是好东西，借钱给你不就行了？"

英芝想想觉得文堂说得何尝没道理？她从来就没有讨厌过文堂，而且文堂过去占她的小便宜都给过她钱。她一个女人，一生想要的不过就是爱情。而她的爱情，还没来得及产生就已经死了。或许她也想要家庭的温暖，而眼下她的这个家如同地狱。既然这一切她都得不到，她又何必不要钱呢？又何必不在情人送上门时让自己图个自在呢？

这些念头在英芝脑袋比闪电更迅疾地一划而过。文堂仿佛业已看透了英芝，在她耳边低语道："那边包房是空的，不会有人晓得。"

一想到真要与文堂苟且,英芝有几分羞涩。文堂又笑了起来,说:"英芝,想不到你还是个淑女呀。"

英芝觉得把自己同"淑女"这样的词联系起来,是一件很好笑的事,忍不住也笑得咯咯的,笑完后浑身轻松,便说:"去他妈的淑女!"

十三

英芝离开文堂的"踢踢踏"歌舞厅时已经是下午四点多。英芝体会过文堂后,方知道男人和男人是多么的不同。文堂想留英芝吃过晚饭再走,说是英芝给他的感觉跟别的人不同,他要谢她。英芝拒绝了。英芝不是不想吃这顿饭,而是怕回晚了,走夜路,带了这么多钱不太方便。文堂一想也是,便没再留,只是装得含情脉脉地把英芝送到城关的车站。英芝道别时笑着打了他一巴掌,说:"装什么情种!"

文堂也笑,说:"我是舍不得你口袋里装的那钱哩。"

这一路英芝心情有些愉快。钱放在棉毛裤的口袋里。棉毛裤原本没有口袋,英芝为了藏钱,特地在裤子的肚皮处,缝了一块布。布的四周缝得很严,只是在最上边一道缝上,留了一个一寸宽的开口。英芝每次放钱进去都必须卷着塞进,然后再用手隔着布慢慢地将之展平。这是英芝在三伙班唱歌时想出来的主意。只有让钱这样贴着自己的肚皮，英芝才有安全感。与平常相比，这一回的三千块钱显得多了一些，塞了好半天才塞进去。纵是有文堂在一边帮忙，她也仍然没法子将这堆钱弄平展。好在天还凉，衣服穿得多，除了肚子稍稍显得大了一点，倒也没有什么特别显眼之处。倒是文堂嘀咕说，才跟你睡了一回，就把你肚子弄大了。说得英芝笑得不能自已。笑完，英芝想，儿子未必比钱更重要。有钱没儿子，你照样活得好好的，生老病死，钱都能帮上你；可是没钱有儿子，却是没有活头。你真要有个什么事，你指望儿子能帮上你？这么想过，英芝只觉得自己贴在肚皮上的钱，散发着热乎乎的暖气，溢满了她的身心。中午离家出门时的阴暗情绪，也因此一扫而光，就仿佛太阳从肚皮那儿升了起来，然后把心情晒成了个大晴天。

英芝到家时，贵清一早出门打牌根本就没有回来。晚饭已经开过，英芝想在灶房里找点吃的，却是一颗米都没找到。英芝耐不住心头的气，便去问她的婆婆。英芝没好气地说："怎么连碗饭都不给我留呢？"

英芝的婆婆说："你不回娘家了吗？你娘家有大把的钱给你，未必就没你的一碗饭吃？"

一句话呛得英芝竟说不出什么来。好几分钟，英芝才说："我怕回来晚了，就没吃饭。我又没说我在娘家吃了饭回。"

英芝的婆婆说："我哪敢多做饭？都不回来吃，放馊了拿去喂猪还不可惜？我家穷，不敢浪费。"

英芝拿了一只碗从缸里舀了一碗水，正喝着，她婆婆的话如同一阵恶风，倏然间将她十分钟之前还在的好心情吹刮而去。恶风也刮起了英芝心中的恶气。英芝将手上的碗猛然朝地上一砸，碗里未喝完的水和瓷片一起，溅了开来。英芝吼道："没饭就没饭，说些阴阳怪气的话给谁听呀？"

英芝的婆婆被英芝突如其来的举动吓得一连退了几步，退时被一张木凳绊倒，一屁股坐在了地上。英芝的公公闻声而至，先见他的老婆坐在地上，又见满地的碗片和水，而他的媳妇英芝正气势汹汹地吼叫。英芝的公公立即火爆起来。他上去给了英芝一个巴掌，嘴上大骂："你搞邪了，你还敢打婆婆！你有没有王法呀？"

英芝知道公公发作起来自己定是会吃亏的，便捂着脸哭着跑进了房间。做人做得这样窝囊，英芝一口气憋得胸口都是疼的。哭也好，喊也好，骂也好，都无法替她发泄。英芝恨得只能用手狠狠地拍打着床帮，直打得手掌红肿。

贵清打牌打了一通宵，到天快亮时才回来。回来一句话也没说，只是把英芝朝床里推了一把，仰头倒下，只几秒钟呼噜就响了起来。英芝用胳膊使劲拐了贵清几下，贵清也只是哼了一哼，骂了一句脏话，依然睡得呼呼噜噜。

英芝却再也没有睡着，一直睁眼等到天亮。

英芝吃过早饭，贵清还没起来。她便带了贱货到村里玩了一圈。村里祠堂前的槐树下，几个婆嫂围坐在一起纳鞋底，见英芝过去,都喊着说来坐一下。然后说从来没有见过像英芝这样强的女子,自己挣下钱来盖新房。整个老庙村,但凡男人无能的,女人也就只能跟着住破屋。只有英芝不同,男人不行自己行。真真是为女人挣了一口气。英芝听得满脸笑眯眯的,觉得这世上总算还有人能理解她。

太阳升高了,英芝看到公公已经扛着灭虫剂往果林方向走去,她估计贵清也该直起来了,便抱着贱货回家。这时的贵清业已吃罢早饭,正跷着腿没精打采地晃来晃去,一副不知道做什么好的架势。英芝进门放下贱货对贵清笑道:"总算起来了。比圈里那头猪只晚起了一个钟头。"

贵清懒懒地说:"没事不睡觉做什么?"

英芝说:"那好,现在事来了。我昨天借回钱了,你今天去把材料买齐吧。"

贵清眼睛立即亮了,笑容也在瞬间堆到了脸上。英芝有些奇怪地望了望他,仿佛他哪里不对劲似的。英芝说:"就照你开的单子上的那些买,单价我都写上了,只能比这便宜。"

贵清说:"那你放心,我是砍价高手。"

英芝说:"你今天就去,下午买回来后,就通知他们明天接着做,早点做完也早省心。"

贵清说:"你说得一千个对!我也巴不得这样。"

英芝将钱拿了出来,指头沾着口水,一张一张地点给贵清。英芝说:"一共3000块。你买下东西后都要开发票,我要对账的。多的钱就退回来,家里还要添几样东西是不是?"

贵清说:"是是是。把家弄得舒舒服服,过得像城里人一样。而且,我们用的空气还比城里人的新鲜。"

英芝把钱递给贵清,再三再四嘱咐他装好。贵清用巴掌把胸脯拍得嘭嘭响,眼睛盯着钱,急切地说:"你绝对放心,保证两个月就住进新房子里。"

贵清从英芝手上接钱的样子,简直像抢一样。拿钱到手,他便往内衣口袋里一塞,拔腿就往外跑。英芝心里闪过一道阴影,不解他怎么如此这般。英芝一直追到门外,望着贵清远去的身影,大声叫道:"早点回来!"

英芝怀着一份莫名的欢喜在家里苦苦等候。上午过去了,贵清没有回来。进了县城,买东西要跑许多地方,半天多是办不下来的,这一点英芝知道。下午的工夫,英芝便一趟一趟地去看她的新房子。新房二楼的平台上,一直可以望到村口,她想巴望自己能早一点看到贵清的身影。

英芝前前后后至少去了五趟。村口静静的,几乎无人走动。她便只好反复地看她的新房子。看得熟了,哪里缺什么,哪里需要再补一下,哪里改成什么样子,以及墙上贴一些什么样的画儿,她全都了然于心。二楼的栏杆还没有修好,英芝觉得这里已经能给她带来很好的感觉了。她低下头,便可以望到她的公婆屋里屋外走动的身影。他们真的是很老了,背都有些佝着,长长短短的咳嗽声不时响起。要不了几年,他们就都会老死,那时,她英芝就是这两幢房子的主人了。英芝想得很快意。房子只需个把月就能完工，搬进来后，她一定要每天坐在这走廊上，看远处的人们来来往往，听下面的声音一天天老去，英芝想，那该是多少有意思的生活呀。

太阳便在英芝颇有幸福感的怀想中一点点落了下去。黄昏降下，牛羊也开始归屋了。有几个小孩子坐在牛背上，从村外回来，喧嚣的声音隐隐地传到英芝的耳里。亦有人骑了自行车飞快地从她眼边一划而过。清晰的村口在英芝的眼里变得越来越模糊。终于，有人家亮起了灯，灯光很微弱，但足以穿透黑暗，投射到英芝的眼里。然而贵清却还没有回来。

英芝有些急了，却不知道急了过后应该怎么办。她顾不得吃饭，便跑到友杰家去找友杰，想问问贵清的去向，友杰不在家，她又跑到黑胖家去找黑胖，黑胖也不在家。英芝急得跺脚骂道，这一个个狗日的都死到哪里去了呢？！

半夜十二点，贵清才回来。英芝正恹恹地躺在床上，推算着贵清会因为什么麻烦才回来得这么晚。听到贵清的喊门声，英芝激动得一弹而起，一时连床边的鞋都没来得及找到，光着脚就冲到了院里。她打开门，不等贵清开口，就连声问："怎么才回来？东西呢？都买全了吗？遇到什么麻烦？没有被人宰得太狠吧？还剩下多少钱？"问得贵清没有答话的机会。

贵清硬是站在门外，等英芝把话问完，才闷闷地说了一声："回屋说吧。"

英芝见他如此状态，心里一惊亦一凉，忙说："出了么事？东西买下没有？"

贵清低着头往屋里走，不答她的话。英芝顿时紧张得气都透不出来，她一把拉住贵清："你给我说清楚，到底怎么样了？"

贵清说："你硬要我现在说？"

英芝说："现在就说。"

贵清说："我啥也没买回来。"

英芝说："为什么不买呢？"

贵清说："刚出村就碰到友杰他们几个，他们说一起玩玩，下午到县里也来得及。我就跟他们一起到将军村去了。结果一玩就玩忘记了。"

英芝气得够戗，骂他道："光记得玩，叫你做一点事都做不成。那钱呢？钱你拿给我，明天去买时，我再给你。"

贵清说："我过几天给你好了。"

英芝心一紧，闪过不祥之感，她颤声道："为么事？"

贵清被问得有些烦了，甩手又往屋里走，边走边说："你就莫问了好不好？说了又惹你生气。"

英芝大声道："我非要问，我赚的钱，我要晓得它怎么样了。"

贵清说："就两个字，输了。"

英芝呆住了。这个结果，比她想象中的最坏最坏的结果还要坏。

贵清故作轻飘飘的样子说:"我说叫你莫问吧,我晓得你会气不过。"

英芝突然间就觉得自己的血已经被满腔的愤怒激发得欲从全身毛孔里向外喷射。她觉得有什么东西在把她所有的内脏一点点撕掉。她觉得自己就要疯掉了。她一声长啸,疯狗一样扑向贵清,她伸出手来,照着贵清的脸一把就抓了过去。贵清的脸上立即浮出几根红线。贵清捂着脸,却没有还手。英芝的手爪转瞬又变成巴掌,她刷地抽向贵清的脸,她歇斯底里地喊道:"你赔!你赔我的钱!"那声音带着几分凄厉和疯狂,贵清怔怔地望着她,不知道如何是好,也没有想起来应该还手。

英芝的公公和婆婆听到两人的吵闹,忙忙地披衣起来观望,正好就望到了英芝伸手打人。

一看儿子脸上的伤痕,英芝的婆婆立即尖叫了起来:"天啦,你想杀人呀!贵清,我的儿,你还不把这个恶婆娘打死!"

贵清捂着脸,被他的母亲吼醒,他大约记起了什么,英芝疯狂的神态,使他一刹生出愧疚。他不敢直视英芝,倒是对着自己的母亲大吼一起:"不关你的事,是我要她打的!"

英芝的公公拍着堂屋里的桌子骂了起来:"你这个混账王八蛋!你还是个男人不是?你被自己的婆娘这样打巴掌,你不打死她,你还有脸说这个话?"

贵清转过身又吼他的爹:"她是我的老婆,我做么事要打死她?她打我的巴掌,抓我的脸,我高兴我喜欢,又怎么样?"

英芝的公公和婆婆都叫贵清给吼糊涂了。两对昏花的老眼相互对视了几秒，然后一前一后长叹着气，骂骂咧咧地回自己屋里去了。

英芝在贵清吼他爹妈时，一直呆站在那里。她几乎就没有听清贵清吼些什么，她只觉得自己的头要炸了，可是为什么会炸却不清楚了。她不知道自己应该如何是好，麻木之中，她抬脚走了。她脸对着的方向恰是大门，于是她就走出了大门。

贵清在她的身后喊了几声，她没有应。她就这么一直往前走着，走了很久很久，突然觉得脚疼得厉害，这时她清醒了过来，看到自己没有穿鞋，她想我为什么没有穿鞋呢？顺着这个思路，她想起来了刚才发生的所有事情。忍不住她就放声地悲哭起来。一路走一路哭，把泪水洒在了沿途的村庄。

英芝唯一能去的地方只有娘家。可是娘家人又能帮她什么呢？他们只有用最干巴的语言一边劝她，一边高骂贵清几句，然后要她想开些，看在贱货的分上，能忍就忍了。最后还告诉她，这就是命。

英芝想不通，高声地叫道："凭么事这就是我的命？我的命未必就不能由得我自己去变？我要离婚！"

英芝的爹先跳了起来："成天闹闹闹的，闹得一家子跟你丢脸，离你妈的个头！你要敢离婚，老子先就打断你的腿。"

英芝爹的话仿佛一锤定音，一家人都不好再说什么。英芝的妈心疼女儿，可又不知道怎么帮她，便只好拼命劝英芝："英芝呀,我儿呀,你的命苦是苦了一点,可是再苦它也由不得自己呀,你就认了吧,你不认又能怎么样呢?你要是离了婚,你先前辛辛苦苦挣钱盖下的房子,不都丢进了水里?那还不好死了贵清他一家子?我儿呀,离婚你也划不来呀。"

英芝被母亲的话说得怔了半天。是呀,她不能离婚,她如果离了婚,这几年她所有的辛苦就都白费了。她的房子她的梦想岂不都泡了汤?说不定贵清再娶一个老婆回家,光光鲜鲜地住进她辛辛苦苦盖下的房子里,她这场亏岂不是吃得太大了?英芝想想不知道自己应该怎么办才好,便只好把自己关在屋里哭,哭得两眼红肿,哭得饭都不吃。

晚上,英芝哭累了,眼泪也哭干了,以后的日子怎么过,她心里一点头绪都没有,她懒懒地躺在床上,全部的情绪都只是一个烦字。

英芝妈敲着门叫英芝,英芝以为又是叫她吃饭,便赌气不理。英芝妈在门外高声道:"英芝,春慧今天从南边回来了,她特地来看你。"

"春慧?"英芝冷丁从床上坐了起来。她想起过年时在雁回村刘家儿子说过的话。春慧开着小汽车从树林一样的高楼大厦开过的形象在英芝脑子里浮了出来。英芝忙不迭跳下床,顾不得脚疼,冲到门前打开了门。她的面前果然站着一个春慧。英芝扑上去,仿佛拥抱自己盼望已久的亲人似的,英芝泪眼婆娑道:"春慧,真的是你?真的是你!"

春慧仿佛有些不太习惯,她挣脱了英芝的拥抱,拉着英芝走进她的屋里。春慧还是戴着她的眼镜,只是眼镜换成金边的了。她的脸上画着淡淡的妆,一身衣着洋气得完全像一个城里人。春慧说:"你怎么回事?以前你不是这样的。"

英芝没有回答春慧的问话,她想起春慧的小汽车,迫不及待地问:"听说你有小汽车了?一个月能赚几千块钱?"

春慧淡然一笑:"哪有的事儿?我还没毕业哩。"

英芝说:"那雁回村的刘三怎么说你开车请他们吃饭?"

春慧说:"那是我在放暑假时,在一个公司打工。我替他们做了一个设计,刚好那个设计帮老板赚了钱,他就给了我一点奖金。车子是别人的,放假闲时,跟人开着玩的。"

英芝不信,不悦道:"你哄我做么事?你怕我会找你借钱?"

春慧急了,说:"英芝,我哄哪个也不得哄你呀。当初从学校回来走夜路,你不扯着我的手,我掉到河里淹都淹死几回了。"

英芝听春慧说了这话,心里高兴起来,她晓得春慧不是骗她,也晓得春慧并没有忘记她。她这才回味起春慧的问她的话,不由得长长地叹了一口气。

春慧见她叹气,便说:"我听你妈说了你的事。你老公对你不好,又喝酒又赌博还总是打你。他娶了你这么能干漂亮的老婆,怎么忍心动手打你呢?太不像话了。你要是过不下去,就离!"

英芝听春慧一说,觉得这世上总算还有人能理解她。英芝说:"哪那么容易,我还没跟我男人说,只在我爹妈面前说了一句,我娘家就跟炸了锅似的。我爹还说要打断我的腿,你说,我这还怎么离?再说了,我把我赚的钱都花光了,在那边盖了新房子,房子还没盖完,我一离,不就都成他家的了?唉,我为这事正烦,我真不晓得下面的日子怎么过。恨不能一死算了。"

春慧说:"千万莫瞎想,命是自己的。你死了,他就算良心好,也顶多流几滴眼泪,过不几天,立马就会再找年轻漂亮的,一点都不会为你的死有什么难过。走这条路的人最蠢不过了。"

英芝说:"春慧,你念了大学,见得多,你说说,我应该怎么办?"

春慧说:"凭你英芝这么能干,又长得标致,哪里不能活人,非要吊死在他这棵树上?你不想离,又不想跟他过,走人呗,到南方打工去。多的是乡下的人在南方讨生活。南方开放,在那里做事,比在这个落后封闭的老家快活多了。"

春慧的话,有如一盏灯,一下子把英芝黑暗着的心间照得透亮。英芝想,我怎么没有想到这个呢?我是个大活人,我在这里待不下去了,难道我不能走么?我走到外面去看那边的花花世界,该有多么好呀。要不然,我这条命活着,就闷在这里养个贱货再加受气一辈子?这又怎么值得呢?

英芝想着有几分激动,她问春慧:"你说的是真话?真的到南边打工蛮好?"

春慧说:"几多万人都在那里打工打得蛮好,那些歪鼻子斜眼的去了都找得到事，未必你去了就不行了？要我说，你不出去见识一下外面的世界，你这辈子窝在这里真是白活！"

英芝说："你讲得好，讲得太好了。我就是不想白活！"

这天晚上，英芝跟春慧一直聊到半夜，春慧答应先去帮英芝打探一下，看有没有适合英芝做事的地方需要人。一有消息，就写信给英芝，英芝就赶紧去。春慧甚至还把坐哪趟车，在哪里下车，到了地方怎么同她联络诸如此类，都写在纸上。英芝这辈子从来都没坐过火车，平原上也没有火车，她只是在去汉口时看到过几回。春慧告诉她，到南方打工，从汉口去坐火车要一天一夜。

英芝把这张纸揣在怀里，对春慧说："这纸就是我的救命符了。"

春慧走后，英芝淤结的心一下子通畅起来，她浑身一松，肚子也就饿得发出了叫声。于是她自己跑到灶房里，呼啦啦地生了一把火，煮了一大锅面，借着灶火的余光，三扒两扒地足足吃了三碗，把一锅面吃得精光，把自己也胀得个响屁连天。

天没亮，英芝的爹赶着牛到地里去干活，走到路口，碰到贵清。贵清骑着自行车，一见英芝的爹，便慌慌张张地跳下车来，叫了声："爸，你老下地呀。"

英芝的爹没有直接答他的话，只是闷头闷脑地说了一句："英芝也是个人，明晓得她走夜路回家，做么事不让她搭脚踏车来？偏要她把脚走烂了走回来？"

贵清方想起英芝昨天夜里是光着脚的，心里一下子不舒服起来。他一时不知道说什么好。英芝的爹没停脚，继续赶着牛往前走，走了几步，才又回头，说："打婆娘也要打得在理，打得没理算什么本事？她甩下你一个人走了，你有什么好过的？到了我这把年龄，你才会晓得离了婆娘你过的日子不如狗。英芝要跟你离，我骂了她，下回她再被你打，我就不得骂她了。我要就帮她跟你离！"

贵清忙分辩道："这回不是我打他，是她打我。"

英芝的爹说："你把她借的钱赌光了，她打你是占了理。你未必不该打？"

英芝的爹说完，冲着牛吆喝了一声，扬长而去。丢下贵清站在那里呆呆地想了好一阵。想过后，骂道："我打她就没理，她打我就是占了理？放你娘的馊屁！"

贵清进到英芝房间时，英芝睡着了没醒来。英芝因为春慧的主意，一直亢奋，结果到下半夜才把自己弄睡着。英芝是一个梦多的人，这回她在梦里光是坐火车。坐了一趟又一趟。火车在绿色的原野上奔跑，轰隆隆的声音震天动地。英芝的一双脚伸在被子外面，贵清看到英芝的两只脚都用毛巾绑着，有血迹浸了过来，在毛巾上凝成一块块的疤。贵清知道这是英芝昨天光脚走夜路留下的，他想，跟我吵嘴，把自己的脚走烂，算什么本事？贵清正想时，英芝不知梦到了什么，竟自顾自地笑了起来。贵清被那笑声弄得有些发呆，心道我输光了你的三千块钱，你打了我几个巴掌,又没占什么便宜,你心里怎么会快活得起来?

十四

沿着河边慢慢地走着,看两岸的柳树把枝条一直垂到了水面上。绿草已经不甘于平铺在土地上,在季节的促发下,它们长得又深又长,浓浓地布满河岸。草丛中被放牛人踩平了的黄泥小路便显得越发地明亮。

贵清推着自行车迈着很悠然的步子走在这条明亮的小路上。他的车架上驮着用花布包裹着双脚的英芝。英芝本不肯坐在贵清的车架上,英芝犟着说,我怎么来得就怎么走得。贵清便瘪着脸道:"你昨天打了我的巴掌,我没有还手,今天还特地踩了车来接你,你也给我一个台阶下吧?"

英芝心里哼了一声,心想三千块钱被你赌得没影了,未必就这么算了?可转念一想,不让他下台又能怎么样呢?

小路上很清闲,日上三竿,放牛的和出工的干活人都早已走了,而不干活的人便在村里打牌,没人有心来逛这里的风景。有景没人的路上清清静静,连花开草长的声音仿佛都能听到。贵清的自行车一拐上小路,英芝的心情便舒展了起来,她没有再就钱的事情跟贵清纠缠不休,倒是东扯西拉地说着一些别人的故事,言语中还有几分轻松快乐,仿佛他们头天什么事情也没有发生过,现在正走在河边上谈恋爱似的。贵清有些莫名其妙,甚至心里还有些发憷，他知道英芝不是个省油的灯，却不知道这盏灯如此这般之后会冒出什么样的火来。

英芝当然有她的主意。她不动声色，她知道贵清对于她的意义。她觉得自己如果不去南方打工，就没别的路可走。继续跟着贵清在老庙村和公婆一起过日子，那完全是一种生不如死的日子。但她一个人到南方去，她心里又有些怯意，她想如果贵清能跟她一起去就最好了，离开了他的爹妈，他还能不听她的？再说，进了工厂，他贵清想懒又怎么懒得起来？日后公公婆婆都老死掉了，两人不想流落外乡，再回来过自己的小日子不也蛮好。英芝觉得自己的这个小算盘打得是很美满的。

河岸的风光好看是好看，可它的好看却是一成不变的，再加上贵清本不是一个会欣赏风景的人，身边的女人对他来说又不是什么新鲜出炉的，而是他睡了几年的老婆，于是便有些厌倦。贵清说："尽这么走走走，也不累呀？我穿到大路上去吧。"

英芝也有些倦意，可她还是跟贵清唱着反调："累个么事？河岸风景这样好，难得我们两个有清闲的日子。我同学春慧说，人家城里的两口子，每天都手拉手一起在马路上逛，连个风景都没得，还逛得蛮有劲，还说那是散步。"

贵清笑道："人家是么事人？我俩是么事人？我们是农民！农民拉着老婆的手在路上走，还不把一村人的牙齿笑掉？叫我们男人的脸往哪里放呀？"

英芝说："农民就是落后，在城里，男人都晓得哄女人开心，随便么事，都让女人优先，春慧说了，这是文明。"

贵清说："这就怪了，什么事都让你们女人占了便宜就是文明。那文明还要它做么事？我就不想要。"

英芝说："你脑壳进步一点好不好？你不如到南方去看看，看看人家男人是怎么做的。"

贵清大笑，说："我去那里干什么？我去了南方，有你什么好处？你没听说，南方的男人一搞就包个二奶在屋里头，你也想我包二奶去？"

英芝生气道："你跟你说，你就往邪处想。你怎么就不想想南方的那些男人会赚大钱？"

贵清说："我说英芝，你算了吧。我再怎么赚钱，也成不了中国首富，连个老庙村首富都不当成。反正总有人比我有钱，你也总会盯着那些更有钱的人，我又何必费那个劲？再说我们老庙村又不是很穷，大家的日子也都过得蛮好，我去吃那个苦？我找死呀。"

贵清说完想，你拉着我在河边不停地走路，原来是想要我到南方打工赚钱呀。我在村里待得好好的，想玩就玩，想做就做，跑到那边没日没黑地干活，还要看老板的眼色，我发神经了不成？

英芝又气又恨，她就不明白为什么贵清这么没志气也这么没出息。英芝说："你怎么就不能努力一把呢？你以为自己过得蛮好？你房子盖了一半就没钱了，好个屁呀好！"

贵清知道，英芝终于还是把话题绕到盖屋的钱上了。他想听听她打算怎么样发落自己，便道："又不是没地方住，以后有了钱再盖就是了。"

英芝一听这话就更气了，春慧给她的好前程也挡不住她这一肚子的气。英芝说："以后以后，哪有以后？你以为那钱是捡的？不需要还人家？你赌的时候怎么就不想想自己的老婆是怎么流血流汗扒心扒肝地往屋里挣钱，挣了不够又厚着脸皮找人借，你怎么就不想想呢？"

贵清坦然道："那有么事好想的？赌牌么，总不是有输有赢，我运气不好，轮到我输了，我未必不给钱人家？赖什么也不能赖赌账，你晓不晓得？"

英芝气不打一处来："你倒说得还有理？不赌就不行？"

贵清呛了她一口，说："不赌干什么？未必学你们脱了衣服唱歌给人家听？"

英芝真恨不能再甩他贵清几个巴掌，可她知道，这样硬顶下去，贵清也不是个软性子的人，真要闹起来，吃亏的还是她自己，于是她便强忍着自己不要发火，不要跟贵清争吵，不要在路上闹得下不来台，不要因小失大。她的目的不是跟贵清吵架，而是要去南方。那边是她的希望她的天堂。

英芝咬着牙把所有想要骂贵清的话都咽进了肚子里，她用一种冷静的口气说："我跟你吵下去，你也没什么意思。我现在欠人的钱，我要还债，你不肯出门挣钱的话，我就去挣。"

贵清高兴道:"好呀,我就晓得你有办法挣钱回来的。你去挣,我保证支持你。"

英芝有些意外,说:"真的?你真的支持我?"

贵清说:"怎么不支持呢?你想当我的摇钱树我哪有不支持的?除了不准当卖肉的小姐,你干什么都行。"

英芝心里有了几分轻松,说:"那好,我下个月就走。"

贵清不解道:"走?走到哪里去?"

英芝说:"到南方打工呀,那么多人都到南方赚钱了,我同学春慧也在那边,她会帮我找到事情的。"

贵清叫了起来:"你莫跟我开心哟,绕了半天,原来你是想出远门呀!我是个苕?你在家里挣挣我保证支持,到那边去?你休想。我还不晓得你们女人到了南方靠么事赚钱?"

英芝一下子就明白他说话的意思,她简直不知道应该对贵清说什么才好。英芝说:"你你你……你怎么是这么个人!"

贵清说:"我就是这么个人!我别的什么都可以马虎,可我老婆的裤带子我不能马虎,我就得管得紧紧的。想到南方打工,你就别做这个梦了。那些钱,恐怕没一分是干净的。"

英芝完全不知道自己应该跟贵清怎么说才好。她不再说话,闷头跳下自行车架,低着头自顾自地往前赶路。乍下地时,她的脚疼得钻心,可走了几步,她也挺过来了,她的步子越走越快,仿佛是她急促变化着的心绪催促着脚步。河岸的风光在她的眼里已然变色。

贵清推着车紧跟在她后面喊道:"喂,走这么快干么事?赶急去火葬场呀。"

英芝没好气道:"你屋里未必比火葬场好。我跟你讲清楚,贵清,你要是这个样子想,我跟你的日子没办法过下去。"

贵清说:"好好好,算我逗你玩的。你到底想要怎么样?"

英芝说:"我只有两条,要么你爹妈拿点钱出来,我们把新屋盖好,要么我就到南方打工去。别的,没得好说的。"

贵清说:"这两件事都蛮难。头一条我爹妈肯定不干,他们把钱看得像命一样,第二条我不得干,我舍不得老婆离开家。还有没有另外的一条?"

英芝说:"有,你把我花下盖房子的钱退还给我,然后我们两个离婚。"

贵清大叫了起来:"啊,这一条比前面两条还狠一些,你莫吓我。我有你这么好一个老婆,又好看,又会赚钱,晚上伺候得我也蛮好,我怎么会跟你离?"

英芝说:"那我就自己走!我有脚有手,有嘴巴问路,我要走得远远的,走得叫你找不到我。"

贵清说:"你莫跟我下陡坎子,行不行?回家我跟我爹妈商量一下。说不定他们看你不顺眼,巴不得你走得远远的呢?"

英芝听贵清这么一说,脚步就又慢了下来,英芝说:"那你呢?"

贵清说:"我当然要跟着你,要不你被别的男人拐走,我岂不是吃了大亏！"贵清说着赶上了英芝，把车猛一停，上前拦腰把英芝抱起，把她放在车架上。贵清笑道："在这里我更要驮你走，头一回跟你两个不就是在这片草滩做的夫妻？"

英芝仔细看了看四周，果然如此？英芝的腰被贵清的手勒得有些痒痒，于是她笑了起来，贵清见她笑，也跟着笑，笑声越过河面，传到对岸。对岸冒出个放牛娃，见他们俩人笑，便喊了几嗓子过来："东头日出西头落，对面的哥哥烧心火，狠狠啃一口妹妹的脸，可惜妹妹不配合。"

贵清笑骂道："臭小子，人不大鬼还不小。"

英芝在贵清骂那小孩子时，跟着笑了几声，笑过后，心里便酸酸了起来。她想，我跟贵清在一起还能笑出声来？

十五

整个夏天，英芝都在跟贵清讨论到南方打工的事。原本在河边上说好了可以商量的，可是贵清回到家里立即就变了卦。贵清想，既然你英芝跟我和好了，而且笑得也蛮开心，我何必多事呢？于是懒得做声。英芝为此气得不理贵清。白天不理，贵清觉得无所谓，他照样玩他的；夜里不理，贵清便觉得一个人躺在床上死寂寂地睡觉，没个人三长两短地搭话，好没意思，便又死气白赖地哄着英芝，保证口号一二三四喊得铿锵有力。可是第二天，天一亮，头夜的口号都白喊，贵清见到他爹妈，还是什么都不说。好容易有一天,贵清的妹妹从县中回家来拿生活费,一家人坐在桌前吃饭,贵清见他爹妈都是一副蛮高兴的样子,便提出来想跟英芝两个一起到南方打工。贵清的妹妹在县里听说得多,有见识,立马表示哥嫂应该出门看看,哪怕是打工挣不回多少钱,可是见见世面也是应该的。但贵清的爹妈还是断然否决了。贵清的爹说:"我晓得,外面工厂里一失火一塌房子,死的都是我们乡下去打工的人,连个全尸都没有。我就你这么个儿,老话讲,父母在,不远游,你得给我好好地在家活着。"贵清爹这么一说,贵清的妈立即随声附和,说是在家里待得安安稳稳的,不愁吃不愁喝,跑老远的让爹妈挂心做什么?贵清见爹说如此一说,觉得太有理了,家里的日子多好过,又没有穷到什么地步,何必远走他乡弄不好小命不保呢?贵清的屁股立即就坐到了爹妈一边,气得英芝当场就冲着他翻白眼,连贵清的妹妹都说:"你这个人一点开拓精神都没有,没劲得很。"

贵清便笑:"我没劲?我有没有劲你知道个屁,你问你嫂子,我有没有劲?"

英芝在心里长叹着气,她没有理睬贵清的打趣,她只是想没劲的何止是贵清呢?这世上什么事又有劲呢?

夏天果园里的梨都熟了。贵清家的梨虽然外表不好看,可梨肉既白又甜。一家人忙于收梨子卖梨子,就连贵清也没有空到外面跟人打牌,一头扎在果园里做事,英芝也就不好再催他什么。英芝每天把贵清和他爹收回的梨子挑到街上去卖。英芝之所以这么做，是事先跟贵清说好了条件，卖梨的钱，要拿一半出来盖房子，贵清满口应承了下来。英芝因为这个而干劲百倍。英芝人长得漂亮，声音脆脆的，又会媚人，只要有人看一眼梨，她就会立马跟人调笑，显得落落大方，很得那些路客的喜欢，一喜欢便掏出钱包来了。英芝篮子里的梨总是一条街上卖得最快的。老庙村另外几个跟英芝一道上街卖梨的媳妇姑娘，都卖不过她。暗地里便说闲话，说贵清的媳妇哪里是卖梨，简直是在卖脸哩。英芝听了并不生气，甚至还有几分得意，英芝想，卖哪样东西不是跟脸一起卖？脸色不好看，你的东西又有个什么要头？

转眼，秋天又来了。梨卖完了，贵清也渐渐地很少去果园，天一凉爽，村里的年轻人又没日没夜里打起麻将来。英芝在卖梨的空当中，给贱货织了一套毛衣裤，眼下一闲，她用了一天时间赶着把毛衣裤的收尾做完，便又把心思放在房子上了。英芝打算趁秋冬时光把房子盖起来，春节一过，就去南方去。春慧来信说了，春节过后去，最好找事。贵清输掉的钱，最终要靠贵清还是不行的，还是得她自己出马。

这天晚饭后，贵清正准备出门打麻将，英芝把他叫住了。英芝说："梨已经卖完了，是不是跟你爹妈把卖梨的钱算一半出来？"

贵清说："交都交给他们了，怎么又要得回？"

英芝一听就炸了，说："这是先前说好了的，怎么要不回呢？"

贵清说："我把钱交我爹时提过这话，我妈说，他们跟我们带贱货也没要我们一分钱，还有，我们一家三口人在家吃饭，也没有交过钱，这钱就算抵了。"

英芝说："什么？这么说，我辛辛苦苦卖了一个热季的梨钱，我一分钱也得不到？"

贵清说："怎么能这么讲呢？你我天天在家里吃的喝的用的，不都是这钱？再说，梨主要是我爹在侍弄，我们只不过在收下来后帮忙卖卖，对半分也不是很公道呀。"

英芝气得全身发抖，当即把桌上那只茶缸砸了。贵清一看她这样，怕闹起来影响他上牌桌，忙吼了一声："我讲的是道理，你发个什么火？"说完，赶紧溜出了门。

英芝颤抖了半天，喊叫了半天，屋里空空的，没有个对手，刚好贱货进来找妈妈，英芝一口气咽不下，抓了贱货就打，打得贱货哇哇地乱哭乱喊，哭得满脸的鼻涕眼泪。英芝的公公和婆婆便一起冲进来，骂骂咧咧地抢救出贱货。

贱货平白无故地挨打，委屈得不肯罢休，高着嗓门在堂屋里哭喊。公公婆婆在哄着贱货的时候，又都指桑骂槐地说些难听的话。听着贱货凄凄惶惶的哭叫，又听着公婆的叫骂，英芝心烦得不知道拿自己怎么办好，最后还是扑在床上放声地哭了起来。哭时英芝想，既然这样，房子也别指望盖了，不如马上就走，走到天涯海角，今生今世都不回来。

英芝透透彻彻地哭了一场，哭完后，英芝想，恐怕以后我再不会有这么多的眼泪了。

英芝第二天悄然地收拾着自己的东西。她想，如果再跟贵清说，肯定是得不到他的同意的。英芝自问自己，未必贵清不同意我就不去了？我凭什么做事非要得到他的同意？他什么时候做事又让我同意过？如果我连他这个丈夫都不想要了，我要他的这个同意干什么？我自己的生活我自己安排好了，关他贵清什么事？这么想过，英芝心里十分坦然。

英芝把她的衣物收拾在一个小包里，又把小包藏在床底下。她计划在走之前回一趟娘家。她回去只想看她的爹妈一眼，因为她不知道自己这一走会到什么时候回来。不过，英芝不打算把她到南方的事告诉爹妈，告诉他们等于是出卖自己，英芝想，既然这样，那又何必多说。等以后她在南方赚了钱，回到家里把大把的钱送给爹妈时，难道他们还会生气不成？

英芝把这一切想明白后，心境便十分平静了。她抱着贱货在村里随意地转悠。贱货虽然无端地挨了打，沉痛地哭闹了许久，可当他哭完过后，立即就忘记自己是为了什么而哭，他两只手紧紧地圈着英芝的脖子，在英芝的怀里什么也不为地哈哈地笑着。

英芝抱着贱货走到村口，便放下了他。英芝看着贱货蹒跚着跑去跟一条小狗玩耍，突然间想如果自己这么一走了之，是不是今后会跟贱货生疏起来？贱货在跟小狗玩闹时，嘴上"妈妈妈妈"地喊个不停，奶声奶气。英芝一颗很坚决的出走之心被贱货这几声叫喊弄和绵软起来。英芝自问自己，真的要走？

英芝心里有些麻乱，她抱起贱货欲回家去，贱货还没有跟小狗玩够，哼哼哈哈地不肯回。英芝正在跟贱货纠缠不休时，远远的公路上，有一个人朝村口走来。似乎是一个熟悉的身影，英芝不禁留意起来人。当那人走近时，英芝的心咚咚地几乎跳出了胸膛。英芝首先想到的是曾经紧紧地贴在肚皮上的那三千块钱，然后才想起在踢踢踏踏歌舞厅的小包间里她曾经有过的经历，最后才意识到来的人是文堂。

文堂一直走到英芝面前才开口。文堂笑道："怎么，才几个月不见，就不认得了？"

英芝便也笑，说："怎么会认不得？烧成灰也认得哩。"

文堂说："啊，认得就好。这是你儿子？你就是怀着这个小杂种嫁过来的？"

英芝说："喂，嘴巴放干净点，他正经是我和贵清的儿子，不是什么小杂种。"

文堂看看四周没别的人，便痞笑道："要是那一回，我一炮打出一个小崽子来，那就是小杂种了。"

英芝叫他这么一说，不禁吃吃地笑出声来。

文堂说："新房子盖好了？"

英芝正笑时，听他这么一问，脸便一沉，她长叹一口气，说："如果盖好就好了。"

文堂说："怎么？钱还不够？"

英芝眼圈一红，方说："贵清第二天拿了钱去买材料，结果……在外面赌了一天，输得一分钱也不剩。"

文堂大惊："三千块全输了？"

英芝点点头。文堂说："就你这老公？也配？他这还是不是人做的事呀？"

英芝说："有什么办法？我跟他大闹了一场，可是闹过后又怎么样呢？他还不是照样玩他的。现在还在牌桌上哩。"

文堂说："这他妈的也太委屈你了，英芝，跟他离！还怕找不到好的？"

英芝说："哪有那么容易？算了，不想谈这个。你怎么来我们老庙村了？文堂，不好意思，我借你的钱一时还还不了。不过，我肯定不会赖账的。"

文堂叹了一口气："我老婆在住医院，歌舞厅最近的生意也不是太好，我今天本来是想问问你能不能先还我一千的，既然你日子也不好过，那就算啦。"

英芝说："谢谢你了，文堂。"

文堂说："不过，我也不能白跑一趟吧？"文堂说话时用一种挑逗的目光望着英芝。

英芝脸一红，说："那你还要什么？"

文堂压低了嗓子，说："我老婆住了半个月医院了，我有半个月硬是没有碰过女人，熬不过，就想来找你。"

英芝说："你就光我一个女人？说得倒干净，我还不知道你那点烂事？"

文堂说："原先是有的，后来跟你有过后，就觉得那些人一点意思都没有。怎么样，下午跟我一起到回县城去，我屋里正空着没人。"

英芝的心立即蠢蠢欲动起来，周身的血也流得畅快了。她想，反正离开家里也得经县里搭长途车到汉口，不如今天回娘家看看，明晚上就住在文堂家里，然后直接就走了，说不定文堂还会给她一点零花的钱，要不，身上仅有的钱一买车票，便一点不剩。英芝想过后，就觉得这样的计划天衣无缝。而且文堂就是特地从天上掉来专门帮她的。

英芝说："今天你来了我就跟你走，贵清要晓得了，一定会打死我的，不如我明天先回娘家，再从娘家往你那里去？"

文堂想了想，觉得英芝讲得有理。便笑道："那就说定了，我顶多只能再熬一晚上，要不人都要废掉了。"

英芝笑道："晓得啦。明天让你有好日子过就是了。"

文堂跟英芝说笑间，便往英芝家里走。快要走到门口，英芝突然说，我公公婆婆都是蛮多疑的人，我这样带一个男将回来，他们肯定又要讲好些废话。

文堂说："未必你连口水都不给我喝就打发我走？再怎么讲我还借给你屋里3000块钱吧？"

英芝想了想，说："这样吧，我带你去看我的新屋，你在那里等我一下，我送贱货回家，再端点水来给你喝。我跟我公婆说你是来看房子的就是了。"

文堂叹息道:"英芝呀,想不到你这么个敢说敢做的人,怎么被你男人家整成这个窝囊样?来个朋友都不敢接待,鬼鬼祟祟弄得像偷人一样。"

英芝明白文堂的话说得在道理,可是她不想让文堂看到自己在这边的狼狈,便用一种很放松的状态边笑边说:"你以为你不是来偷人的?还朋友哩!说得蛮正经。"

文堂见英芝如此说,便也大笑了起来。笑完便跟着英芝径直走到了新屋。文堂在新屋的门槛上坐下等着英芝。文堂是个洒脱的人,他才不在乎贵清的爹妈哩,他坐在门槛上一边看着天边的白云,一边吹着口哨。口哨声清脆婉转,随风飘动,流云仿佛是伸展着双手,将一声声的哨音捧进了云深之处。那种娜婀的姿态,令文堂想起在踢踢踏包房中英芝波动的肢体,文堂的心便有些荡漾起来,瞬间里便魂不守舍。

英芝端着茶水走过来,一直走到文堂面前,文堂竟是没有发现。英芝说:"望云也发呆呀!喏,给你的茶。是今年的新茶泡的。"

文堂没有接茶杯,倒是站起来,一把就揽住了英芝的腰,英芝吓了一跳,茶泼了一半。英芝说:"你疯了,贵清要是晓得了,他不光会打死我也会打死你的。"

文堂说:"他敢!他不心疼你,你就在外面找人心疼你。一个女人一辈子没人疼没有爱,怎么过得下去?"

英芝叫文堂这么一说，眼泪顿时淌了出来，她浑身一软，手下的杯子便落在地下。杯子叮叮当当地响着滚了好几圈，茶叶洒了一地。英芝就势倒了文堂的怀里，一任文堂搂着她亲吻和搓揉。

四周静静的，两个人一下子就忘乎所以了。文堂在激情之中终于觉得仅仅拥抱是不够的。他压低着声音对英芝说："我现在火好旺，朝我身上扔根火柴，就能把我烧着。你就是那根火柴哩。"

英芝说："不行哩，离家近，被他们发现了，你我都死定了。"

文堂说："房子都空着，不会有人来，我们进去好不好？"

英芝想了想，觉得贵清这时间正在牌场，自然不会回来，而她的公公婆婆从来也不愿意到她的新屋来看看。于是，英芝微微地点了点头。

文堂裹挟着英芝一起进到堂屋，英芝轻喘着说了一句："上楼，那里安全。"于是两个绞在一起的人又花了好一阵时间上到了二楼。二楼的房间空空荡荡，里面什么也没有，窗户像两口大窟窿，连窗框都没有装。可文堂和英芝眼里和心里已然没有房子和窗子，没有了阳光和空气，没有了恐惧和羞耻。他们就像疯掉一样，此刻只剩下对方火热火热的身体，恨不得立刻你中有我，我中有你。在这个时刻，他们仿佛无所畏惧。

快乐是被楼下杯子的叮当声打断的。杯子响得实在不是时候,但却不能不让文堂和英芝心惊肉跳。两人的身体立即分开。文堂简单,只把裤子拉链一扯就好了,英芝却在慌乱中扣不上裤扣。英芝急促道:"文堂你快跑!"英芝的话音没有落,便已经听到楼梯急促的脚步声。

文堂什么话都来不及说,几个大步便冲出屋,他已然没有时间下楼,便直接从没有栏杆的走廊跳下去,然后,蹿到屋后的林子里,消失了。

拿着扁担冲上楼来的是英芝的公公。英芝的公公出现在门口时,英芝的裤扣还没有扣上。英芝的公公暴吼道:"野男人呢?你给我交出来?!"

正在兴头上的英芝突然被搅了局,就仿佛正吃着的一顿大餐突然叫人砸了她手上的碗,她心里窝火窝得厉害。一眼看到虎视眈眈立在门口的公公,那火头便蹿得更旺了。英芝想,房子盖了几个月,你看都不看一眼。这会儿倒心明眼亮地来监视我,你凭什么监视我?英芝这么想着,一股恶毒之意油然升起。她从容地当着公公的面把裤扣扣好,然后说:"谁是野男人?不就是你在这里么?你这么老了,未必想当我的野男人?"

英芝的公公怔了怔,怒不可遏地将扁担对着英芝甩了过去。英芝头一偏,扁担将墙角撞得轰然一响,落了下来,墙上的水泥也撞落了一块。英芝喊道:"你想劫色呀?你还搞得动我?你就是那个野男人!"

英芝撒野般地喊了一通,看见公公气得发呆,站在那里只会喘粗气，心里也有些发憷，便赶紧装着大模大样的派头，擦着公公的边走出房间，然后拔腿就往家里跑。英芝进了自己的房门，将门锁上，手捂着心口，仿佛是怕它因惊吓而跳出胸膛来，她知道，这一天就是她在老庙村的末日了。

十六

贵清是黄昏的时候被他的爹揪着耳朵回家的。英芝的公公满村里叫喊贵清，几乎快把嗓子喊破了。而贵清这天却不在村里，对河的红花垸有人结婚，他跟着光头一伙人去吃喜酒了。村长的儿子友杰因为老婆生孩子，没有去。见英芝的公公叫喊声如此凄厉，不知道出了什么事，忙骑上自行车，搭着英芝的公公到红花垸。

英芝的公公见到贵清，也不给他半点面子，揪着他的耳朵就往回走。贵清疼得咿咿呀呀地乱叫，可英芝的公公不理这叫声。直到没人的地方，他才对着贵清吼道："野男人都闯到家里来了，你还在这里看别个的热闹，你不要脸我还要脸哩。"

贵清疼得哎哎哟哟地叫了半天，听他爹这么一说，暗想，爹妈跟英芝真是冤家死对头呀，屁大点事就上纲上线，英芝顶多跟一个男人说一下子话，就成了跟人勾搭了。贵清想到此，忙说："爸你莫神经了，英芝喜欢热闹，跟别个男人说说笑笑算不得个么事。"

英芝的公公说:"光是说说笑笑还用跑到新屋的二楼?还用得着脱了裤子黏在一起?"

贵清脸上有些挂不住了,他不高兴道:"何必说得这么难听?"

英芝的公公伸手给了贵清一个巴掌,愤怒道:"我说的话你不信?你那个不要脸的娘们说的话你就信?今天是我亲眼看见的,你不信也得信!"

贵清见他爹如此神情,方觉得事情有些严重,他说:"真的?爸,你真的亲眼见到了?"

英芝的公公说:"我是拿了扁担捉奸去的。那野男人跳楼从林子里跑,我去时,那个不要脸的婆娘还在扣裤子。"英芝的公公说着想起英芝冲他着说过的话,一股火气又冲上脑门子,他再次一把揪起贵清的耳朵,跳起来吼道:"你今天不把你老婆打死,你就不是我儿!"

贵清和他爹到家时,天已经挂黑了。

英芝一直焦急地在她的房间里看动静,她把她的衣物都清理在一个包里,想找个机会溜走。可是英芝的婆婆跟友杰的妈两个人一直坐在院子里张家长李家短地说着话。英芝能感觉到,她们说的就是她。英芝全然不在乎她们会说她些什么,事到如此,她什么都无所谓了,她想得很透彻,脸面对她来说算得了什么?最要紧的是她以后的生活和她这辈子的生命。

太阳也已经落了,好容易等到友杰的妈出了门。贱货不知道为了什么吵吵闹闹着，英芝的婆婆跟着贱货进到屋里，英芝见时机来了，拿起她的包，开了门锁，便往外跑。英芝知道，只要出了这扇大门，往屋后的林子里一跑，要不了一会儿，夜一落下，她就什么都不用怕了。

但是，英芝还是晚了一步，当她拎着包刚刚迈出大门时，便看到贵清和他爹朝大门走来。两人几乎同时看到英芝，贵清暴吼一声："你往哪跑？"

英芝浑身一哆嗦，迈出大门的脚又缩了回来。英芝知道，她难逃今天这关。英芝在缩回脚的瞬间，看到大门的门扣上晃荡着的锁，她刹那间想起曾经有一个夜晚她欲逃跑出去，却因了大门紧锁使得她无地遁逃。于是她一个激灵，伸手将锁摘下，扬手扔进了猪圈里。

英芝跑回屋里，再次将房门锁起，她还不放心，又费好大的劲，将柜子拖到门后，把门抵住。英芝不知道是因为恐惧还是紧张，浑身发抖着。她完全无法预料，下一步会出现什么样的情况，以贵清的脾气，打死她的可能性都有。英芝绝望地想：天爷爷呀，请你保护一下我吧，无论如何，我不能死，无论如何，我不能死在贵清手上。

英芝的向天爷爷的乞求还没有完，贵清的吼叫声已在门外响起。贵清说："你这个臭婊子，把门打开！你竟然敢在家里偷野男人，老子今天不打死你，还是个人么？老子警告过你多少回？你要是让老子当乌龟，老子就不会让你过剩下的日子！老子要杀你,还要杀那个狗日的野男人。"

英芝缩在床上,不敢动,也不敢搭腔。贵清把门撞得哐哐响,叫骂声引来一些邻居。于是英芝又听到贵清在对外吼着:"看么事看?老子打老婆你们也要看,要看回家看你爹打你妈去。"围观的人便一阵哄笑。

英芝的婆婆说:"先吃饭,吃完饭再收拾这个烂货。"

贵清再一次把门哐哐地踢了几脚,骂道:"你以为你能躲在里面一辈子?你听好了,老子饿也能把你饿死。你识相点就自己打开门出来。"

英芝想,这怎么办呢?怎么办呢?有什么办法能够通知到娘家呢?有谁能够在这个时候出来救她呢?英芝能想象得到,躲在这间屋里最后的结果不是被贵清饿死,也会被他打死的。英芝想起贵清曾经对她有过的暴力,浑身的筋骨和皮肉都火辣辣地疼了起来。与其这样被打得疼痛而死,还不如自己了断了好。思路到这一步时,英芝不禁看了看屋梁。屋梁的木头很粗,甩一根绳子上去,吊死在此,不是一件很难的事情。于是英芝一骨碌跳下床,找了条床单,三下两下把床单撕成条。然后,她挪过板凳,站上去,将床单做成的布绳甩上了梁。她使劲用手扯了一扯,觉得十分结实,现在她只需要把头放进去,用脚一蹬板凳,一切就都结束了。做成这些,英芝只花了几分钟时间,而再把她这个活着的英芝变成一具尸体,时间要得就更短。英芝不由得打了个寒噤。人活一世十分艰难,可要死掉就太容易不过了。虽然活着已然无趣,可是,英芝突然想,凭什么又该我去死呢?难道死在老庙村贵清家的这根梁上就有了快乐?她一下子就从板凳上跳了下来。英芝想,我才不死哩,我二十岁才出头,我以后的日子还多得很,我如果逃出去,将来定会有好日子过,我死了岂不是太不合算了?英芝想,无论如何,我得逃。逃到天涯海角,今生今世不再回来。

在英芝如此这般左思右想的时候,突然停电了,屋里一片漆黑。外面的公婆在叫:"赶紧点灯。"

英芝一阵狂喜,英芝想,老天爷,你是来救我了是不是?英芝忙不迭地搬开柜子,她趴在门上听了下动静,觉得没有声响,便悄然地把门锁打开。英芝还没来得及开门,贵清便提了根棒子闯了进来,贵清叫道:"老子就晓得你这个婊子想趁黑跑掉,没那好的事。"

贵清举着棒子挥舞着冲进来。但贵清没料到屋中间放着英芝没能挪开的柜子,棒子落在了柜子上,贵清避让不及,自己一头撞了上去。贵清高叫了一声"哎哟"仰头倒下。英芝却在他叫喊之时,从柜子的一侧溜了出来。英芝的公公和婆婆听到贵清叫声,都跑了过来,贵清躺在地上说:"这小狗日的不晓得搞些什么名堂。快点灯,她跑不了的。"

几个人便在屋里搜索。英芝黑灯瞎火中,没看准屋门,她不知道跑到了哪个房间里。这时的贵清一家开始寻找她了。英芝便哆嗦着躲在门后面。找她的人始终没有进这间屋子,英芝借着月光定神看了看,发现是她公婆的房间。英芝晓得公婆的屋里除了床就只有一张小柜子,小柜子有一个抽屉,英芝的公公平常总是把钱放在这里面。英芝想自己两手空空,包裹也没拿,真要是跑出去了,又怎么办呢?便蹑手蹑脚走过去,轻轻拉开抽屉,黑暗中抓了一把票子塞进口袋里。外面有微弱的光线泄了进来,有人喊:"一个房间一个房间地找。"这是英芝公公的声音。英芝慌乱间,四下乱窜,便在一瞬间,她发现公婆房间的窗子竟是开着,她忙不迭地跑到窗下,翻过窗子,猫着腰奔到院里。大门是关着的,英芝想,难道他们又找了锁,她跑过去伸手一摸,心里不觉狂喜,锁只是挂着,而没有锁上。她不顾一切,拉开大门拔腿便跑。

贵清听到大门的响动,发现英芝已经跑出,立即喊道:"她跑出门了!"说话间,他抄起一根棒子,朝门跑去。一边跑一边喊:"你就是跑到天边,老子也要抓你回来打死你。"

英芝并没有跑远,她知道,她如果真的跟贵清拼跑,她是跑不过的。她出了大门便倒过头跑进了隔壁家里。在隔壁的院外有一个厕所,夜里并没有人会去那里,英芝钻进去后,便蹲在墙根下。她听着贵清的声音远去,她知道,贵清一定会沿着她回娘家的路追赶。她决定不跑,决定等到半夜里再走。

月亮照在头顶上,有一层浅浅的云在它的旁边浮来浮去。虽然有星星满天,可一眼望去,依然让人觉得空旷辽远。英芝先是蹲在地上,蹲久了,她的腿酸疼酸疼,于是她索性坐了下来。更加酸疼的是她的心。她望着深不可测的天空，想到自己的人生竟是如此落魄，想到自己如花似玉的一个人，竟落到以厕所为藏身之处的地步，想着想着，眼泪便开闸般再也止不住地往下落。落泪还不敢出声，连啜泣都不敢有，英芝只是把自己的大指头放进嘴里，咬得紧紧的，以免自己不小心时号哭出来。

时间过了多久，英芝已经不晓得了。村里的人声渐渐地没了，四周的人家也一个一个地熄了灯光。贵清从外面跑了回来，他当然什么也没有找到，进了院子后大喊大叫了一通，也没了声息。从厕所的缝里，英芝看到她家里所有的光线也都灭了，这时候，她慢慢地站起了身，试着朝外面走了几步。她甚至没有了走出厕所的勇气。人都到了门口，脚步却情不自禁地退了回来。英芝心里急骂自己：英芝呀英芝，你如果再不趁机走人，你就再没有机会了。

英芝在自己的腿上狠狠地掐了几把，掐得生疼生疼的。然后，她走了出来，她的腰仍然猫着，她不敢直起身来，她怕一直起来，就会有人看见她。

月亮和浮云仍然在头顶上，好温柔好安静的一个夜晚。英芝从老庙村悄然逃出。出了村子，英芝站起来，回头望了一眼暗夜里老庙村的轮廓，英芝想，我要记你一辈子，你害得我好惨呀。我的房子将来也不晓得会被哪个狗日的住进去呀。

乡村的夜晚，静得令人恐惧。一个人沿着公路往家走，英芝倒不觉得怕。这条路她已经在夜里走过几回了。英芝走了一阵子，突然想着自己这么大摇大摆地走在公路上，有些太扎眼，万一贵清回家后，气愤不过又追出来了呢？那岂不是给他抓了个正着。这么想过，她决定离开公路走小路去。

英芝在走下公路时，她随意地向后望了望，恍然之间，她看到在她身后远远的月光下，有一个人跑步而来。静夜无声，隐隐地，英芝甚至能听到他的脚拍打路面的急促之声。英芝心头轰地一炸，她想完了，贵清追来了。念头到此，她拔腿就跑。深一脚浅一脚，慌乱中已然无法择路，她不知道前方会是哪里，也不自己脚下的路是什么样的，甚至她这么疯狂地奔跑连脱力之感都没有，她只觉得风从耳朵的两边呼呼呼落到了身后。英芝跑过菜地，跑过田埂，跑过林子，跑过窑厂，跑过野地，一直跑到了湖边。湖边长着茂密的芦苇，芦苇在风里左右摇摆，呼啦啦地欢唱。英芝一头扎了进去。一个人丢进芦苇里，就跟一粒沙放进海里去一样，引不起任何波动。英芝已经没有了思维，她不晓得她可以停下来了。她仍然奋力地用手分拨着苇草，以她的最大气力往前跑着。直到她被一道硬坎绊了一下，摔倒在地，她的奔跑才停止下来。摔下去的英芝立即瘫软了，她没有了爬起来的力气，英芝想，死就死了吧。

湖水轻轻地拍着堤岸，波动的感觉传透土地，传到英芝耳里。英芝想起，哦，这就是汉湖了，是那个湖面宽阔得长满着荷花的汉湖。汉湖的水深得发蓝，常常能看到野鸭子聚集在水面上。汉湖有许多的水汊子，水汊子流细了，便成了一条淌着的河。英芝娘家凤凰垸的小河便是汉湖的水流过去的。河水没有了汉湖的清亮，水面上漂着许多污秽，污秽多得已经没有船在河上航行。

苇草里的英芝一动不动地趴在地上，许久许久，她都记不起来自己究竟发生了什么，怎么会瘫痪一样地躺在暗夜无边的苇草深处。她甚至不明白自己心里的恐惧和紧张从何而来。夜风中的苇草呼呼地应答着汉湖的水声，蓦然间会有野鸭子惊悸般地"嘎"出一声。平静安宁的夜气夜声，缓解英芝的心境。仿佛过去了一百年，她终于记起了一切，记起了她龟缩在臭气哄哄的厕所里的情景。她不禁放声地哭了起来，把自己仅剩的一点气力也哭没了。她想她再也回不去老庙村了。老庙村和贵清都没有什么留恋的，甚至贱货，在她的心里头也不过如此，因为他是贵清的种。可是那幢没有盖完的房子呢？是她英芝几年的心血，是她靠自己的喉咙靠自己的妖媚靠自己的身体，一分一分挣回来的钱盖的。为这挣这笔钱，她舍弃了多少尊严和脸面，她吞咽了多少委屈和耻辱。她把自己的身心都放贱了，结果，她这样拼了一场，却是血本无归。她什么也没有得到，新房子一天也没有住过，她甚至以后连见到它的机会都没有了。她的结果只是如一条狗一样夜半三更地狂逃而出。

尽管英芝拼了全身的气力痛哭着，可是每一阵号叫都只如游丝，被苇草和湖水吞没，根本都汇不进这个夜晚的声响之中，仿佛这个世界拒绝哭声。

英芝的号哭是戛然中断的,她突然间明白,哭,对于她已经没有任何意义。眼泪从来都没有救过她。如果她还想活在这个世上,那么,她应该想的是她下面的生活应该怎么办。

英芝将衣袖从脸上挥过,只一把就把眼泪抹干了。她坐了起来,开始想问题,想她的下一步。第一个闯入英芝脑海的念头便是:我没有钱了。她摸了摸从公婆抽屉里摸出来的一把票子,借着落入苇草中的月光,她看了看,又摸了摸,知道那只是些毛票,甚至连一张一块的都没有。英芝苦笑一声,想要扔掉,可是转念间还是把它们揣进了兜里。英芝想,下一步,我要挣钱,没有钱,我就走投无路,连到南方去的车票都没有。下一步,我还不能回家,我回家后,贵清还是会来抓我,我的爹妈必定会让我跟贵清回去。而我再回到老庙村,就不如去死。我不怕死,只是,我不愿意死,我还没有到该死的时候。我年轻,我有嗓子可以唱歌,我有身体可以诱人,我甚至还有力气,可以赚钱来养活自己。再下一步,我就是拼了命,也要盖一栋属于自己的房子,这房子就是我的家,谁也无法把我从我自己的家里赶走。我还要把房子盖得高高的,里面要有厕所,要有洗澡的地方,要装上窗帘,要安电话,要像城里人的一样,到那时,我要贵清亲眼看看,要贵清的爹妈亲眼看看,我不做你家的媳妇就会比谁都过得好。再下一步,我一定要让自己过好日子,没有人打我没有人骂我没有人给我翻白眼,我就用我女人的力量和本事来养活我自己。

英芝把这一切翻来覆去地想着，呼啦啦唱着的苇草仿佛为她助力助威，她失落的力气在她的思想的过程中又回到了身上。她觉得自己信心百倍。她才不怕什么哩，她英芝什么时候怕过什么？她英芝从来就是想怎么做就怎么做！

英芝站起身来，拨开苇草，朝湖边走去。

天快亮时，英芝走到了湖边一个叫细粉湾的小码头。码头上泊着一只小船。英芝坐在岸边，凝视那条船了许久。当第一缕阳光破云而出时，英芝朝那条船走了过去。

十七

三个月后，英芝从船上走了下来。船上有三个男人，都留她，但没能留住。英芝想，我不是为了挣一笔路费到南方去，我来干这个？你们当我是什么人了？三个男人无奈，眼睁睁地看着英芝头也不回地下船而去。

英芝下船时，腰里揣了一千多块钱，这是她三个月来挣的。她白天洗衣做饭，夜里陪床，轮流着伺候船上的三个男人。在她随船走水时，她的心情竟是十分平静。天越来越寒了，船上的日子也寂寞空虚。英芝算了算，觉得她到南方去的路费一定够了，于是她决定回家。她计划在家里过完年，然后跟村里其他打工的人一起到南方去。英芝的脚重新踏在了稳定的泥土上，她恍然觉得自己是在另外一个世界活过了一场,现在返回家园,她觉得自己脚下这条返家的路好是结实。

英芝在县城里为自己买了一件红色的高领毛衣和一件蓝色的外套,然后她穿着它们去踢踢踏歌舞厅找文堂。英芝想,再怎么想,她被弄得这样惨,他文堂也是有责任的。说不定,文堂还会给她一些钱作为补偿。英芝到踢踢踏时,刚要打问,一个小姐就一眼就认出了她是谁。英芝正奇怪她只不过到踢踢踏来过一次,怎么会有小姐认出她呢?小姐说:"你还来这里干什么?你老公砸我们几回了,害得文堂连县城都待不下去,一个人闯新疆了。现在的音响师根本都不行。"小姐的语气中满是鄙夷。

英芝立即就目瞪口呆,不晓得自己在船上漂泊赚钱的日子里,这世上发生了什么事,接下来她就想到凤凰垸自己的家里不知道会怎么样了。

英芝匆匆地赶回家。一进门,英芝的妈便哭着扑了上来。

英芝迫不及待地问:"出了什么事?"

英芝的爹说:"你还晓得回来?你回来干么事?你还不如这就这么死不见尸哩。"

英芝说:"发生了什么事?贵清来家里胡闹了?"

英芝的妈说:"前一阵,见天就来一趟,来了就瞎打闹,硬要说我们把你藏起来了,弄得家里成天人心惶惶。你看,这屋子叫他给烧了半边。你哥他们报了公安,说你是在婆家失踪的,找他要你的人,他这一个月才没有来惹事。"

英芝抬头，这才看见家里的堂屋右一半被烧得漆黑，顶上的梁也被烧得像炭。英芝的妈说，那天她在店铺里，家里刚好只有苕伢在家，如果不是几个过路讨水喝的人帮忙扑火，这房子就烧完了。

英芝心里好是悲凉，想到自己竟然连累得家里如此这般，便对贵清的痛恨更加深一层。英芝的妈指给她看贵清留下的汽油壶，英芝说："好，他敢烧我屋里，我夜晚就用这瓶子灌一壶油，去把他屋里烧掉。"

英芝的爹破口骂道："你还惹祸！贵清不是个好东西，你也是个烂货，你搞野男人搞到他家里去了，他能不打你？你一个女人跑得几个月不见人影，他能不烧你娘家的屋？你还不乖乖回去跟他赔个礼？由他打骂一场，日后老老实实地跟着人家过日子。"

英芝的妈抹着眼泪说："英芝呀，我们做女人的不能这样呀？这要遭人骂遭天谴的。"

英芝听她爹妈这么一说，气不打一处来。英芝说："你们如果非要我回去，就给我一瓶农药，我喝死算了。"

英芝的爹说："你拿死来吓我？你要死就去死！莫给家里丢面子。"

英芝被她爹的一顿骂弄得心烦意乱，她满心的恨意中，又加上了对她爹妈的，她心想，我弄到这步，你们怎么一点也不帮我呢？怎么不让我觉得我自己的家里人是护卫我的呢？英芝绝望道:"那好吧,妈,你把农药给我,我立马死在家里。妈,我死过后,你们如果觉得把我埋在凤凰垸丢了你们的脸,就把我丢到荒野里让野狗啃掉,你们莫把我埋到老庙村去。如果你们不答应我,我做了鬼也会恨你们,我天天都来祸害你们。"

英芝的妈急了,说:"英芝你不要瞎讲呀。我晓得你也有蛮多委屈。"

英芝被她妈的后一句话说得鼻子酸胀,忍不住便又放声哭了起来。

晚上,英芝的哥嫂都过来看她了,没有人问她这几个月跑到哪里去了,只说回来了就好,家里打牌多了一个角。

三伙是第二天来的。三伙来的时候,英芝的爹正跟英芝的妈争吵。英芝的爹要英芝回婆家,英芝的妈舍不得女儿过去受罪,不想让英芝走。英芝忍着自己的愤怒,对她爹说:"我只在家里住三天,以后我到哪里你们都不用管我了。我是死是活都由我自己负责。我是你们家的女儿,你嫌我也只这三天了。"

三伙说:"英芝他爹,贵清这狗日的跟他爹妈都不是东西,你放你家如花似玉的英芝在他家受苦,你也忍得下心?英芝她妈,这是你自己身上掉下的肉,你让人家去割去腌,你也舍得?英芝婆家要是对她好,英芝干么事宁肯自己死也不回去?你们想想这个理?"三伙说着,又转向英芝:"英芝你跑个么事?跟那个王八蛋离!你还怕找不到好男人?我的三伙班马上又要成立了,你还来我班里唱歌,多多地挣钱,挣多了,跪在你脚下跟你求婚的人排长队，一直要排到汉湖边上。你哪里能过不上好日子？"

三伙在英芝家像演讲，讲得英芝的爹妈心里有些过意不去，觉得自己不太对得住英芝。英芝听得心里也暖暖的，但她听得最清楚的就是三伙叔又要成立三伙班了。英芝惊喜地问："三伙叔，三伙班真要再搞？"

三伙说："哄你做么事？手续一办完，就开张，前村后垸，来找我预订的人家已经好几个了。你要是回来，我们班就会又红火起来。"

英芝故意说："可是，我爹妈想让我再回老庙。"

三伙对英芝的爹说："我说你有毛病呀，家里的姑娘能给你赚大钱，你硬要把她塞给人家。你发烧呀？"

英芝的爹嘀咕道："她要还去你那里唱，就住家里好了。"

三伙说："就这么说定了？英芝，你明天就去办离婚，有什么事，你爹妈，你哥嫂还有我这个三伙叔，都跟你做主。他一个小小的贵清，能翻得起什么大浪来？"三伙说完，便高声地笑了起来，嘶嘶嘶的声音仍然如风一样从英芝头上刮过，但给英芝的感觉却不像是在拉锯了。它使得英芝恍然间忆起她高中毕业那年，三伙来找她时的情景。英芝想，怎么就像过去了一辈子呢？

三伙走后，英芝家里的气氛明显轻松了下来。英芝亦觉得心头一松，浑身上下便有一种振奋。英芝想，明天就去离婚，房子不要了，以往挣的钱也只当没挣，我要从头开始。我再要好好珍惜我新来的生活。

第二天的早上，天很明亮。冷风虽然飕飕地加重了寒意，但太阳却是在一点点地往外升起。英芝一个人不敢到老庙村跟贵清谈离婚的事，她求她妈跟她一起去，英芝的妈也怕英芝一个人过去吃亏，便又叫了英芝的两个哥哥。两个哥哥本来这天是到县城打年货，可耐不住英芝的央求，于是都答应了。

早饭便都在英芝爹妈这边吃的。英芝的爹吃完就去替英芝的妈守铺子，英芝把新衣服换到了身上，她要特地穿着去气贵清。

还没出门，贵清竟然一个人拎着一桶汽油找上门来了，脸上凶巴巴的样子。贵清还没有到院子，英芝的侄儿苕伢便飞跑着回来报信。英芝的哥哥丢下饭碗赶紧找了绳子和棍子。贵清刚走进英芝家的院子，还没有开始叫骂，英芝的两个哥哥便扑上去，把贵清掀翻，然后将他捆了起来。

英芝到这时才从屋里出来。英芝看到贵清，新仇旧恨一起涌上心来，她呼呼地喘着粗气，一时说不出话来。一直等她的两个哥哥把贵清绑到了树上，她才缓解了自己。英芝走到树跟前，照着贵清的下身踢了一脚，说："王八蛋，我跟你的事，你找我了结就行了，你烧我家的屋干么事？"

被捆住的贵清看见英芝，脸一下子涨成猪肝红。英芝穿着在县城里买的新衣服，浅蓝的底色上开着一朵朵浅白色的菊花。英芝在船上的三个月里没有晒太阳，倒比以前更加白净妩媚。贵清一阵醋意,又一阵愤恨,不禁暴吼道:"你这个狗日的小娼妇,老子这样疼你,你竟然敢找野男人来家里。老子不杀了你,怎么咽得下这口气?"

英芝大声说:"你疼我?你怎么疼我的?你成天游手好闲,吃喝嫖赌,把我辛辛苦苦挣的钱输了个干净,你这样是疼我?"

贵清说:"村里哪个男人不是这样?你凭么事要我听你的?将来你老了我养得了你就行了。你跟我爹妈再怎么闹,我都算了,可是你背着我在外面跟别的男人胡搞,你叫我怎么饶得下你?"

英芝说:"你爹妈怎么对我的,你也晓得。我偏不跟他们一起过。叫你挣钱你不挣,叫你找你爹妈要钱你不要,我只好自己挣,我凭什么来挣,不凭我的身子,我怎么个挣法?告诉你,我借的三千块钱,就是我睡觉睡来的,你怎么样?你不是照样高高兴兴地拿去了?"

贵清气得奋力地挣扎起来,贵清说:"我拼了我的命,我也要斩了你。我不斩你我在这世上怎么有脸活?"

英芝说:"你早就没脸了,你现在说已经晚了。你烧了我家的房子,公安说了,只要你一出现,就把你抓起来,让你坐牢!"

英芝的一个哥哥说:"英芝,你跟她吵个什么?让他晒一下太阳,我叫公安去。"

英芝说:"妈,你跟公安弄顿饭吃,让他们吃得饱饱的,送这个狗日的东西坐牢去。"

院子里只剩下贵清和英芝了,贵清呼呼地喘着粗气。英芝突然心里又有些怜惜他,觉得自己只要跟他离婚,就犯不着跟贵清结成冤家,更何况,贵清也有对她好的时候。英芝想到此,便说:"其实,我也可以要公安放了你。不过,我有两个条件,第一,你得同意我们离婚,反正我们都这样了,我再跟你过,你也没什么面子,对不对?第二,盖房子的钱和你赌掉的钱,前前后后加起来起码也有一万块,我也不要你都还给我,可你得还我一半,这该可以吧?你要答应这些,我就帮你求公安,放你一马。你想想,这不是比坐牢合算得多?"

贵清说:"不要脸的东西!你这辈子休想从我身边跑掉,我掐也要掐死你在我的床上。房子钱一分钱也别想要走,你想要钱,就在我家做牛做马,做老了,才都是你的。"

英芝叫贵清这么一说,心里刚刚生出的一丝怜惜之情,立即就没有了。她冷笑了一声,说:"你休想。我是绝对不会回你家的。我给你台阶下,你不下,那你就只有活该了。"

贵清说:"我活该就活该。我老婆把外面的野男人弄到家里来胡搞,还要把自己的男人送到牢里去,我看你在这世上还有什么脸面活!"

英芝说:"我不要脸,又怎么样?那都是你逼的?我被你打得像野狗一样到处躲到处跑,我哪里又还有脸面?我天天听你爹你妈阴阳怪气地骂我,我又有什么脸?告诉你,我出去的这三个月,天天在男人堆里混。我天天夜里跟自己说,我这么做,就是要气死你贵清！你贵清不好好待我，我就让贵清的老婆去伺候别的男人，让别的男人消遣。"

贵清暴跳着，树干在他的奋力下摇晃起来。但绳子却绑得很紧，贵清无法跳起来，他的脸因为愤怒而变得十分狰狞。贵清说："你以为你不遭报应？英芝我告诉你，你这么做必遭报应。"

英芝说："谁来报应？你爹？你妈？你坐牢了，他们还管得了我？你做你的春秋梦吧！"

贵清咆哮着："就算我坐牢，我能坐几年？只要我出来，我不光要杀了你，我还要杀你全家。让你家绝户！"

英芝狠狠地盯着贵清："你敢！"

贵清依然咆哮着："我做么事不敢？！我坐牢也坐不了十年。我保管在十年里，地球上就没有你家的人了！英芝你这个臭娘们的骚味在这个世上一点都留不下来，你就是逃到天涯海角，我也要找到你，我要把你的肉一块块割下来，喂野狗喂野猪喂驴喂马喂鸡喂鸭喂蛤蟆喂蚯蚓喂天下所有的畜生。你要不信，就等着好了！我贵清说得出做得到！"

贵清的话说到后面变成号叫，号声如山间的野狼，从英芝家的屋顶传到屋后的园子里。英芝的妈在园子里摘菜，听到声音跑过来，惊声道："怎么样了？莫让他跑了。"

英芝说："妈，没你的事。"

英芝妈说："我打瓶酱油去，你千万再莫跟他闹了，让公安的人来带他走。"

贵清狂笑了起来:"带我走,我能走几年,几年回来,你家连根草都莫想留下来。"

英芝不禁打了个寒噤,她毛骨悚然,心里涌出巨大的恐惧。侄儿苔伢和侄女菊菊正追打着笑闹,笑声越过院墙外落在了英芝的脚下。叮叮咚咚着,有如银铃。这声音突然就驱走了英芝的恐惧,使她产生一股冲动。这冲动是什么,英芝不知道,英芝只觉得自己的全身都因此而燃烧,烧得她无法站,无法坐,甚至也无法说话,烧得她在院子里团团地转着,只转得自己眼花缭乱。她想她应该做点什么了。可她想做什么呢?她想做什么呢?她问了自己半天,不知道应该做什么。

她急得揪扯着自己的头发,突然她就看到了贵清拎来的那壶汽油。贵清是来烧她家的,这是一壶比上回还要大的油壶。英芝所有的混乱和焦躁瞬间就凝固成一个念头,一个好坚硬好坚硬的念头:你要是敢这样,我还能让你活吗?如果你活在这世上,我这辈子还有什么出头之日?而且我的全家都要因此遭殃。贵清呀贵清,你活着,就等于我死,等于我全家永无安宁,我何不先让你死呢?

英芝冲上去,拎起它,她拧开盖子,将壶里的汽油全部泼在贵清身上。贵清仍然狂笑着:"你敢谋杀亲夫?你杀了我,你以为你还活得成?你以为我死了你就可以自由自在地搞野男人?你得跟老子陪葬!"

英芝也如贵清一般狂号道:"我死不死关你个屁事,我今天就要你死!"

英芝泼完了汽油,四下里找不着火柴。她突然想起贵清是抽烟的人,便扑到贵清身上,在他口袋里乱摸着。贵清的手被绑着,动弹不得,他便用头撞击英芝。英芝疯了一般,她摸出贵清口袋的火柴,连想也不想便划着了它,她把燃烧着的火柴就手往贵清身上一扔。火柴出手的一瞬,英芝看到贵清惊愕的眼睛,那眼睛仿佛说,你来真的?

英芝似乎还没有反应过来,只听得"蓬"一声,贵清便成了一团火球,贵清在火球里惨叫着,声音凄厉异常。英芝呆了,她从来也没有想过,结果会是这样。

在英芝的呆望中,绳子烧断了,火团突然离开了树干。一头红得发亮的猛兽对着英芝扑去。在门外玩耍的苕伢听到惨叫声跑进院子里。他见英芝傻了一样,尖利地叫了一声:"细姑快跑呀——"

英芝醒了,她拔腿向院外跑去。院外的路一直通到村头,路边有杂乱的房子和零星的绿色,鸡狗都乱跳着。阳光已经出来了,许多人家墙垣的阴影都倒在路的中央。但英芝的眼里这一切都不见了。追逐在她身后的是一团明亮耀眼的火团。它比夏天的太阳更加刺眼,比夜空的流星更加快速,比下山的野兽更凶猛。英芝甚至能感觉得那火的热浪,滚滚而来,一直扑到背上。

全身带着火苗的贵清嗷嗷地狂叫,他的眼里只有一个目标,那就是英芝。英芝像一只蓝色的蝴蝶,在贵清的眼皮前飞扑着晃荡着，那飘动的姿态，令贵清的心发紧。贵清只想一把抓住她。贵清喊着："别跑呀！别跑呀！"他的声音越来越怪异。

不知是什么人尖声地叫了起来，村里好多人都跑出屋来看，来一个人便发出惊呼的声音，人们都呆了，不知道应该怎么办才好。英芝的头发跑乱了，鞋也跑掉了，她知道自己快不行了，她喊着救命，但她已经没有力气把自己的声音送出嗓门。英芝想起三个月前的夜晚，她也这么跑过，英芝想，早知道今天被火烧死，不如那天就死掉好了。

英芝几欲崩溃。便在这时，一个人突然冲过去想要拦下贵清。贵清的眼睛已经被火烧熄了，他只觉得一团阴影迎面而来，他一把将那团阴影抱住，他用含混不清的声音说："英芝，你跑不掉的……"说完他便轰然倒下。被他抱着的阴影也惨烈地叫着，跟着倒了下去。

有人喊了起来："快，拿水来！快泼水。"

几分钟后，那团火熄了。贵清已经成了黑炭，被贵清扑倒在地的人痛苦地呻吟着。有人把他翻过身来，这是个女人。她的面孔已然看不清楚。她的手上拿着一个酱油瓶。直到苕伢出现，他哭着叫了起来："那是我婆哩。我认得我婆的鞋子。"

这一切，英芝都不知道。英芝一直跑到村治安组，她在治安组的门口倒了下来。

英芝醒来后，觉得自己什么也看不见，眼前晃动的只有那一团火光。于是她便开始哭。不管什么人跟她说什么，她都只用眼泪作答。县里的警察很快就到了，他们把英芝带上了警车。

几天之后，英芝才知道，她的妈妈替她挡下了贵清，但她自己却被贵清身上的火烧伤。烧伤面积达70%以上。县里医院救不了她，英芝的爹和哥哥连夜用车送她到了汉口。他们把家里把所有值钱的东西都卖了，连牛都卖了。可是，英芝的妈还是死了。死的时候，面孔漆黑，没有人能看清她的容貌。她的嘴里一直哼哼地叫着，只有英芝的爹听得出来，她在叫英芝。

十八

英芝就这样坐在了看守所的高墙里面。贵清身上的那把火虽然没有烧在她的身上，但却把她的心烧着了。每天每天，她都觉得那团飞扑而来的火头在吞噬她在烤灼她在煎熬她。英芝每天都要喝许多的凉水，她想要扑灭这火；尽管天很冷了，在洗澡的时候，英芝也仍然用凉水冲洗身体。可是，那火却顽强地烧着，一分一秒也不肯熄灭。

英芝后来跟同室的余姐熟了。余姐在这里待的时间很长，很会分析案情。她替英芝分析来分析去，都只有一声长叹。余姐对英芝说，你这个案子必死无疑。

英芝面对这个结果，已然没有悲哀。她静静地打发着剩余的日子。在晴朗的时候，她也会回想自己曾经有过的生活，想时便情不自禁地问自己：我怎么会走到这一步呢？

整整一个冬天,英芝都在看守所里等待判决书的下达。判决书上的内容,她已无心知道,因为她明白,不管她是否被判死刑,她都会被她心里的这团火烧死。

春天来时,河边的野花开成一片烂漫。英芝被绑缚到了刑场。她的家里没有人看她。她知道,她的爹已经贫病交加,她的两个兄长的家中,也是债务累累。英芝知道是她败了这个家,她死之后也不会有人替她收尸,全家人都对她恨之入骨。英芝想他们恨她是对的。

英芝迎着枪口跪在地上,枪响过后她就倒下了。她在歪头的一瞬,看到了刑场的土地上竟然四处开放着野花,英芝想,它们跟她凤凰垸河边的花竟是一样的美丽呀。然后她恍然看到一个小孩子在花中奔跑,她轻轻地说出了两个字:贱货。

水随天去

一

少年水下骑着自行车在江堤上疯一样地往前冲。

太阳火辣辣地照在水下的头顶。水下的头皮滚烫滚烫的。脸也因了这烫变得赤红。水下身上的红背心已经湿透。原本白白的皮肤被暴晒成铜色。水下退学以后,连续几个月出体力,他的胳膊已经隆出肌肉。水下的脸上没有笑容,酷酷的样子。他的两条腿急剧地蹬车,像电动操纵似的,节奏均匀快捷。

水下一路带风地从修堤的人们眼边晃过。

有人喊着,水下,这么急猴猴的。去赶死呀!也有人叫道,水下,莫忙得那么狠,过来跟你讲几句话。少年水下谁也不睬。水下的耳边只有自己卷带而起的风声。叫喊声夹在风里,没有入耳,便被刮到了脑后。

洪水已经涨到了堤边，水面阔大得像海，水浪扑着堤角，仿佛随时都可以漫到堤外。护堤的树几乎全被淹没，从洪水中伸出一点树尖尖，像是水田里的青苗。上游牌洲湾的堤破了，死了好多人。沿江村垸的劳动力就都上了堤，日里夜里轮流守望。水下的爹病了，手足无力，水下就顶了他爹的名额。水下在堤上已经守了一个多月。

堤路有些坑洼不平。水下的自行车很破，哗啦啦地一路带响。水下的身子被堤路颠簸着，不由自主地弹跳。因了这种颠簸，使得风一样从堤上驶过的水下浑身都放射出一种兴奋。

少年水下真的是在兴奋着。

其实他自己也不知道自己的兴奋由何而来。中午，水下的妹子水红送饭到堤上。水红告诉水下，二舅妈帮水下在镇上收购站找了一份工作，让水下赶紧回家一趟，水红上堤来替他。水下不想工作。水下觉得一旦工作就得天天守在一个地方，哪儿都去不了，憋得死人。水下觉得当农民就好，自由自在。水下一口就拒绝了。水红说，你下午如果不去，收购站就会找别人的。水下说，他爱找哪个就找哪个，关我屁事。水下不在乎镇上的什么收购站。水下想，我真想要赚钱，我还犯得着在这个破镇上？我当然走得远远的。我去南方打工，钱赚得不比你这儿多？水下就是这么想着，所以水下对镇上的收购站很不屑。

水下是个有自己主意的人。水下话不多，话都是想好了才说出来。水红无奈。水红说，你自己的事，我懒得管。水下心想，我的事什么时候让你管过？水下闷头吃着饭。水红无事，跟送饭的一个婆娘一说一答着。婆娘问，那个收购站是不是鱼头垸周三霸家的？水红说是呀。婆娘说，三霸是你家的亲戚吧？水红说，是我二舅妈的妹丈哩。婆娘说，听说三霸在城里包了小老婆，你二舅妈晓得不？水红说，莫瞎说。婆娘又说，你二舅妈的妹子是叫天美吧？她真是苦呀，苦得有口难言。水红叫了起来，叫你莫瞎说，听到没有！

水下没有听她们说话，可是话声却自动钻进了他的耳朵。水下心里惊了惊，问水红，收购站就是天美姨在的那个？水红说，是呀。

水下立即跳了起来。水下望着黄水浩浩的江面，恍然中，一个红衣女人的影子在上面晃动。女人的脸红红的，身上散发着小小的水下从来也没有闻到过的香气。水下想，哦哦，原来是天美姨呀。水下三两下便扒净了碗里的饭，嘴都没揩，便蹬着自行车风一样地奔在江堤上。

少年水下想，天美姨的事，我当然是要帮的。

阳光明晃晃地照着，铺天盖地。这种明亮已经不知道用什么样的字来形容。落在身上的阳光，便如成片成片细密的刺，扎得哪儿都疼。身边的一切都发烫着。一盆水泼下，光见一阵白汽冒过，没见土湿，立马就干掉了。前些日子下多了雨，从镇上通往乡下的土路烂成一片泥浆。现在又被太阳晒得硬邦邦，锉刀一样。早上过来送废品的人们都牢骚说，这路还能走么？卖废品的钱还不够补胎哩。

天美说，我还管得了你这？

天美将早上送来的废品一一理顺。天美戴着草帽，手上笼了双破手套。身上的汗衫已经烂了衣边。一条发黄的毛巾搭在她的肩上。天美不停地擦汗。可擦了也是白擦，汗水早就湿透了她的汗衫，内衣的轮廓透过紧贴的衣服显现了出来。

收购站外便是通往乡下的路。路两边长着青苗，碧绿着，一直延向天边。土黄色的路，如一条布带，仿佛不经意间，被甩得老远老远，远得一直看不到头在何处。

一个红色的小点在布带的尽头出现。在铺天的绿色相夹之下，它好是醒目。天美搭起眼罩，眺望着。小红点越来越大，一直朝着天美冲去。天美看清了，这是一个穿红色背心的少年。少年骑着一辆破旧的自行车。车子发出哗啦啦的声音，链条似乎随时都可以脱落下来。天美就站在那里了，看着，像是在等待链条脱落。

红背心的少年水下一直冲到了天美跟前，才来了一个紧急刹车。辣辣的阳光把他的脸照得通红。他的汗水在脸上淌成了河。他的眼睛光彩四溢。他的嘴角上挂着笑意。他俊美漂亮，而且满脸快乐。

天美说，你是哪家的孩子？怎么有点面熟？少年水下叫了起来，天美姨，是我呀，我是水下。天美惊异地说，水下？哪个水下？水下说，我二舅妈天香是你姐哩。以前我见过你。

天美一下子就想起了这个水下。想起了他，就想起了有趣的事情。天美忍不住就笑了起来。少年水下知道她想起了什么。脸更红了。他也笑了起来。笑时想，天美姨怎么一点都没有变呢？连笑声都没变哩。

一晃有十年。那年水下去二舅家玩耍。二舅妈的妹子天美刚刚结婚，正好在她的姐姐也就是水下的二舅妈家。二舅妈拉着水下看新娘子。水下蹑手蹑脚地走近天美。突然他吓得退了一步。是天美的身上的香气袭击了水下。水下从来都没有闻过这样的香味，脑子有些晕。水下说，姨好香呀。于是大家都笑了起来。天美的丈夫三霸笑时还亲了天美一下。然后说，当然啦，我老婆不香谁香呢？水下见三霸亲天美，便说，我可不可以亲姨的脸。大家就又都笑了起来。三霸大声道，别人是不可以的，可是水下你这个小王八蛋可以。在大人的起哄中，水下果真亲了一下。天美脸上的香气更加浓烈，扑了水下一鼻子。水下喷嚏连连，鼻涕都流了出来。三霸大笑着，说，小子，记住，亲别人的女人会伤风。

阳光还是这么明亮地照着。天美和水下在阳光下同时想起了当年的一切。水下有点不好意思。天美笑了。天美说，啊呀水下，你长这么大了，成一个小帅哥了。水下想说天美姨还是跟以前一样年轻好看。可是话到嘴边，水下却说不出来，水下说，二舅妈让我帮你哩。天美说，姐替我找的帮手就是你么？水下说，二舅妈让我帮你。天美说，可你还是小孩子呀。水下说，不小了，我就要进十八了。

少年水下说着仰起脸，阳光便落满在他的面颊，所有的缝隙都被照耀着，明明朗朗的。细细的绒毛也清晰可见。天美突然就看到了一个好透明可爱的大男孩，心里生出愉悦。天美说，好吧。你明天就来上班吧。

天美领着水下进了小杂屋。屋墙角上摆着一张小床。床上铺着蓝布单，干干净净的。天美说原先这里有个老头给她当帮手。前些日子，雨好大，老头着了凉。一直咳嗽，又不肯上医院看，结果三天前死掉了。天美说，你莫怕，他没死这床上，在医院里死的。水下说，我不怕。我火旺着哩。

然后天美又说收购站就他们两人。事情好多。早上要收废品，隔三岔五的要把废品分门别类送到县里。县里是总站。三霸是那边的老板。那边的人多，所以三霸其实也没管什么。送货回来，还要兼做天美屋里的杂活。烧火做饭打扫卫生以及洗碗。因为三霸要求天美每天记账。每一样都得记清楚。三霸对钱看得紧，斤斤两两都要一清二楚。所以物件多时，她根本就忙不过来。水下忙说，姨，我来了，你就不会那么累的。我爹妈都说我勤快着哩。天美笑了起来，说，那就好。那我就省心了。

天美的房子在小杂屋的对面。中间隔着堆满废品的场子。场子中间有一条窄窄的路。就几米远。走过去，拐一小弯，就见到天美的房门。天美屋的房门是绿色的，门框也是绿的。门上贴着年画，红底黑人，线条粗粗的，左边一个是秦琼，右边一个是关公。水下觉得不应该是这两人贴在一起。但他也想不起应该贴哪两个更好。天美见水下站在门边看画儿，就说，这是三霸贴的。三霸说要派两英雄来看着我。天美说时，脸上浮出几丝冷笑。这几丝笑意落在水下的眼里。水下想，派两个英雄看着天美姨？这是什么意思？

水下跟着天美进了厨房。厨房小小的，里面黑咕隆咚。天美打开了灯。灯有些昏黄，低低地，快要贴到了天美的头顶。天美说，这屋没窗，有个抽油烟机，可还是热得很。水下说，不热，比外面强。天美说，会做饭不？水下说，会。我在我叔家的餐馆帮忙过。天美说，那就太好了。想不到你年龄小小，倒有几分能耐。水天听到天美的夸奖，脸上便露了笑。天美也笑了，望着水下说，真是个俊小子。笑起来还要俊哩。

睡在小杂屋里的水下当夜就做了梦。水下梦见洪水冲垮了堤坝。天美落了水，在水里挣扎着叫唤。三霸站在岸上，挥着手，要关公和秦琼去救天美。关公和秦琼都说不会游水。两人推辞着。天美在他们的推辞中，快被水淹没了。水下心想，姨你不能死呵。水下就跳了下去。水下跟洪水打着架。打胜了，便拖着天美上了岸。三霸叔对着他大声吼叫着。水下吓了一跳，不知他为何吼叫。水下朝天美望去。天美的衣服是干的。她迎风站在堤上，衣袂都飘了起来。她在风中掩面而笑。

水下在天美的笑意中醒了。小杂屋里闷不透气，电扇吹着小小的风,一点也解不了热暑。水下想这是一个什么梦呢?

天还没大亮。从窗外望过去,目光透过废品场子的围栏,能看到远远的天边泛出了一点点红。外面还静着。水下就坐在窗边,看着那一点点红染色一样,越来越大。水下想,他好喜欢这个地方。

二

少年水下开着手扶拖拉机,把清理出的废品拖到了县里。

废品收购总站有一个大大的院子。水下在院里的树荫下看到了正喝茶歇凉的三霸。三霸光着膀子,身上的白肉很厚,有点往下坠着。和十年前水下见过的三霸不太一样了。但水下还是一眼认出了他。三霸的眼睛有些吊吊的,像舞台上的戏子。水下觉得三霸有这样的眼睛就是一百年不见面,他也认得出来。水下叫了一声,三霸叔。

三霸愣了愣,他望着水下,眼睛更加吊得厉害。三霸说,你是哪个?水下说,我是水下。天美姨的姐天香是我的二舅妈。她说你让我来帮天美姨的。三霸醒了一样,眼睛放了下来。三霸说,哦哦,是你呀,水下。我想起你这个小王八蛋了。我想起来了。当年我结婚时,你死活要亲我老婆。我是让了你一马的。三霸说着哈哈大笑。三霸的笑声很洪亮,它们在明亮的阳光兀自地撞来撞去。水下能觉出四下里响起的当当之声。这声音把他的心敲击得怦怦跳动。

三霸说，好好好，跟着我干。照顾好你姨。我会让你发财的。你看，我的生意火着哩。水下没有作声，只低头帮着卸物。水下对发财兴趣不大。三霸说，来来来，水下，来陪你叔喝一杯。货让他们那帮杂种卸去。水下说，我不会喝哩。三霸说，不会？男人不会喝酒还不白活？我教你。水下说，我爹不让我学。三霸瞥了水下一眼说，都人高马大了，你爹的话还是个话？那你妈让你夹尿片你也夹着？

旁的人就都笑了起来。水下就只好坐到了三霸跟前。三霸给水下倒酒，倒完然后嘎嘎笑着说，我老婆除了我以外，还就被你这个小男人亲过。旁的人不解，说他亲了你老婆，你怎么不生气，还和他一起喝酒？三霸又笑，笑时跟水下碰了一下杯。三霸说，十年前哩，这小王八蛋还穿开裆裤。他闻见他姨香，想要亲他姨，你说我能不让？听者便全都笑了起来。有人说，是这样啊。那不光可以亲得，还可以睡得哩。

水下被大家笑得实在不好意思，只好低着头闷闷地喝。三霸说，嗨嗨嗨，嘴巴都给我放个岗。人家还是小毛孩，听不得你们这些话。三霸说着，又与水下喝酒。三霸说，水下，有你去搭帮做事，我就放心了。说完，三霸又压低了嗓子。三霸说，托你个事。替我把眼睛放亮点，看好你天美姨。要有男人想勾引你姨，你不要放过他，盯死。水下说，三霸叔要不放心，就和姨住到一起去呀。三霸说，我这么大的生意，哪顾得了她？要不叔怎么来

227

托你呢？水下说，好吧。盯死了又怎么样？三霸说，回头告诉我。我饶不了他们的。水下说，行。我保证不让人欺负我姨。三霸眼睛又吊了起来。三霸说，真话？水下说，真话。三霸便将两个人杯子都倒满了。三霸说，那叔今天非得跟你干一杯不可。两人就真格地碰了杯，而且都干了。

少年水下从来就没有喝过这么多的酒。一下子就晕乎起来。水下站起来时身子晃晃的，走路也不晓得了南北。三霸大笑道，真是只嫩鸡子，这一点黄汤就能醉？然后就叫人把水下扶到一间屋里躺下了。

水下一觉睡得人事不知。醒来时，天已经黑掉了。水下拉开灯，看到的是一间完全陌生的屋子，吓了一跳。好想了一阵，才醒过神来，想起与三霸喝酒的事。料不到自己竟然醉到，竟然大睡，竟然错过了给天美做饭的时间。水下想着，便有些慌乱，忙忙地爬起来，拉了门就往外跑。

院子有点大。水下竟一时不知大门朝哪边开。下午来时，什么都没能看清，人就醉倒。水下觉得自己真也糊涂得可以。

院里已经没人了。当然都下了班。但院里并不静，热闹的声音虽然在街上，可全都翻过墙头掉了进来。水下叫了一声，从哪出去？没人应。

有一间屋的灯亮着，门敞得老大。水下便撞了进去。水下说，里面有人吗？水下的声音和身体同步进到房间。话音落下，没等回答，水下便已经看见了人。那是三霸叔和另一个女人。三霸叔搂着那女人坐在沙发上。那女人脸上抹着厚厚的粉,却不是天美姨。水下一时就愣了。

三霸见水下站到了屋里也没当个事,依然搂着那女人没松手。三霸说,水下,酒醒了。水下闷闷地"嗯"了一声。三霸说,现在回么?水下又"嗯"了一声。三霸怀里的女人笑了起来。女人说,这孩子不会说话?水下看了那女人一眼,心道,放屁。你凭什么坐在三霸的怀里,那是我姨的位置哩。三霸说,从我这屋墙角拐过去就是大门。水下听罢掉头就走。人刚出门,就听着三霸在身后叮了一句,回去在你姨跟前少说一句就行。水下想,管你。你在外面惹女人,倒让我看好天美姨。

回去的一路,水下心里都在为天美抱打不平。又觉得三霸真没眼光,天美姨这么好的人儿不好好珍惜,倒跟一个裹着厚粉的二百五女人黏乎。水下想着,心里就生气。一生气就瞎使劲,把小拖开得突突突的,有几回险些把自己从座位上颠下来。

堤上的灯隔不多远便亮着一盏。不时地有人喧嚣。一队军人往堤上跑,脚步把地踏得刷刷响。水下知道,堤上有情况了。天没下雨,水没再涨,这情况就是水浸的时间太长,堤土不经久泡,松软了,土就要往下泄了。水下在堤上时,这事出过好几起,只要发现早,也不会有大事发生。水下在堤上待了一个月,对水情已经知根知底。水下对超过他的队伍叫道,不用这么急啦,堤没那么快垮下来。军人们不听他的,按照命令,一往直前地跑着。

到镇上时，天更黑得透了。镇边上稀疏的灯火在水下的眼里明明灭灭着。收购站就在进镇子的路口上。水下想，这时候天美姨一定睡了。天美姨的床上铺着淡绿的单人睡草席。墙角堆着被子。被子是淡紫色缎面的，被子下露出小碎花的床单。天美姨说这还是她结婚时，水下的妈送的礼。水下觉得那淡紫的缎面和小碎花的床单很配天美，心里便觉得自己的妈很有眼色。水下想，天美睡在小碎花的床上，盖着这淡紫缎面的被子，眼睛闭着，脸会是红红的，样子一定很美。水下的心里情不自禁地出现了他想象中的画面。那画面果然是很美的。

少年水下带着一点胡思乱想拐入一个弯道。远远地亮着一盏灯，像是挂在半空中。水下认出这是收购站大门吊着的灯。每天晚上，天美都是早早熄掉的。天美说，反正晚上也没什么照头，能省电就省一点。现在这灯却亮着。水下知道，这是天美为他亮的。想过后，心里就有些暖洋洋的。

水下停下小拖，还没来得及进院门，就听到天美的声音从院墙那边飘了过来。天美说，怎么回得这么晚？是不是路上出什么事了？水下在吱呀的门响中，走进了院子。门是天美从里面拉开的。天美身着下午水下进城前一样的衣服。天美没有睡觉。甚至连澡都没有洗。天美说，我一直在等哩。水下心里莫名地就热了一下。水下说，三霸叔让我陪他喝酒，我喝醉了。天美说，你小小一个人儿，喝什么酒？他让你喝你就喝？你跟他这个酒鬼学什么？天美的声音大大的，显得有些生气。

水下心里好紧张。他不喜欢天美姨生气。如果天美姨生了他的气,他会感到不安。水下说,姨,你别生气,我下会再不了。天美说,我不是生你的气,我是生那个王八蛋的气。他自己喝坏了心肝也就算了,可你还小,怎么能让你喝酒,还灌醉你?水下忙说,姨,不是三霸叔灌醉了我,是我不会喝酒,喝一点就醉了。天美说,你别替他说话,那王八蛋是个什么货色,我比你清楚。

水下默然。水下能察觉到天美的怨气。那是对三霸的怨气。水下想,姨为什么这样骂三霸叔呢?姨不喜欢三霸叔了么?想过后水下又转念,他妈也常是朝着他爸骂骂咧咧的。骂是骂了,可是他妈心里还是只有他爸一个人。水下不太搞得懂既爱却又要骂的道理。

这天夜里,水下睡得很不安稳。他又做了梦,梦好乱,老有一盏灯挂那里。灯下吱呀吱呀的门声又一直响着。有一个人在骂人,但人面模糊。水下怎么也看不清他的脸。水下想问你是谁,却又出不了声。然后水下又觉得有人走到了他的床边。很鬼鬼祟祟的样子。水下心知自己是睡着了的,便使劲想让自己醒来,于是水下在床上挣扎。他甚至觉得自己在掐捏自己,自己在拍打自己,自己在叫唤自己。好一阵折腾,水下终于醒了。

外面的月光很亮。软软的光照从小杂屋的窗口涌进屋里。所有的一切都清晰可见。床边空空的,根本无人。墙角有老鼠啃木头的声音。只是一个梦而已。

三

　　水下的心里做贼似的虚。天美在他的面前走来走去时，她的背后总有一个抹着厚粉的女人也在水下的眼边晃。水下想想就觉得恨。觉得那女人脏了他的眼睛，觉得他的天美姨正在被人欺负，觉得自己知道了根底却帮不上忙。于是水下也很是恨自己。

　　水下想告诉天美，三霸在外面有了女人。可他不敢。他不是怕三霸，因为三霸对于水下来说又算得了什么？不是因为他是天美的丈夫，他水下这辈子恐怕都不会认得这个人。水下怕的是天美。万一天美无法接受这一事实呢？万一天美伤心起来哭得你死我活的呢？万一天美想不开要去寻死呢？水下想到这些，手脚就软软的，话到嘴边又跟着唾沫一起吞回去了。可是水下又不甘心天美这样被骗。水下总想暗示天美一点什么。

　　水下在帮天美做晚饭时，总是说，姨，你得叫三霸叔晚上过这边来吃饭。我做得菜好吃。天美说，他哪里肯？这里是乡下，他想当城里人哩。水下说，他把你一个人放在这里又怎么行呢？天美说，又怎么不行？没他在我耳根还清静哩。水下又说，可是我妈说爹娘不在一间屋里住就不像一个家。天美却说，谁稀罕跟他像个家。水下就没法往下说了。水下想，难不成天美姨知道那个抹厚粉的女人？天美说，你就不要操这心了，有你跟姨搭伴，比那个王八蛋要强一百倍哩。下月我就叫他给你涨薪。

天美的话很让水下心里受用。水下身上的血都流得快了。水下在厨房旋转一样地做事。天美似乎看透了水下。水下一做事，她就把这种让水下受用的话挂上了嘴。水下做事就更加麻利。原先堆压在天美身上的活儿，只几天工夫，就都叫水下包了下来。天美的眼睛都笑眯了缝，衣服也开始往好看的换，被太阳晒得发黑的脸，渐渐地在转白。有风吹过时，水下还能闻到他小时候闻过的香味儿。

天美说，水下你真了不得哩，又俊又能干，哪家妹子嫁给你就享福了。水下的脸立马就红。水下还没有跟女伢子有过什么往来。水下在中学时根本都不看女伢子。水下光知道跟一帮半糙子男伢爬树游水，然后扎成帮到外村去打架惹祸。那是水下其乐无穷的生活。水下从来就没有意识到女伢子对他有什么用。

每回水下脸红时，天美就会笑，声音咯咯地，像家里吵醒的小闹钟，又清脆又入耳。笑完天美就会叹说，也是呀，刚脱下开裆裤的男伢子，还不晓得女人的好处，心里头还黑着哩。水下不懂天美的意思，便问为什么心里头黑。天美说，女人是灯哩，装进了心里，你心里头才会亮。水下还是一脸的疑惑。水下说，女人怎么会是灯呢？

天美见他如此这般，便更是笑，笑得人弯下了腰，直起来时还喘气。这回天美的笑声如风，嗖嗖地一直钻进水下的心里，像吹掉灰尘似的，吹走了存在水下心里的疑惑。水下觉得自己的心里果然就好像比以往亮了，有种异样的光在里面照着。水下想，未必我心上也挂上灯了?

　　水下每天收拾完厨房,也不过晚上七点。天美在水下洗碗时做账。水下手一空,就来帮她。原本天美做账一直要做到九点钟,有了水下的帮忙,八点不到就做完了。这样一来,晚上的时间就闲下了。天美的屋里有吊扇,吊扇的风大。天美的屋里有一架沙发,沙发包着红底黑格子的人造革。天美的屋里还有台单门的冰箱,冰箱里有冰水喝。天美就让水下到她的屋里看电视。两人坐在沙发上一边看电视一边说着碎话。水下总是会去冰箱里拿冰水喝。水下长这么大,从来都没有好好在屋里坐过。水下在家里吃罢饭一抹嘴就出门玩去了。回到屋里人就乏得跟一条刚打完恶架的狗,见床就倒,倒下就能睡着。睡到醒时,天已大亮。起来揩一把脸,吃一碗面,又一抹嘴出门去了。水下自己都不记得除了学校,他在家里什么时候好好地在板凳上坐过。现在他却坐在天美屋里的沙发上跟天美长一句短一句地说些没油盐的话。那些话没一点用处,全是废的。水下想,原来坐在家里说话这么快乐呵。怪不得爹妈都喜欢坐在家里哩。

　　有天晚上,电视里在演电视剧。一个男人瞒着他老婆在外面有了皮绊。水下看到那男人跟皮绊接吻时,心里咚咚地狂跳。天美则咬牙切齿地骂人,天美说,这种狗男女,死绝了才好,而且死也不让他们好着死,叫雷劈死,叫狗咬死,叫车撞死,叫刀砍死。

　　天美每骂一句,水下心里就会出现三霸和那个粉脸的样子。他们在水下的心里按照天美骂出的方式一遍遍地死去。天美骂完，电视播起了奶粉广告。广告里的小婴儿扬着小胖脸咧开着嘴笑得好欢。天美的面色突然阴郁下来。水下没有注意天美的脸色，心里还想着刚才的电视。水下说，姨，你说女人是灯，要是男人心里头有两盏灯该怎么办？天美说，那他的心就会被烤焦。烤焦的心是黑的。天美随口答着，她还沉在自己的心事里，这心事像小蛇一样咬着她。水下说，姨，要是三霸叔心里有了两盏灯呢？

水下的问话像块石头，把天美的心事砸碎了。碎片水珠一样散开了，水下的话冰山一样突现在海面。天美转过脸，没开口，只死死地翻着白眼盯着水下，盯得水下心慌意乱。水下说话的声音都抖了。水下说，姨，你怎么了。天美说，你老实说，你知道了什么？水下说，我没知道什么哩。天美说，你还不跟我老实说。水下嗫嚅道，我我我，我听人说三霸叔在县城里另外有个女人。天美说，就这？水下不敢说出他的亲眼所见。水下说，就这。我在堤上听到的。天美说，堤上听的？不相干的人都晓得这事？水下说，好像吧。天美便狠狠道，三霸这个王八蛋，真是丢尽了我祖宗八代的脸。

水下有些讶异。水下想未必天美晓得一切？水下说，姨，你都晓得？天美说，这样的事，我能不晓得么？水下就有些不明白了，既然晓得了，怎么还能成天笑笑地过日子？水下说，姨，那你怎么忍得下这口气？天美说，我不忍下又怎么办？冲到城里去杀掉奸夫淫妇？水下说，那……姨就任他们这样胡为？天美说，我没办法呀，我只有先忍下再说哩。水下说，我姑家表姐在汉口城里做事，她男人跟别的女人相好，我姑家表姐就把那男人休了。天美说，乡下跟城里哪能一样？你姑家表姐休了他男人，她毫毛都不少一根，照样过得好好的。我要跟三霸离了，就什么都没了。就收购站这块地头，他也得要回去。三霸少说也有上百万家产，我把位置让出来给那个妖精，还不好死他们了？做梦都笑得醒哩。你说我能这么便宜了他们？

水下想想，觉得确实不能。可是？水下心里好替天美抱屈。水下说，这样忍着，不也便宜了他们？天美长叹了一口气说，你还是小孩子，不懂呀。你以为姨真咽得下这口气？你以为姨真忍得了心里头的火？你以为姨不想一脚踢掉三霸去他个屌？可是没办法呀。我一个女人，离了夫家，去哪儿？回娘家么？女人嫁了出门，娘家就不是自己的家。我若吃住都在那里，娘家人还不烦得眼睛冒血？我既没地头可去，还不只有忍忍忍？

天美的话说得好凄然，脸上也满是哀苦。水下心里当即就有些酸酸的。他觉得老天好不公道，像天美姨这样的人，怎么会有这样的苦楚？

水下不知道自己应该说什么好了。天美一肚子的苦水都漫进了他心里，顿时也无话想说了。天美说，水下，睡去吧，明天还要干活哩。

水下乖乖地出了门。门外的月亮依然很亮。星星不知人间愁苦地挂满了天。夜空很热闹，璀璨得像是有喜庆。而天美的屋里却充满着忧伤。

水下还没来得及走进他的小杂屋，那扇洞开的窗口便传出天美嘤嘤的哭声。电视机还响着，里面有人在唱"妹妹你坐船头，哥哥在岸上走"。水下心里一阵阵地难过，仿佛被什么东西揪扯着。水下这辈子还没有这么难过过。

四

三霸到废品收购站来的那天，水下刚把早上收到的货堆上小拖。太阳辣得厉害，水下的衣服全都湿透。水下叫道，姨，有冰水没有？这时他看到了三霸。

三霸开着一辆卡车突突突地歇在了门口。三霸没进门就惊惊乍乍地喊，天美，你个骚婆娘怎么做事的？大白天里怎么一点人气都没呢？水下就站下了，有点愣愣地看着三霸。三霸说，发什么呆呀？我又不是美人，没得看头。你姨呢？

天美从屋里出来。她穿着一条蓝花的连衣裙。头发挽得高高的。天美说，喊什么喊？五里外就能听到你的喉咙。有人气时你看到过么？三霸见到天美，立即忽略了他刚才的话。也不再问，只是打量着天美。天美说，怎么，住进了城里，连老婆都不认识了？三霸说，你就这样打扮着干活儿？把自己当饵，打算勾人？天美说，放你妈的狗屁！还不知道谁成天在勾人哩。三霸说，好好好，我今天不想跟你吵。

三霸说着扯着天美的衣服进了屋。水下就一直呆望他们，一直望着他们进屋，也忘了自己要喝水。其实三霸扯着天美进天美的屋子是件再正常不过的事，可是水下心里不知道为什么就觉得不是滋味。因为那小屋是他和天美的小屋，是他们俩每晚上坐在沙发上喝冰水、看电视以及闲聊的小屋，现在三霸却洋洋务务地拉着天美就进去了。水下心里有些愤愤的。

天美从窗口伸出头来。她朝水下招了一招手。水下忙跑到窗边。水下说，姨，什么事？天美说，你叔说今天下午的货改明天再送。你去街上买点菜，叔要在这里吃夜饭。水下心里立即有几分索然。天美说，弄几个拿手菜，好好露一手给你叔看。水下点点头，一句话没说，掉头而去。

水下在街上走了一圈，却没有买菜。他有些怏怏的，提不起精神来。水下想，怕是今天太热了吧。怕是今天活干得太多了吧。怕是今天自己肚子不饿吧。水下闲想着，就这么在街上空着手干走路。

眼见得天有昏色了，水下才三下两下在快要收摊的农民手上买下几样小菜。还没走到废品收购站门口，就听见三霸的咆哮，哭哭哭，哭了去死呀，动不动就哭，你以为我怕你哭？水下仿佛被人推了一把，抬脚就跑了起来。水下果然听到了天美的哭声。天美哭得撕心裂肺的。水下觉得自己的心肺也被撕裂了。

三霸从屋里出来，见水下手上拿着菜，朝他挥挥手，做快点,我吃了好走。水下一低头便进了厨房。天美的哀哭长一声短一声的,从所有的角落往水下心里钻。水下心里便好悲。水下想,姨,你怎么啦。你为什么这么伤心呢?

吃饭时,天美坐到了桌前,她的眼睛红肿着。水下看了一眼,心里头像被咬了一口,隐隐有些痛。水下想说句什么,终是没说。水下把菜搁好,犹豫了一下,他觉得自己不应该上桌,便走了出去。三霸像什么事都没发生一样,满脸的快意。三霸说,水下,走什么走?来陪叔喝杯酒。水下说,我再不喝了,上回喝醉了,头疼好几天哩。三霸说,一个大男人,怎么这么没出息?将来还想成大事不?来来来,坐下来。你叔今天心情不好,要人陪喝。

天美不说话,她只是呼地一下站起来,进到厨房盛上一大碗饭,又取一盘,将各菜都夹了几筷,然后递它们给水下。天美说,水下,你上外边吃去。水下应了一声,接过饭菜,默然转身而去。天美在他的身后关上了门。

水下坐在院里一块废弃的铁砧上,悄没声息地吃他的晚餐。知了在院角的一棵杨树上使起劲来叫,叫得水下心里恓恓惶惶的。水下想要听听三霸跟天美吃饭时说些什么,却因了这知了的聒噪,什么也听不见。水下心里烦得慌,他骂知了,你这狗日的,闹毛病呀。水下不知道自己为什么心里麻乱乱的,也不知道烦些什么,怎么样才能治掉这烦。

水下吃完饭,不想进去找开水喝,便在院里的自来水管上接了一大碗水,依然回到他的铁砧上,百无聊赖的一副神情,一口口润着。

门"吱呀"开了,三霸走出来,剔着牙,嘴上还哼着什么,不成调,一副志得意满的模样。三霸看见水下,笑道,水下你这个小王八蛋,想不到做菜还有两下子嘛,合我的口。水下站起来,想了想方说,那叔就常过来跟姨一起吃吧。三霸说,我哪有这么多空?那边的娘儿们也不好惹呀。三霸的话说得落落大方。他没脸红,水下倒替他脸红了。水下说,那姨怎么办?三霸说,顾不得那些了,你姨这里,你替我担待着点。水下不做声了。水下想,真他妈的不是人话。

三霸说话间便朝外走。天美从屋里跑出来。天美跟到三霸背后,扑通跪下来,双手抱着三霸的腿。三霸的屁股就正好抵着天美的脸。天美说,不要走,在这里陪我过一夜,我保证怀上你的孩子。三霸说,十年了,费了老子那么多劲,你怀上没?你就死了心吧。天美说,你总是把我一个人丢在这边,我哪有机会?我跟谁怀去?三霸说,一个女人生伢要十年么?有的人一天就够了。你呢?天美说,你再留几天,我找算命先生算过的,他说我第十年肯定能怀上。三霸说,屁话。你怀上也没用了。我城里那个,肚子里已经有了。你快点想好,莫等手续没办,那边伢儿已经出来了。我警告你,到那个时候,我就不会像现在这么客气了。

天美呜呜地哭着。她把头抵在三霸的屁股上,使劲撞着。天美说，当初我们也是相好过的，你不能这样对我。我求求你，在这里歇一晚上，我好好侍候你。你会觉得还是我好些，你还会再爱我的。我求求你。三霸说，这年头，哪有什么爱不爱？都是些蠢话。你松开，我得赶紧回，晚了那边不好交代。

　　天美依然紧抱着三霸的腿不放。天美说，留一晚上，好不好？你只陪我一夜，你跟她要怎么样都可以。三霸说，真他妈的是个蠢女人，当初我怎么看上了你，你松开。天美号着，我不，我要你留下来。她把三霸抱得死死的。三霸挣扎着往前走，结果裤子险些被扯脱了下来。三霸长叹道，你敬酒不吃，吃罚酒，你莫怪我不客气了。三霸说着，将腿朝后猛踢了一下。三霸的大脚正踢在天美的胸口。天美惨叫一声，仰着倒了下去。

　　水下一直呆看着这场景。水下为他的姨心里愤然不平。突然听到了这凄惨的声音，又眼睁睁看着天美倒下，水下觉得自己身上的血都快喷出来了。水下惊叫道，姨呀——！水下扔掉手上的碗，朝天美奔过去。碗砸在铁砣上，叮叮当当响了几下，碎在了地上。三霸看了碗一眼，说，水下，碗能这么扔么？那也是钱哩。你也都看到了，日后别学你叔，找女人千万别找这样的，生不出伢儿，还死缠着男人不放。三霸说着接着往外走，嘴里又开始哼起了什么，依然不成调。

　　水下生气了。水下说，叔呀，姨都这样了，你怎么还走呢？三霸说，我扶她进了屋，我今晚上还出得了这门？出不了这门，我跟她的事就没个完。该狠心时就得狠，要不就成不了事。老话说长痛不如短痛哩。

说话间，三霸已经走到了门外。只一会儿，就听见汽车发动的声音。轰轰几声过后，车远去了。三霸当然也远去了。

只是躺在地上的天美还在哭泣着。水下使着劲将天美扶起来。水下说，姨，叔已经走了，你想开些。姨，你躺这里要得病的。姨，你回屋里去吧。姨，事情得慢慢来哩。姨，自己的身体最要紧。

水下将天美扶进了屋。水下又为天美倒了一杯冰水。天美眼睛红肿着。天美说，给我拿条湿毛巾来。水下忙不迭地进到厕所里。他在拿天美毛巾时，看到旁边挂着一条粉红的月经带。水下脑子"哄"了一下。他情不自禁伸手摸了一摸，却似烫手一样，又缩了回来。

水下把湿毛巾递给天美。天美说，水下，姨在你面前丢丑了。水下说，怎么会，丢丑的是三霸叔哩。天美说，是吗？你是这样想吗？水下说，本来嘛。天美用湿毛巾捂了捂眼睛，然后说，你歇着去吧。水下说，我不累，我陪陪姨。天美说，我想自己一个人想想看。水下只好往外走。走到门口，水下不甘心，又回过身来。水下说，叔想要跟姨离婚么？天美说，是，他不要我了。水下说，凭什么？姨这么好，他凭什么？天美说，他嫌我没有跟他生下伢儿。水下说，没有伢儿就做不成夫妻？天美说，他说不孝有三，无后为大。如果他没有伢儿，就是对他的祖宗不忠不孝，对他自己不仁不义，他挣下钱来也没有意思。水下说，这是什么鬼话？城里人还特地不要伢儿哩。天美说，他在城里的相好怀上了，说是不离婚就去打胎。他舍不下自己的骨肉。水下说，那姨怎么办？天美叹道，我也不晓得怎么办呀！所以我要好好想想。水下说，姨，千万不要轻易放过他们。天美说，我说不放过，就能不放过？水下说，姨，总会有办法的。天美说，你歇下吧。我头好疼。让我静一静。水下说，姨要有什么事，就叫我。天美说，我晓得的。水下说，姨如果想要喝水，要毛巾，就叫好了，我听得见的。天美说，我晓得。

水下走出了门。月光先是落在院子里，现在又落了他一身。院子里的地是褐色的。铁砣子蹲在地上并不打眼，但它旁边白白的碎碗片却好是醒目。水下找来笤帚，把碎碗片扫了起来。水下想，我天美姨嫁给你，是你三辈子修来的福。你凭什么这样欺负她？我姨是月亮，你只不过是这碎碗片，砸了你，扔了你，把你甩进臭粪坑，都不亏你，你竟然反过来弃我姨。水下想想就觉得三霸简直是天下第一混蛋。

水下把碎碗片狠狠地甩到外面的污水沟里。水下觉得他是在把三霸往污水沟里扔弃。

天美房里的灯还亮着。水下走近门边，想听听动静。里面什么声音都没有。也没有哭声。水下想，姨在干什么呢？姨会怎么想呢？

水下想着，就坐在了门边。水下把头靠在门框上，看月亮也看星星。夜空很深远，远得没有边。视线去不到的地方，对于水下，全都神秘莫测。

远远的堤上，有人咋呼着，伙计们，平安无事啰，弄得酒来喝。水下听得出，这是他的邻居四狗伯的嗓门。四狗伯的嗓门在他们村出奇的大。

水下想，天美姨如果需要他，一声喊叫，哪怕是轻轻地叫，他也可以立即去到她的身边。

五

天刚蒙蒙亮时，水下被吵醒了。大堤那边人声嘈杂，哨声和叫喊声，在寂静的黎明时分，显得清晰。清晰的声音中没有慌乱和紧张。水下想都不用想，知道堤上又有险情。而且他判断多半是渗漏。水下心知，就算有渗漏，也绝对不会再出现牌洲湾似的破堤。倘是堤真有了缺口，守堤的人那么多，就是用人去堵也是堵得住的。

水下的头发湿漉漉的，是落下的夜雾。天美的屋里仍然亮着灯。里面依然没有一点声音。水下有些怕。他想天美大概不会寻短见吧。水下站了起来，想到窗口边张望一下。玻璃窗是开着的，闭着的纱窗下半截遮盖着窗帘。窗帘把里面和外面分成两个世界。水下就是走到窗边也什么都看不见。

水下便把院里的铁砣搬到窗下。水下站在铁砣上，踮起脚。他看到了。天美短衣短裤地侧睡在床上，她的圆领衫撩起来了，白白的后皮露在外面。短裤很短很短,水下一直看到了大腿根部。天美均匀地呼吸着,很平静很安逸。看她睡着的样子,根本无法想象她头天晚上曾经遭受过什么打击。水下看看,心里生出感动。水下想,天美姨睡觉的样子好美呀。早知道昨天晚上就该站在这里看她睡的。

天美像平常一样的时间起了床。仿佛什么事都没有发生,她像平常一样接待前来送废品的人。而且边说笑边跟人们打趣,笑声跟平常也一样,朗朗的,不带一点杂质。水下不时望望她。天美说,你看我做什么?水下说,姨你真了不起哩。天美说,你这话比这废品还要废。水下听天美这一说,脸上一下挂了笑。水下想,姨这话说得多好玩呀。水下想着,心里就轻松了起来。

中午的时候,天美的弟弟天富来了。水下是认得天富的,水下管天富叫舅,水下是随他的表哥叫的。天富没搭理水下。天富的神色有些慌慌乱乱,拉了天美便往房里去。水下心想难不成三霸闹到天美娘屋里去了。水下还没想完,就听到天美呜呜地哭。这哭声跟昨天的不一样,虽也是伤心,却没有凄凉。水下跑到门边,叫道,姨,姨呀,出了什么事?

天富这时才看到水下。天富说,能有好事么。我妈病了,医生说是肺癌哩,得住院,得开刀。天美哭道,我的妈呀,你的命怎么这么苦呢?刚刚把儿女都熬出了头,你怎么就得这绝症哩。天美哭得水下怔怔的。

天富说,姐,光哭有什么用?你们女人啦!水下说,姨,你赶紧回吧，这里我看着哩。天美说，水下，你一个人行？水下说，没问题，都乡里乡亲的，真忙不过来，让搭个手还能不帮忙？天美说，真的行么，水下，账可一点不能错。水下说，姨你放心吧。保管你什么都错不了。天美说，水下那我就先谢谢你了。水下说，姨，你还跟我客套什么。快去看婆吧。

天美换了衣服，一身整齐地跟着天富走了，一边走一边抹眼泪擤鼻涕，又把擤鼻涕的手指在鞋帮上拭了一下。天美的动作很好看，但水下看了心里却酸酸的。

生意跟往常一样，不好不坏。时不时有人送来废品，都说，怎么不见天美？水下便说，天美姨有事办去了。水下卖力地招呼着生意，来人便都说，水下在这里真顶事哩，天美有你帮衬，省心多了，往后她可以一心在家当太太了。嫁个有钱的男人，就是有福呀，累了，还可以找小工帮着。水下不做声，只低头做事，心道，你们知道个屁呀。

中午，水下闲下了。天美还没回来，水下等了等，心知她不会回来了，便炒了一碗剩饭，一个人默默地蹲在院里吃。收购站里没有天美的身影，就跟庙里没菩萨一样，空空荡荡着，让人心里跟着发空，空得就跟没有了一样。水下老是在想，天美姨现在怎么样了呢？天美姨是不是见了她妈哭得更狠了呢？天美姨的眼睛会不会哭肿起来呢？哭狠了会不会连饭都不想吃？水下好想帮天美去哭它一大场，他攒着全身的气力想要去替她。可是，他却什么也帮不上。

将近四点,天美回来了。水下忙不迭迎上前。水下说,姨,吃了没有?姨,要不要喝口水?天美说,哪有心思呵。水下心里一急,说,姨,再大的事也得吃饭,要不,你自己的身子出了事怎么个好?天美说,哪能倒霉的事全摊在我头上。水下说,我现在弄给你吃好不好?天美说,没时间了,我还得赶去县里。水下说,现在还去?怎么来得及?天美说,还来得及。你晚上莫锁门,我会赶回的。水下说,婆要去县里住院?天美说,哪有钱住医院?我得去找三霸要点钱,要不我妈的病就耽搁了。水下说,三霸叔他会给么?天美说,他不给我就死在他的屋里。做人要这么没良心,我做他的老婆都活着没劲。水下说,姨你别急,三霸叔不会不顾你的。天美说,他那点钱都花在那个相好头上,我娘病成这样,他要不给还是人吗?我娘死了他会安心吗?水下说,我会看相,婆的面相很好,不会死的。天美说,水下,难为你了,又要管站里事,又要操我的心。水下,你真是个好孩子。水下说,我不是孩子,我是个大男人。天美淡然地笑了笑。天美说,真是好大个男人。水下听出了她话里的嘲笑意味。但水下没有生气。水下想,总有一天,你会晓得我是怎样的一个大男人。

天美又换了一身衣服。这是一条黑底起红花的连衣裙。天美的腰还是细细的,裙子刚好卡在腰上,裙摆很大,从天美的腰间撒开来。天美朝外走,腿间生风,裙摆便甩了起来。水下就一直看着黑底红花的裙摆甩动着,一直到它消失。

黄昏的时候,天下起了雨。雨下得好大,堤那边又传过一阵一阵的喧嚣声。水下就开始着急了。他想天美是没带伞出门的。天美只穿了一条薄薄的裙子。天美脚上蹬着高跟鞋。天美坐汽车从车站到家的这段路满是泥泞。天美身上揣着钱遇到打劫的人怎么办。水下心里麻乱，所有天美可能遇到的事情他都想到了。电视机里正播放着香港的武打片，这是水下平常最爱看的片子。水下眼睛盯着电视，心神却全不在上面。里面出了什么事，为什么打得一塌糊涂以及那个男人和那个女人何故吵架生气，水下只过了眼，而没过心。那些晃来晃去的红男绿女在水下眼里只幻作了一个形象，那就是在大雨中挣扎的他的天美姨。

　　水下终于耐不住了。他披了件雨衣，套上凉鞋，又挟了把雨伞，冲出门，朝镇政府跑去。水下的同学在镇政府当临时工，看大门，管收发。水下打电话总是上那里，不需要花钱。

　　同学在值班，很惊异水下冒这么大的雨来打电话。水下说，我姨没回来，我得问问她今天回来不。同学说，她一个老娘们儿，回来不回来，该操心的是她老公，你多个什么事？水下说，你搞不清，莫瞎说。水下说着便打电话。电话是个女人接的。水下说找三霸叔。女人追问找他干什么。水下只说我是他侄，却没有说找他何事。水下听到那女人尖声叫三霸接电话的声音。声音有些凉飕飕的，直扑水下的耳朵。

　　三霸说，水下，你姨还没回么？水下说，难不成她已经走了？三霸说，她见我这边的老婆也在当面，没等我把话说明白，就跟她吵。她怀着我的骨肉，我哪能让受气。我就手给了天美一个巴掌,她就没个完,跳起脚来骂了一通人,就跑掉了。这女人是越来越不像话了。水下说,她有没有说送钱去婆那边?三霸说,钱?我不晓得她身上有没有钱,我反正没钱给她。水下惊道,你没给钱天美姨?那婆的病怎么办?婆是绝症哩。三霸说,我哪管得着?连她娘生病都归我出钱的话,我这日子还过不过呀?她也太不醒事了。这种女人娶回家真是害人。水下说,姨是生气走的吗?三霸说,她喜欢生气,我有什么办法?水下,天美性子有些烈,该不会出什么事吧?水下心里好生气。水下说,我怎么晓得?他是你的老婆哩。三霸说,水下,你替我找找看,如果她没回去,你给我一个电话。叔托你帮忙了,回头我给你涨工资。水下说,再说吧。

水下放下电话,呼呼呼地直喘气。在他喘气间,有一种说不出的恨意在他心里滋长。原先这恨意只是一粒种子,现在却长成了树。树被风刮着,呼啦啦地摇撼着水下的心。

水下的同学说,怎么了?看你样子,像是有人抢了你的女人似的。水下说,我姨不晓得到哪去了。水下的同学说,她老公都没操心是不是?水下想了想,低声说,是。水下的同学说,我就说了吧?你管呢。来来来,今晚也没什么事,我们再叫俩人,打牌怎么样?水下抬起头,用一种坚定的目光望着他的同学,说,不行,我必须把我姨找回来。水下话没说完,人就在雨里了。

雨把地上打得啪啪地响。水下的脚底又拍打在落下的雨上,也是啪啪地响着。水下一直跑向汽车站。站牌下空无一人。水下有些茫然。水下想，姨呀，你上哪儿了？

　　站牌后面有一家小卖铺。水下跑过去问，有没有一个穿黑裙的女人在这里下车？小卖铺的老板娘说，你是说天美吧？水下激动了。水下鸡嘬米似的点着头。水下说，是是是，她是我姨，我给她送伞哩。老板娘说，伞有屁用呀？这雨，下车三步路，全身就湿透。水下说，我姨去哪了？我一路没碰到她呀？老板娘扬手一指，她朝那边去了。水下怔了怔。水下说，哪边？湖边？有没有弄错？那不是回家的路呀。老板娘说，怎么会错？天美穿的黑花裙嘛。刚结婚时，她常穿，说是三霸给买的，三百块钱一条。全镇最贵的裙子。水下心头紧紧的，腿也有些软。老板娘说，天美脸色不好哩，像是揣了心事，我跟她搭话，她都没回腔。

　　水下一头又扎进了雨里。一路跑，一路嘴上大叫着。姨——天美姨——雨声太大，水下叫出的每一个字音仿佛一出口就被水溶掉了。水下急得有些想哭。水下长这么大，还从来没有想哭过。就算十三岁那年跟人打架，腿上被刀拉了一道半尺长的血口，他也没有半点想哭的意思。可是现在他找不到天美姨，眼泪便从他的心里一直涌到了眼眶前。

　　湖的水面很阔大。雨线将湖面和天连了起来，黑雾雾中，什么都看不见。恍然间，水下觉得似是湖里的水在朝天上奔跑。水随天去。水下想，天美姨你不会犯傻吧？你你你不会投湖吧？呛水的滋味很难过哩，而且湖水也太凉了。再说这时节不是投湖的好时节哩，雨多水浑，要投也得哪天湖水清亮的时候再投呀。天美姨，这你没我懂哩。

站在湖边，水下来来回回喊叫着。水下叫得自己快要疯狂了。最后，水下决定去给三霸打电话。水下相信天美一定出了问题。水下掉头离湖而去。

水下在转身回跑间，脚下被绊了一下。水下一筋斗栽倒在地。他摔在一件软物上面。软物低低地哼了一声。只一声，水下就知道是什么了。水下的眼泪喷射而出。落下的泪水与脸上的雨水混在一起。水下惊叫道：姨呀，姨——是你吗？姨——

六

水下把天美背回收购站时，雨还没有停。天美趴在水下的背上，沉沉的，一直没有醒过来。水下不能又打伞又背人，便把伞丢掉了。虽然天美全身湿得无一干处，水下还是把穿在自己身上的雨衣披在她的背上。天美软软的胸脯紧贴着水下的背，令水下心跳得厉害。路上滑得不得了，水下却没有摔跤。水下一直在心里对自己说，我不能摔跤，我不能摔跤。果然他就没有摔跤。

进屋里，水下看了看钟。已是半夜十二点过八分。水下本想把天美放在床上，可是一看床上太干净，而天美身上太脏，他便将天美放在沙发上。天美软软地躺倒在沙发上，软得仿佛没有筋骨。水下把她放成什么样子，她就成什么样子。背着天美，走了好长的路，水下太累，放下天美他便一屁股坐在地上，一口一口地喘粗气。

水下的粗气还没变细，天美那头便发出一声轻微的呻吟。水下说，姨，你是不是醒了？没有人回答他的问话。水下伸出手去摇天美。水下说，姨，你得醒过来。水下说完，发现天美的身上滚烫。水下吓得惊跳起来。水下说，姨，你病了？依然没有回声。水下伸手摸了一下天美的额头。头上也是滚烫滚烫的。水下说，姨，你不能病。姨，你赶紧醒过来吧。

束手无策的水下在屋里急得转了几个圈，终于他意识到，他不能就这样让天美全身湿漉地躺在沙发上。这样下去，天美说不定会死的。水下想出去找人来。他跑到门口，见外面漆黑一片，风声雨声一起扑面而来。远远处，堤上的声音穿越重重的水线，仿佛被筛子细细地筛了一道，只剩下星星点点的吆喝传到水下的耳边。水下伸出去的脚又缩了回去。

水下重新关上门，进到厨房。水下用大锅放了一锅水，打着了煤气炉。又跑进屋里，从天美的衣柜里找出几件天美的干衣服。厕所的门后，有一个朱红色的大脚盆。水下把脚盆冲洗干净，端着它到屋里。水下把大脚盆放在沙发前。看着那盆子，他有些发呆。谁来脱掉天美的湿衣服呢？谁来替天美洗干净身子呢？谁来帮天美换上干净的褂子呢？

想着时，水下浑身有些软。水还在烧着。水下冲回自己的小杂屋，匆匆地将自己揩干净，换上干衣。小杂屋没有雨具，水下顶着一个脸盆，回到天美屋里。

水已经开了。水下兑好满满的一盆热水。他走到天美身边，再一次猛烈地推摇着天美。天美不肯醒来。天美的脸通红通红的，嘴里说着胡话。水下不敢再拖延，他只好自己动手。他三下两下把天美的湿裙子拉下。水下的眼睛闭着。水下说，老天爷，你作证，我什么也没有看呵。

水下将天美的满是泥浆的湿衣服扔在了墙角，他搓了一把热乎乎的毛巾，开始替天美擦身子。毛巾经过天美的脸，又经过她的脖子。天美的身上到处都有泥。水下无法闭眼操作。水下像是做小偷一样，睁开了他的眼睛。他最先看到的是天美的乳房。它们很白很饱满地贴在天美的胸前，随着天美的呼吸微微地抖动着。水下头上仿佛被人打了一大棒，"嗡"一下肿胀起来。他不禁退了一步。人没站稳，一屁股坠进了盆里。盆里发出巨大的声响。热水四溅而出。屋里的地顿时湿了一大片。水下慌张地爬起来，他努力地克制着自己什么也不看。可是他有些做不到。他好想好想顺着天美的乳房往下再看过去。那有一处对他来说是天大秘密的地方，他好想仔仔细细地看个痛快看个明白。水下心里拼命地想把自己的目光送过去，但他终于没有。水下明白，这样是不行的。他不能这样对不起天美姨。他若这样看了，老天爷会用雷轰死他，会用电劈死他，会用天火烧焦他，会找个由头把他弄到湖里，让鱼一口一口地吃掉他。

水下离开了沙发。他从天美的柜子里抽出了一条床单。水下把床单浸湿，然后裹它在天美的身上。他用湿湿的床单将天美的身子擦了一遍。有没有擦干净，水下已经顾不得了。水下把天美连湿床单一起抱到了床上。他将墙角的被子覆盖住天美的身子，然后自己伸手进去，再把湿床单抽了出来。水下最后的事是给天美穿衣服。水下克制着自己。他跪在床边，伸手到被子里。他先把天美的汗衫穿好，然后再给她套裤子。水下在为天美提裤时，左手不小心触到了毛茸茸的茸毛。水下实在是无法自控了。他用手轻轻地在那里抚了个来回，然后慌乱地替天美扯上裤衩。

水下的全身上下都流着汗。两腿软得快撑不起他的身体。他跑到了屋外。雨小了一些，但仍然下着。风有一点点凉。水下跑进了雨里，让凉风吹着自己，心里一遍遍地回味适才左手的感觉。水下隐忍不住，抬起右手来来回回地抚摸着自己的左手。

水下不知道自己站了多久。他一直站到自己觉出了冷意。水下再次回到天美的屋里。被子还盖在天美身上。天美满头大汗。头上依然烫着。水下忙掀下被子。将盆里的水倒净。然后他把冰箱的冰水淋在毛巾上。把毛巾叠成长条，放在了天美的额上。当年他妹水红发烧时，他妈就是这样做的。

整个夜晚，水下都忙碌着。他把冷水冻在冰箱里，再把冰冻过的水淋湿毛巾，把冰凉的毛巾敷在天美的额上。水下反反复复地做着这件事。倘有片刻的空闲，他就去到厨房，站在水管边，把天美湿脏的衣服和他揩过泥水的床单一点点地搓洗。水下不能让自己停下来。一停下来，他的眼里就会出现两块白而饱满的圆物。他的心里就会去回味他的左手抚摸的感觉。水下想，天美姨要知道这些，会恨死他。

天开始亮了。水下一夜未眠，却觉得这个夜晚太短。他还想独自守在天美床边。他还想天美不醒来。他还想在她敷额时好好地看她的脸。他还想在静夜里听她的呼吸，闻她的鼻息。但是，老天爷不帮他。它偏要亮起来。水下想，老天爷从来也没有帮过他。

雨也随着夜色一起退去。天美的身子也不似半夜里那么烫。脸上的赤红也在消退。然后她还发出哼哼的声音。水下知道，天美要醒过来了。水下不想看到醒来的天美。因为醒来的天美比睡着的天美距他遥远千百倍。醒来的天美是他的姨。醒来的天美高高在上，处处要教导和关照水下。醒来的天美说话就跟他妈的口气一样。水下想到这些，心里有些烦烦的。他不喜欢这样。说不出理由，莫名地就不喜欢。所以水下在听到天美第一声哼时，便逃跑一样回到了自己的小杂屋。

湿闷气在小杂屋里一直没有散开过。回到那里，他才想起，自己曾经换过的干衣服早已再湿，而这湿衣因了他的忽略未换，竟又被自己的体温烘得干干。

水下坐在自己的床边，打了一个哈欠，又长叹了一口气。

七

天晴了。二舅妈天香来了。她是水下找来的。水下不想找三霸。水下觉得三霸不配照顾天美。二舅妈天香没有问天美是怎么从湖边躺到床上的过程。水下也没有说。因为这个过程是独属水下一个人的。水下须得把它好好地珍藏在心。

天美在屋里足足休息了三天才出门。三霸在这三天中来过,只坐了坐,便走了。天富也来过。天富没拿着钱,叫嚷着骂了三霸一顿,也捎带着骂了天美几句,也走了。水下在院里干活,在他们来时,水下总想听天美说些什么。但是他一直没有听到天美的声音。

水下心里乱乱的,他不知道自己为什么会这样。水下只知道一件事,他身心里的一切都跟天美黏到一起了。水下只想知道天美的事。只想眼睛一眨不眨地望着天美。只想听到天美的声音。只想跟天美说笑。只想做饭做菜给天美吃。只想一个人跟天美在一起,其他人都死绝掉。

天美出门的那天,二舅妈天香走了。走前,二舅妈天香说,水下,好好照顾你姨。水下正闷着头干活,他抬头应了一声,然后便盯着二舅妈天香不离眼,仿佛生怕她一个闪念又不走了。二舅妈天香拉着天美的手说话。二舅妈天香又抹眼泪又擤鼻涕。二舅妈天香跟来送货的人打着招呼,然后二舅妈天香才款款地出门。二舅妈的人影彻底消失在院外，一股不知从何而来的欢喜一下就涌满水下全身。水下情不自禁收回几乎快要伸到院外的目光。转过来，他要看天美。

天美站在她屋门口的台阶上。她倚着门框，目光散漫着。当水下的目光落在她身上时，她的目光也刚收拢来。天美和水下的目光就撞在了一起。水下心里一阵慌，赶紧低下头来，接着干他的活。天美一步一响地下了台阶，她走到水下面前，轻声说，是你把我背回来的？水下没做声。天美又说，你替我换的衣服？水下还是没做声。天美朝四周望了望，没有人注意她跟水下。天美又说，你把我都看了？水下这时说话了。水下说，没有。天美说，说谎。没有的话，衣服是怎么脱下又怎么穿上的？水下的左手抖动着，那种令他心悸又令他兴奋的触感又回到他的手上。水下说，我是用床单蒙着的。天美说，真的？水下说，真的。天美说，我没怪你。水下说，是真的。天美便笑笑走开了。她溢着笑容的脸上，有了一种与往日不同的东西。水下想，那是什么？

从这天起，水下与天美间突然有了自己的秘密。每天的夜晚，水下回到自己的小杂屋里，就要扒着窗子朝天美屋里张望。一直要望到她的灯关为止。然后，水下就在幻想天美这时在干什么，是穿的什么衣服，用一种什么样的姿态躺在床上。想时，他会不停地捏着自己的左手，反复回味他曾经有过的感觉。

汛期终于过去了。洪水一天天地退了回去。水下有一天回家拿衣服，顺便到堤上去看了看。守在堤上的人，都撤光了。堤上堤下一片狼藉。下堤时,水下口渴,到堤边的水文站讨水喝。水下以前放牛时也常来这里。水文站的朱站长说,水下,都长这么大了。水下只是笑。朱站长又说,水下,还在家里替你爹放牛?水下说,没了,在镇上收购站帮忙。朱站长说,水下,我们缺人手,准备聘用几个临时工,你要不要来?水下说,不了,我姨那边也缺人手。朱站长说,这里的饭票不比那里好?干好了,说不定能转正哩,回家跟你爹商量一下。回到家,水下却没把这话跟他爹说。水下晓得,一说他的麻烦就来了。水下除了有天美在的收购站,他哪儿都不想去。全世界没有一个地方比得上那里。

　　回到收购站时,天已擦黑。水下便去天美房间,想跟她说关于水文站的事。水下进屋时,天美在里面听到门响,大声问,是水下吗?水下说,是。天美说,你怎么这么早回来了?水下说,我怕天黑了路不好走。天美说,你先看电视吧。水下说,姨,你吃过了吗?天美说,我吃过了。

　　水下进屋,却没有看到天美。水下转身进厨房,厨房也没人。路过厕所,门虚着一道半尺大的缝。水下听到里面的水声。他知道天美在洗澡。水下定住了。平常他在这里时,天美洗澡总是要关门的,这一次却没有。水下脑子里浮出那一夜他看到的天美的胸脯,又想象着天美白白的身体上缀满了水珠的样子。水下的牙齿打起抖来。他想回到屋里去,想到沙发上坐下来,想喝一杯冰水,然后就看电视。但是这一刻他却无法让自己做到这些。他就只是呆呆地站在那里。

天美洗了澡，裹一身清香从厕所里出来。一拉门，便看到呆站在那里的水下。天美怔了怔。水下慌得连话都说不清。水下说，我是去厨房打水。说过觉得不对，又说，我刚想上厕所。说过又觉得不对，嘴也打起结来。我我我的，说不出一个字来。天美牵起他的手。拉着他进到屋里。天美的上衣扣子没有扣严，水下走在她的旁边能看到她衣服里的抖动。水下浑身上下激动得不能自制，裤裆被绷得紧紧的。天美拉着他到沙发边，按他坐在沙发上。眼睛有意无意地朝他的裤裆看了一眼。水下感觉到了天美的目光。水下面红耳赤。水下说，姨，我我我……天美妩媚地笑了笑，说，我们家水下真成了大人，身子晓得想女人了。水下更窘，他下意识用手挡住自己的裆部。水下结巴着说，姨，我我我……天美又笑。这回天美笑出了声。天美说，想女人说明你是一个正常人呀，什么时候，姨教教你。

　　刚刚洗过澡的天美面色红润美艳。灯光在她的头顶上照着。她的脸上放射着粉色的光。水下好想剥下她的衣服。好想看看她的身子这时是不是也是粉色。好想把她搂进自己的怀里。好想用手把她的全身上下里里外外都抚摸一遍。水下好想好想做他此刻心里强烈地想要做的事。可是他知道，他不能。

　　天美凝视着水下。慢慢地，天美在水下的身边坐了下来。天美把手放在水下的大腿上，手指尖在水下的腿上轻轻地蠕动着。天美说，水下，你在想什么？你把你想的说给姨听听，也许姨能帮你。水下张口结舌，他说不出话来。水下只觉得自己的血管在膨胀,觉得自己就要爆炸了。天美的手指尖就是一根火柴。那火柴的火已经要点燃他的引线了。水下"呼"地一下站了起来。水下说,姨,我我我……水下说不出话来。他觉得自己快要垮了。觉得自己支撑不住自己了。觉得自己所有的精神气会在这一下全部泄出。于是,他掉头跑了出去。天美在他的身后追问了一句,水下,你怎么啦?

水下出了天美的屋便朝外跑。他一口气跑到了湖边。歇也没歇,便跳里了湖里。夜晚的湖水有些凉,水下还觉得不够。他把自己浸泡在里面。一遍一遍地回想适才心惊胆战的那一刻。

水下湿漉着全身回到收购站时,天美已经睡了。她屋里的灯也是黑的。水下走进院里,站在月光下。天美屋子的一面墙全被月光照着,就仿佛月光挂在那里。水下望着那墙,心里又有一阵阵的热潮涌着。院里静静的,空无一人。水下觉得他能听到天美躺在床上的呼吸之声。水下忍着。那声音越来越撩人。水下还是忍着。撩人的声音渐渐地成了音乐,一缕一缕地钻进水下的心里。水下忍不住了。水下搬起院里铁砣到天美的窗下,然后爬了上去。

月光从窗户一直落到天美的床上。天美什么都没盖,就在月光之下,仰躺着。天美的头发是散开的,有一大绺蒙住了脸。天美的两腿大叉着。一只手放在腿上,一只手甩到了头顶。床上天美的身体充满了欲望。窗外水下的眼睛也充满了欲望。这两份欲望纠缠在一起,如同鞭子,不停地抽打着水下。水下好想进屋去，好想从天美身体的每一处缝隙钻进去。让自己成为天美身上的一个部分。

这夜晚，睡在小杂屋的水下心里突然有一种绞心的痛苦。这痛苦狠狠地折磨着他的身心。他甚至不知道拿自己这个人怎么办才好。他坐下难受，站着也难受，靠在墙根难受，睡在床上更难受。水下用一只手掐着自己的另一只手。指甲把手背的肉掐得很痛。水下想，我不能动。我不能出门。我不能进那边的屋。我不能这么下作。我不能对不住天美姨。我不能比三霸还要坏。我不能让爹妈替我急。我不能犯罪。我不能坐牢。我不能成了一个流氓。

水下醒来时，天已大亮。他从床上坐起，突然看到天美就站在他的门口。水下呆住了。天美穿着一条薄薄的裙子，隔着薄纱能看到里面的乳罩。天美笑吟吟着。水下有些难为情，不知道天美看到了自己的什么。天美说，水下，昨晚上跑哪去了？水下说，没去哪。天美说，你为什么那么慌张？怕我吃了你？水下说，哪里。天美说，那为什么？水下说，我不敢说。天美说，有什么不敢的？你说吧。水下说，我不敢。天美笑道，一个大男人，有话都不敢说？你说吧。你说什么姨都会听。水下说，我还是不敢。天美说，怎么这么没出息？你还是不是个男人呀？说呀。我今天非让你说出来不可。我就是想听听你当时想些什么。你说了，我能帮你的就帮你。

水下窘在那里。天美走了进来。她坐在了水下的床边。水下突然又闻到了她身上的香味。那是他在十年前闻到过的味道。那味道深深地刺激着水下。水下记起了他曾经对天美的亲吻。突然间，他又想要好好地亲吻天美。

天美说，水下，你怎么经常突然就呆掉了？把你的话说出来嘛。我想听哩。水下心里突突着。他想说我就只想抱着你，还想说我想要亲你。最想说我想晚上上跟你睡在一起。可是话到了嘴边，水下醒了醒，他知道这些都不能说。水下说，我想跟姨说，水文站要招我去他们那里做事。我怕姨会不高兴。

天美脸上掠过几丝失望。但她一下子恢复了满脸的笑意。天美说，怎么会？那边当然好。吃国家的粮。比我这里有前程。我还会替你高兴哩。水下说，姨你同意？天美说，当然同意。你不如今天就走吧。早些去，免得被别人抢了名额。天美说完，嫣然一笑，身体一扭就出了门。

出了门的天美大声地唱了一句歌。东边我的美人呀，西边黄河流。就只唱了一句，然后便没出声了。水下从窗子朝院里望去。天美也正朝着他的小杂屋望着。脸上和眼睛里都满是忧郁。这忧郁让水下有点心疼。但水下知道自己是真的不能这么着在这里待下去了。

八

水文站招了两个人，其中一个是水下。水文站的朱站长当年刚去水文站上班时，单身汉一个，常去水下家。水下的妈帮他洗一下衣被炒几个小菜。水下的爸则陪着他喝两口小酒。这样，朱站长心里对水下家总有一份感激存着。这回招人，想去的人很多，朱站长没有半点犹豫，在几十个人中挑了水下。

水下从第一天上班起就心神不宁。水下知道他的心不在这里，并且永远也不会在这里。水下的心就放在那个小小镇上的小小收购站。在这里晃来晃去的只是他空空的一个躯壳。朱站长带着水下沿江而行，教水下怎么样看水位，怎么样做记录。事情很简单，只是水下没心思。一没心思，脑子就显得笨。朱站长提示几次后便不解了。朱站长说，水下，你怎么成天都跟丢了魂似的？水下想，哪里丢了？是根本没带上身哩。

晚上总站派有老师来上课。水下总也听不进去。水下脑子里不停地浮出他和天美一起坐在天美的小屋里看电视的情景。他端着一杯冰水，一边喝，一边听天美说着什么。水下望着老师的眼睛是空洞洞的，连老师都看出了这点。老师说你这小小年龄怎么总是一脸茫然的样子？

不管怎么样，水下还是在水文站待了一个月。这一个月有如百年。水下觉得自己好闷。晚上睡不着觉的时候，便到江边去。坐在江滩上，看水闷声闷气地流下去。四下里黑灯瞎火着，对岸也看不到一点灯光。偶尔有船过，叫一两声，听上去也是闷闷的声音。黑暗中，水下的眼边晃来晃去的还是天美的影子。水下觉得自己再不去看一眼天美说不定会死掉。可是水下找不到去看天美的理由。水下知道自己脑子里成天只想这一件事很是羞耻。他好想抛开来不去想它,就像自己从来没有去过收购站从来也没有看到过天美一样。可是他却无论如何排遣不开,就仿佛他在收购站的每一天日子都如丝一样,全部绞在了一起,然后又紧紧地扎在他的心上,成了一个大结。除非一把火,烧掉那结,才能解开。可是那结若被火烧掉,他的心岂不是也会一起烧焦掉么。水下好想找个地方倾诉自己,他想如果他说出来了,心里可能会松快许多。可是这样的事又怎么能跟人说呢?这只能是水下自己的隐秘。水下自己在心里千转百绕着,绞尽脑汁着,可水下还是没办法把自己从自己的隐秘中拯救出来。

发工资了。这是水下第一次拿到自己的工资。工资装在一个小红包里。朱站长看着水下笑,问水下高兴不。水下说,高兴。朱站长便说,头一回拿钱,去给爹妈买点东西孝敬,要是有自己喜欢的人,也可以去买份礼物。水下把后面一句话听进去了。心里振了振。

水下有理由了。他要买点什么送给天美。他是一个赚公家钱的人了。他应该回报天美曾经对他有过的关照。这是世界上最好的一个理由。这理由好得任何人都无话可说。

星期天的时候,水下揣着钱,骑着那辆破得叮当响的自行车又一次沿堤飞奔。阳光没那么强了,可是水下的脸上依然被照得通红。汗水依然从他的额一直流到脖子,流进他的胸脯。

水下在县里最大的商场里徘徊了两三个小时。水下为天美挑了一个蓝色的发圈。水下一直觉得天美把头发扎成发髻显老。如果天美散披着头发就不像一个满了三十岁的人。水下还为天美买了一条珍珠项链。项链当然不是真珍珠做的。但很漂亮。水下觉得漂亮就好。买项链的小姐打量着水下说，给谁买？水下大声说，给我的女人买。水下心里充满着自信，因此他的话也说得十分自豪。

下午三点多，水下到了镇上天美的收购站。这时间前去送废品的人已经很少了，天美会闲一些。水下看到收购站的门框就开始激动。没有进门，水下就叫了起来，姨！姨！水下的声音有些失态。

院子里的废品堆放得乱七八糟。天美穿了件打着补丁的衬衣，脖子上搭着毛巾。因为揩汗多的缘故，毛巾已经都黑掉了。天美嘴上正在骂着，没见过你这么懒的人，真是懒得抽筋剥皮。就你这样的五个加起来，也顶不了人家水下一个。水下是人，你怎么就不是？我有你搭帮比没你还累。你懒了去死呀！你最好明天就给我滚你妈的蛋！

水下站在了院子门口。天美黑了也瘦了，满脸憔悴，衣服脏兮兮的，一看就晓得她这一天都没歇在屋里。秋天的太阳还很毒，天美这一个月就一直在这毒毒的太阳下干活么。水下听天美不停嘴地骂着，心里一阵阵难过。不是他抛下天美去到水文站，天美怎么会这样呢？

小杂屋里出来个男人，腿有些瘸，脸上有股巫气。男人高声道，走就走。天天听你骂人，一点好处也没给沾着，爷早就不耐烦了。男人说着朝外走。走到门口看到了水下。男人说，两口子吵架也看？男人说时便已走到了水下的身边。水下看也没看他，扬手就挥了过去。水下说，你跟你妈是两口子。男人没提防，身体一歪，没了平衡，就摔了下去。天美这时看到了水下。天美在看到水下的同时也看到男人摔倒在地。天美忍不住笑了起来。笑得咯咯的。水下本来正一肚子火，这笑如一股清泉从天美那边一直流进了水下的心里。火在瞬间就被浇灭了。男人不明白自己怎么得罪了水下，正骂骂咧咧地爬起来。水下说，你再想占我姨的便宜，我就割了你的头。男人忙不迭地哈着腰，小爷，我哪敢呀。你姨她是我祖宗哩。我供她都来不及，还敢占便宜？水下说，你滚吧。滚得越远越好。从此不准你进这院里半步。男人赶紧往外走，且走且说，莫说半步，离半里路，我都会绕。说话间，男人出了门。人影都看不见了，天美却还在笑。水下被天美笑得隐忍不住，也跟着笑了起来。

水下再一次进了天美的屋里。只一个月没进来，水下竟有点儿百感交集。一切都那么熟悉和亲切。天美给水下倒了一杯冰水。天美说，今天怎么来这了？来看姨？水下说，站上发钱了，给姨买了点礼物。水下说着，心有些慌，两只手也有些忙忙乱乱。水下好容易把礼物拿出来，递它们在天美的手上。天美的脸上显示出惊讶，她望着水下。水下被她望得有些怕，忙说，是谢姨前些日子的关照哩。

天美拿过礼物细细地看着,然后竟是忍不住地哭了起来。水下更慌了。水下说,姨,你要是嫌不好,你就扔了它。我不会买东西。我是第一回买这些。天美抹着眼泪说,我怎么会嫌不好呢?今天刚是我的生日哩。我中午还想着恐怕没人会记得我这一天。这些我要当生日礼物来收哩。天美说着,又有些感伤,眼泪就又哗哗地流在脸上,呜咽声也起来了。

水下怔着。他望着天美,天美说出的话令他意外。水下在天美的呜咽声中也伤感了起来。水下想老天对天美姨如此不公。过生日没人理,还要顶着太阳穿着破衣干重体力的活儿。想着,水下便隐忍不住心里的愤怒。这愤怒还是对三霸的。水下不忍看天美落泪。水下说,姨,我来做菜。我来替你庆生。说罢,水下便踅身进到厨房。

水下麻利地淘米点火。看看地上还有些菜,便蹲下身来理菜。只一会儿,天美就进来了。天美说,水下你走了一个月,我一顿上口的菜都没吃着哩。吃惯了你做的,吃别人的怎么都不好吃。水下低头理着菜,说,我还回来做就是了。天美说,那怎么行?不能误了你的前程哩。水下本来只是顺口一说的。说完想想,他若在此,天美姨还会辛苦么?天美姨还会受半点的罪么?天美姨还会没人保护没人疼爱么?只要他在这里,天美姨这辈子就不会再操劳了。为了这个,他为什么不能留在这里。这想法只在水下脑子里闪现了一分钟。水下便作出了自己的决定。水下说,姨,我明天就回这边来。天美说,水下,你疯了。姨可不同意你这样。你得为自己前程想。水下站了起来，就站在了天美的对面。水下满脸都是天美的鼻息。水下激动得泪水涌入眼眶。水下说，我不管，我要为了姨。我不能让姨吃丁点儿苦。我就要跟姨在一起，我要照顾姨。水下的话又急促又热烈。天美仿佛听呆了，一动不动，只是望着水下不转眼珠。

于是厨房里就只剩了沉默。天美蹲下身来理菜。水下也蹲下身来理菜。天美理好菜猫下腰去洗菜。水下也跟着猫下腰与她一起洗。菜是水下炒的。天美在屋里抹桌子。抹完就站在窗口，望着院子。院子里面有铁砣，铁砣在小杂屋的窗下，天美什么都知道。

这一顿饭也是在沉默中吃完的。吃过饭天美去厨房洗碗。水下也去了。水下拉开天美，自己抢过去把碗洗净。水下洗完碗，上厕所，见厕所的脚盆里放着天美的脏衣服。水下就没出来，蹲在厕所里又把衣服洗净。水下端着盆去院里晾挂晒衣服。天已经黑了。星星缀满了天空。明天是晴天。水下做着这些，心里好愉快，情不自禁就哼了歌子。

天美就站在窗边，看着水下。天美突然就有了饱满的幸福感。这感觉在十前年与三霸结婚时曾强烈地感受到过。时间一天一天地走过，幸福也跟着时间一天一天地远去。越来越远后，她就成了一个孤独的人。孤独地守着她丈夫交给她的小小废品收购站。而现在，少年水下出现了。少年水下竟让她远去的幸福回过头来重新泊在她的心里。水下的目光，水下的气息，水下的声音,水下的表情,溶在一起,成了她现在的幸福。天美就像决堤后的溺水人,突然看到了救命的东西。或许它是船,或许它只是根木板,更或许它只是一根比她更轻的稻草。但对于几乎快要窒息的天美来说,它们都能救生。

水下回到天美的房间。水下说,姨,我要回去了。我要去跟朱站长说一声。我明天早上再来这里。天美说,水下,你要想好。不要这么轻易决定。水下说,姨,我不是轻易的。我早就想过了。我不要姨过得这么苦。我要姨幸福。天美轻叹一声,天美说,你晓得幸福是什么吗?水下说,我不晓得,我只晓得,姨不能吃苦。姨的苦得由我来替姨吃。水下说得倔倔的。

天美走近水下。她伸出手来,在水下的脸上抚了一抚。天美说,水下,可惜你还是个孩子。水下一把抓住了天美的手。水下急切地说,姨,我不是孩子了。我是大人。姨,我是大人!天美被水下冷不防这一抓,腿便一软。水下感觉到天美的软倒,便又伸出另一只手,把天美抱住。

三霸已经好久没有来这边住了。天美已经记不得自己有多久没有碰过男人。水下身上浓烈的男人气息熏着了她。那气息一点也不比一个成熟的男人弱。那是天美所需要的气息。它一点一点地在勾引天美的渴望。天美便身不由己。天美想,有罪就有罪吧,就算有罪也心甘呵。天美想着便倒在了水下的怀里。水下有些不知所措。水下觉得自己发晕了。他曾经朝思暮想的天美姨,现在就真真实实地在他的怀里。天美呻吟一般地叫着,水下,水下,我的好人。水下听到这声音,眼泪水就流了出来。它滴在了天美的脸上。水下腾不出手来揩干滴在天美脸上的泪。水下便低下了头。水下动用了他薄薄的唇,水下的嘴唇刚刚触着天美的脸,便很快跟天美的嘴唇相遇。两个人就吸在了一起。

这天夜里,水下没有回水文站。水下也没有进他的小杂屋。水下在天美的床上度过了他一生中最激动最难忘的夜晚。天美手把手地教着他。水下忙乎了一夜。水下这时候才知道男人原来是这么做的。男人的生活中不光只有干活,不光只有赚钱,还有这样的快乐可以享用。男人离不开女人原来是为了这个。水下在极度的兴奋中,搂着天美说,姨,我怎么都不会离开你的,除非去死。天美拍打了他一下说,说这些蠢话做什么?水下说,姨,我要跟你结婚。天美说,水下,莫说傻话。我有男人哩。你我两个现在是偷情,千万不要让外人晓得。要是被晓得了,会不得了的。水下说,我晓得。我都晓得。

天快亮时,水下睡着了。天美搂着水下,用她寂寞得快枯干掉的手,细细地抚摸着他。水下梦里还在笑着,笑得很是灿烂。天美望着他年轻的面孔,心想,天啦,我在做什么呢?老天爷呀,万万莫惩罚我。我是荒得太久了。我守不住了呵。

九

水下一早去到水文站。他跟朱站长说他太笨,学不会水文站的活儿，他决定离开。朱站长气得臭骂了水下一顿。水下默默地听他骂。水下想，朱站长骂得对。朱站长骂完，便说你走吧，以后后悔也莫再来。水下便走了。走时水下想，我怎么会后悔呢？我只要守着天美就是天下最幸福的男人。我后悔个什么？

水下重新住进了小杂屋。当然这是住给别人看的。天一黑下，水下便锁上院子的大门。大门里，只有他和天美两个人。这是他们的世界。静静的，没有任何人干扰。他们坐在沙发上一边看电视，一边相互逗乐和亲昵。水下背着人时，不再管天美叫姨。他也不想直呼天美。有一天，他突然叫了一声美美。天美答应了。以后水下就管天美叫美美。天美很喜欢这声叫。天美说听到这声叫，就觉得自己真的是美上加美。水下笑着没说什么。心里却道，难道你不是美上加美么？我给你加一百个美你都值哩。天美就管水下叫小下子。天美笑道，我没天了，你没水了。水下便说，水随天去了。你剩下美，我只剩了个下。你是我的美人，我是你的下人。天美听水下说这些，立即笑得仰倒在沙发上。水下便扑过去，搂着天美与她一起笑。水下觉得今生今世他的笑只能和天美融在一起。

水下每个星期要拖两三次废品到县里的总站去。多时他见不到三霸。偶尔见了，水下也懒得跟他搭腔。三霸眼里没有水下。水下不过一个少年郎而已，所以三霸也从不把眼光落在水下身上。三霸的二奶时常大大方方地从三霸屋里晃进晃出。她已经出腹了。有阳光的时候，她总站在阳光下抚着自己的肚皮。抚得一脸的快意。水下看到她时,已无一点厌恶感。私底下水下心里还生出点侥幸。水下想,得亏你把三霸占住了,空出天美给了我。水下这样想过,心情便很好。倘离那二奶近了,还会递一个笑脸过去。总站看门的黄驼背告诉水下,二奶入冬就要生了。这些日子天天跟三霸吵闹,要三霸赶紧离婚。三霸也急,想把糟糠妻甩掉,可是老板娘天美就是不肯离。

回到镇上,水下也把看到和听来的跟天美说。水下说,美美,你怎么不肯离呢?天美说,我凭什么要离?我一离就等于把上万的家产送给那个小妖精。她抢了我的男人,难道我还特意把我的家产也送给她?水下说,可是你这样过,家产也没有享受到呀。天美说,没享受到没关系,所有权是我的,当是我借给她。水下说,可是你不幸福呀。天美说,以前我是不幸福,可是现在有了你。我这样也很幸福呀。他可以有别的女人,我也可以有别的男人。我跟他扯平了。水下说,可是,我们就不能结婚呀。美美,我要跟你结婚哩。天美说,小下子,你莫说这种蠢话。就算我离了,你能跟我结婚?我大你十五岁,是你的姨。我们两个要是成一家子,不被人骂死,也会被村里人的唾沫淹死哩。

水下听天美说过后,便在脑子里把他村里的几十户人家过了一遍,又把天美的村子由村头到村尾在脑子里过了一遍。水下知道天美说得不错。

可是水下也不甘心就这样。水下只想大摇大摆地做天美的男人。水下一心想向全世界的男人炫耀,天下最美最好的女人天美被他娶到手了。水下没有这样的机会总觉得好遗憾。水下说，那……我们私奔？到南方去。我主外，你主内，我们肯定能过好日子。你生不下孩子，我们就抱养一个。天美说，这里呢？我这里的家产呢？我这一走，还不是一丁点都没有了？这正遂了三霸和那个妖精的愿。我不甘心。家产是我跟三霸两个人打拼出来的。它们不攥在我手上我死都不甘心。水下又把天美的这番话想了又想。水下还是觉得天美说得对。这时的水下便无话可说了。

好长时间里，水下都为一件事困扰。水下想，怎么样既能让家产攥在天美的手上，又能让他们俩结婚呢？水下想过许多的可能。在心里水下把那些可能都变成一条一条的路。水下试着在每一条路上走过。走得那些路都纵横交错，成为迷径，可是没有一条路让他走通。所有的可能都只能是不可能。

有一天，水下被几个中学同学邀了出去喝酒。水下酒量不行，几口入肚，就有些醉意。同学们就都笑水下没用，毕业这么久了，怎么还没学会喝酒。水下光笑不言。心道有些事毕业一辈子也不一定能学会。喝了酒的同学一边碰杯一边闲扯。然后就扯到了当年学校的美人张翠翠。说是张翠翠结婚后，跟她厂里的一个业务员相好。业务员有钱。可是张翠翠的丈夫宁肯戴绿帽也不肯离婚。业务员下了最后通牒，说是张翠翠再不离婚，两人就拉倒。张翠翠急了，竟在她丈夫碗里下砒霜。她丈夫是死了，可她自己也完了。张翠翠临死还说她不后悔，因为她离不了婚，过的日子也跟死人没什么两样。她这么做，只不过是想赌一把。现在她赌输了，愿赌服输，所以她不悔。

水下歪躺在一边，本来是闲听着。听着听着，他的神经动了一动，仿佛被根针拨了一下。同学的话题拐了弯，水下还在想着张翠翠这个人。水下慢慢地回忆她的样子。她的脸长得俏俏的，眼睛很大，话没开口，笑意便浮上了脸。她走过时，男生们的眼光都会瞟过去。水下想出了她的样子，便觉得张翠翠好了不起。

晚上回去，酒醒了，便搂着天美说起了张翠翠。天美说她知道这个女呀。又说她跟她丈夫是换亲成婚的。她的哥哥娶了她丈夫的妹子。她丈夫没有半点本事。怕是睡女人都不会睡。她有外心也是当然的。天美说着叹息道，好可惜。要说这也是她的命不好。水下说，我好佩服她。我也想把三霸杀了。天美吓了一跳。天美在他的脸上拍打了几下说，你疯了。我可不想三霸死。水下说，三霸叔死了，财产不就都是你的了？他要不死，就算有你的份，你又怎么拿得到。你享用不到，就算是你的又有什么用？水下一番话，说得天美半天做不得声。

夜里，天美突然就醒了。醒了就睡不着。她摇醒水下。天美把脸贴在水下的脸上。天美说，小下子，你说得有道理呵。只有三霸死了，我才能出头。可是我不准你干蠢事呵。三霸若死了，你也得死。你死了，我怎么办呵。天美说话间眼泪就流了出来。流出来的眼泪沾得水下满脸都是。滑进水下嘴里，咸咸的。水下心里万分感动。水下晓得天美是舍不得他的。水下伸出手，抚着天美的脸，一点一点地把她脸上的泪擦干。水下说，我的姨呀，我的小美美，我为你什么事情都是肯做的。我只要你过得好。天美说，你再不要瞎想了。你就这样守着我就好。水下说，我听你的。不管你说什么，我都听你的。三霸是死是活，也都在你一句话哩。天美便伸手到水下的脖子下，把水下搂得紧紧的。天美说，天底下没有人比你对我更好了。我一辈子都会放你在心上。

这一夜水下觉得他和天美好缠绵。水下想，人活一世，倘没有过这样的缠绵，就真是白活。那张翠翠一定是明白了这一点。水下突然觉得他的心跟张翠翠的心是相通的。

十

树开始落叶了。因为没有钱，天美的妈始终没去住医院。有一天着了凉，发起了高烧，送进医院，没几天就过世了。天美因为这个哭得在地上打着滚儿。心里觉得是自己害得妈早死。嘴里也不停地骂三霸。三霸有万贯家财，却不肯拿出一点来救她的妈。人死哭不回来。天美只是把自己的心哭得平衡了一些，哭得内疚感少了一些。丧事办完后，天美人也瘦下许多，瘦得更加年轻和漂亮。

江水落得很快，转眼又是枯水季。被夏日里洪水泡得松软的大堤开始加固整修，堤上又回到了夏天般热闹上。水下的好多同学都上了堤。都说这回国家拿了大把的钱,把堤一修好,往后水再大也不消怕了。同学都让水下也上堤来,活虽然累点,可人多好玩。晚上大家在工棚里打牌喝酒,很是开心。水下笑听着,没有答应。再好玩也没有他跟天美在一起好玩。

天凉起来的速度很快,厚衣服立马就穿上了身。天美的毛衣袖口已经毛了边。天美没在意,水下却看到了。水下看到了却并没有作声。这天进县城送完废品后,水下到商场给天美买了一件。毛衣是大红色的,有高高的领子。水下觉得天美穿红衣服最漂亮,红色能把天美的脸照得亮亮的,红色能让天美一下子年轻好几岁。

水下回来时,刚停好小拖,人没进院,就听到三霸的声音。三霸在天美的屋里大声吼着什么。天美正跟他吵。水下听到三霸的呵斥,心里就发疼。水下暗骂着,你凭什么吼我的女人。水下好想冲进去跟三霸较个真。可是走到门口,水下还是收住了脚。水下明白,天美是三霸的老婆,不是他水下的,他哪有资格在这个时候冲进人家的屋子。水下想着心里有些悲哀。他怀着这份悲哀回到他的小杂屋。

水下打开窗子,让那边的声音尽可能地传过来。水下有些躁,坐也不是,站也不是。他天天伺候天美,取悦天美,为天美做他所有能做的事。他只想看到天美笑,看到天美快乐,看到天美平静而温和地做他的女人。可是现在,天美却因为三霸在生气在发怒在孤独而顽强地保护自己。天美尖锐的声音从那边的窗内传进了这边的窗里。天美的每一个字都是一粒钉子。天美的每一粒钉子都扎着水下的心。水下心里怒吼着,三霸你这个王八蛋!三霸你竟敢让我的女人生气!三霸你害我的女人不开心!三霸我绝对不会饶你!

水下的声音,除了水下自己的心,没有人听得到。水下知道,这才是他最大的悲痛。他这一生,所有的幸福和快乐,所有的痛苦和哀愁,都只能独属他自己。只要有一个外人在,他就得神情淡淡的。他就得距天美远远的。他就得管天美叫姨。或许他为了自己的爱,这些都能不介意。可是,有人欺负了天美呢?有人想要占天美的便宜呢?有人让天美受了委屈呢?难道他也能不介意?难道他的愤怒也只能沤在心里让它烂掉?

水下一屁股坐在了墙根下。天已经黑了,水下也没有开灯。在黑地里,能更加清楚地看到天美屋里的灯光。水下的心里好麻乱好空洞。天美在那边的屋里突然发出惨烈的叫声。水下再也忍不下去了。水下跳起来,冲出小杂屋。

水下在院子里碰到从天美屋里出来的三霸。水下定住了脚。水下说,我姨怎么了?三霸说,她犯贱。这些臭婆娘,三天不揍就上房,抛砖揭瓦还扔石头,也不晓得哪来的胆子。水下说,你打了我姨?三霸斜着眼打量着斗鸡一样的水下。三霸说,她又不是你什么亲姨,水下你当什么真?老公打老婆,天经地义的事情。你长大就晓得了,老婆不打就不跟你亲。水下说,你真打了?三霸说,你也晓得,我在那边有女人。我那边的女人要生了，可是你姨就是不肯离婚。而今新社会了，婚姻自主，哪能一头赖在我身上。水下说，姨可以离婚，可是家产得归她。三霸说，放她妈的屁！这是她平常跟你说的？

天美从屋里冲了出来。她披头散发，眼睛红肿着。天美扑到三霸跟前，一把搂着他的腰，哀求道，三霸，不要丢下我。我跟你做牛做马都行，你在外面有女人也行，只不要丢下我。三霸说，我不是丢。两人没感情了，何必硬凑在一起。天美说，怎么会没感情？当初你追求我的时候，我们俩是什么样的感情？分开一分钟都要想呵。三霸说，那是什么时候？这是什么时候？我也守了你这些年，你生不出伢儿，我又怎么能要你？我家祖宗几代，讲的就是一个孝。你害我成不孝儿，我跟你还有什么感情？跟你说了这些，你怎么也不听呢？天美说，我不听，我就要跟你。你是我的男人，我不准别人把你抢走。只要你天天歇在我的床上，我们好好做，我保证跟你生个伢儿。三霸说，你看看你看看，水下在这儿哩。你这样赖着跟我，还讲这样一些话，你要不要一点脸面？天美说，我不在乎脸面，只要你不丢我就好。

水下呆呆地看着这一幕。他心里好难过。他不是为自己难过，而是为天美难过。他觉得天美这么美丽这么贤惠这么善良这么温柔可爱的女人，是人人都高不可攀的，是站在高山的顶上坐在月球上的，是世间人应该仰望的，是被所有男人所疯狂追逐、所有女人所疯狂嫉妒的。而三霸算什么？三霸是应该待在阴沟里的，是应该扔在茅厕里的，是应该让所有的男人都瞧他不起、所有的女人都朝他身上吐唾沫的。三霸哪有半点的资格让天美来求他？

三霸强行地掰开天美紧紧搂着他的手，将天美推得远远的。然后厉声道，天美，我警告你，我再给你十天的时间，如果你不签字，我就对你不客气了。你不要害我等儿子生出来后，才和他妈结婚。你不能怪我，要怪你怪你自己的肚子不争气。

三霸说完，也不等天美反应，便扬长而去。天美没有追出门，她蹲下身子，嘤嘤地哭着。

水下却追到门口，水下到了门边就站住了。水下看着三霸开着的卡车突突地往路上开，一直看到它消失在夜色中。水下转身进门，把院子的大门拴上。这里又只剩了他和天美两个人。

天美的哭泣已经止住了。水下说，美美，你怎么会这样呢？天美说，我不这样，万一他怀疑你和我呢？水下说，是这样呵。水下心里又感动起来。水下想，天美不惜委屈自己，不惜放下自己的身份，不惜弃自尊不顾，原是为了保护他俩的这个小天地呵。天美是在演戏哩。

水下想着，默默地替天美脱下那袖口已经毛了边的旧衣。又默默地拿出他买回的红毛衣给天美穿上。穿上新毛衣的天美光彩照人。水下好激动，他紧紧地抱住了天美。水下说，美美，你好漂亮。天美说，是好漂亮，是你让我漂亮的。水下说，我不想要你哭，不想要你这样求三霸。天美说，小下子，我又在你面前丢脸了。水下说，哪里呀哪里呀。我只担心委屈了我的美美哩。三霸他不配你这样，就算是演戏，他也不配哩。

水下扳着天美的脸，痴痴地看着她，痴痴地说这番话。天美的泪一下子又流得满脸。天美呜咽道，要是三霸也像你这样想就好了呵。

水下这天晚上做了梦，梦见自己一直跟在三霸的身后，梦见自己不停地说，你怎么配，你怎么配。又梦见天美坐在湖边哭。天美哭道，我死也不离婚，我喂给鱼吃也不离。

水下醒来时，天美还没醒。天美的一只胳膊搭在他的胸前。水下抚着这胳膊一直在想他的梦。想过后，心里有些闷闷的。

下午，水下把废品送到县里总站后，看到时间还早，便去找了同学聊天。同学开了家洗脚的店。见水下便拉着他让他洗脚。说是老同学洗一分钱不收。水下便没客气。店里没什么客人，同学便陪他聊天。水下说生意这样清淡，怎么赚钱。同学说到了晚间客人就多起来了。两人东一句西一句地拉扯着。同学看出水下情绪不是太高，便问水下是不是遇到了什么事。水下就说了天美的故事。水下当然没有把自己扯进去，只说是自家亲戚遇到的事。同学说，这事呀，有什么难的。那男人犯了重婚罪，一告就让他坐大牢。二奶没有半点权利，家产全归你亲戚得，简单得很。

水下一听脸色就亮了。水下说，真的？真的可以这样？同学说，是不是真的，你让你亲戚试试看嘛。水下说，怎么个告法呢？同学说，我也不懂。对了，县里律师事务所有个律师常来我这里洗脚，我介绍你认识他，人家是专门搞这个的。

水下立即就看到方向了。水下对同学说,就这样,事情办成了,我请你喝酒。同学笑,就你那酒量还敢陪我?水下也笑了起来。笑过后,心里好轻松。

十一

水下拿着同学的条子去找律师时,律师不在。水下怏怏地往回走。走时路过另一家废品收购站。水下知道这家收购站一直在跟三霸竞争。水下突然想看看他们的情况怎么样,想过便走了进去。

收购站的老板正在骂手下人懒。见水下,便瞪着眼问什么事,找什么人。水下说,你们站的生意好像不如三霸那边呀。那老板眼睛便瞪得更凶了。说三霸的关系多,我哪比得上。话语间冷冷的,很是不服。水下说,就不想赢他?那老板说,怎么不想赢,做梦都想哩。水下脑子立即就浮出一个主意。一瞬间水下的心跳动得厉害起来,手心也出汗了。水下说,三霸生意做得这么大,还明目张胆包个二奶,伢子都快生了,真是要钱不要命呀。水下说时长叹一口气。那老板说,生个伢子就要命?这话怎么讲?水下说,这是犯法的事呀。法律讲这是重婚罪哩。告到法院,少说他也得坐五年十年的大牢。一个人把牢饭一吃,这辈子还有什么戏?那老板说,有这样的事?水下说,我不晓得,听城关律师说的。那老板似是附和水下又似是自语,说要是这样,他也太胆大了。

水下笑了笑，很随意的样子，然后便朝外走。走时他瞥了那老板一眼。老板仿佛想着心思，脸上闪着诡谲的笑意。水下晓得，他不必再找律师。

只几天，三霸又来找天美。天霸是早上来的。这正是收购站最忙的时候。水下在过磅，天美忙着跟送货的人算账。三霸进门便笑叫着，哎呀呀，我来得正是时候，刚赶上可以帮忙哩。三霸的手上提着水果，有个袋子还装着新衣服。天美惊讶地盯着他手上的东西，然后脸上露出一点欣喜。三霸从屋里拿出一张板凳，把天美按在板凳上。三霸说，既然我来了，老婆就应该歇着。天美不解其意，但还是笑道，你抽什么羊癫疯呀。

水下心里发憷，不知道三霸肚子里卖的是什么药，也不明白他的意图是什么。水下不停地用目光瞟天美。有几回，都跟天美瞟他的目光撞了个正着。

天美从板凳上起来，朝水下走过去。天美掏出一张十块的钱，递给水下。天美说，水下，我来过磅，你去买点菜，做几个小炒，让你三霸叔中午喝点酒。水下没做声，他望着天美，伸手接过钱。接钱时，他用手在天美的手上紧紧捏了捏。水下不知道自己想要传达什么样的信息给天美。他只觉得他这样触着了天美的手，他的心里就踏实好多。

水下做了中饭，给自己盛了一碗。天美叫他回他的小杂屋去吃。水下端着碗在离开厨房那一刹，哀求一般对天美说，不要跟那混蛋上床呵。天美低声道，他是我男人哩。他要什么样，我能不听？水下喉咙管里动了几动，没说什么，便自己过去了。

水下毫无食欲。他不知道三霸会跟天美说什么和做什么。水下想要伏在那边的窗下听里面说，院子大门却敞着。人来人往，叫人撞见没法说清。想要不听，心里却猫抓一般蛇咬一般，说不出是什么样的难受滋味。水下烦，索性三两口扒净了饭，蹬着自行车上堤找同学玩去了。玩也玩得不畅快，水下的神情总是怏怏的。水下的同学说，你怎么了？妖精附体了？水下说，我也不晓得。

下午水下回时，三霸已经走了。天美脸上红光四溢。见水下，笑盈盈道，水下，三霸这狗头来求我了。他总算有这一天！水下说，求你什么？天美说，也不晓得哪个挨千刀的，要告他重婚罪。想让他去吃几年牢饭。水下说，那还不好？你不正想出气么？天美说，好是好，可他到底是我男人呀。水下说，那你要怎么样？天美说，他来求我去跟公家说，没这事，是人家陷害他。他求我帮他哩。水下说，你答应了？天美说，我是他女人，我不帮他哪个帮？再怎么我也不能让他坐牢呀。水下说，美美，你想好了没有？这是你的机会哩。他去吃牢饭，家产不就都归你了？他那个野女人没了着落，立马就会嫁人哩。天美说，是呀，这是我的机会。他有难了，心里头一个想的就是只有我能帮他。等我帮他渡过难关，他也晓得我在这个家的位置是铁定不能动的。水下说，他哪里会这样想？天美说，他跟我拍了胸发了誓。说是这

283

事一完，就接我去县里住。等那个妖精生完伢子，我们给她一笔钱，让她走人。伢子是三霸的骨肉，三霸就交给我养。水下说，你信？天美说，我怎么不信？男人嘛，花一点是应该的。我终归是大老婆呀，我是正房呀，我的位置不动就好。三霸这回总算是醒过神来了。

水下默然，心里却叫苦不迭。天美拉了水下一把。水下会意，跟着天美到她屋里。天美一进门，伸手便搂住了水下。天美说，还有好消息要告诉你哩。中午三霸上我床了。他两三年都没沾我，说不定我能怀上。水下说，这是什么好消息？他睡我的女人，这还是好消息？天美在水下脸上揪了一把。笑道，你有没有搞错，小下子，是你睡他的女人。告诉你，我就是到了县里，也不会跟你分手的，我还要跟你皮绊。三霸现在不如你哩。水下说，可我不想你走。就留在这里，我们俩过好不好？天美说，莫讲傻话，往后你还不得要结婚生伢？水下说，我不结。天美说，那怎么行？等我给你介绍一个老实听话的女人。这样，我俩私底下来往就会方便好多。水下说，我不想要别的女人，我只想要美美。天美说，你这辈子未必不娶？不想要伢子接后？水下说，我不要。我只要你。别的人我一个都不要。天美便拍着他的脸快意地笑开了。天美说，这样呀？你都想好了？水下说，早想好了。反正我把心和身子都给你了，你也莫想退还给我。天美说，好好好，我存银行里就是了。存定期。

天美的话说得让水下笑了起来。水下说，你的心和身子也锁在我这里,你也莫想收回去。天美嘴一撇说,还没嫁给你,你就要锁我?你比三霸还霸么?跟你讲,我的心和我的身子都只属于我自己。水下怕天美不高兴,忙又补充说,属于我们俩,可以了吧?天美说,不行,只属于我自己。水下说,好好好,我不跟你争。只要你不属于三霸就好。天美淡淡地笑了一笑说,这些年我都看透了。我的心和我的身子今生今世都只属于我自己。只这样我才能过得好。水下说,你过得好了,我心里就舒服。

这天的晚上,天美因要到县里帮三霸说情,便去到镇上发廊做头发。水下一个人坐在院里。天上没有星星,云层厚厚的,月亮在云后面挣扎,却怎么也挣不出来。水下觉得那月亮就好像他自己。想过后,心里便很忧郁。

三霸有个表哥在公安做事,能耐很大。三霸的表哥告诉三霸是有人写匿名信到县妇联,县妇联正好要抓这方面的典型,三霸就刚好撞在枪口上了。三霸要天美去了县妇联。天美就在那里跟人大吵大闹。天美说她男人有没有二奶她最清楚。她男人一向疼她,天天同她一起过夜,根本就不可能在外面有人,定是别人陷害三霸。天美说陷害三霸的人手还不毒,他还可以说三霸有三奶四奶五奶,未必你们都信?天美吵闹得鼻涕眼泪一大把,鞋帮上挂满了鼻涕的印痕。参与调查和处理的人都觉得甚是无趣。如果三霸有二奶,天美当是最大的受害者。现在连她都觉得三霸冤得很,她都来证明三霸的无辜,他们这些人还有什么话好说?负责调查这件事的一个县妇联干部被天美吵得头大,板起面孔叫天美回去，这事她们不管了。且说如果你自己都不想帮自己，我们也没办法。往后你吃了亏，哭死也没有得用了。还有两个县报的记者，本来以为可以抓一个满街传诵的社会新闻，也被天美这一顿闹吓住了。万一打起名誉官司，他们也吃不消，为此也都个个训了天美几句，说她不知好歹，被人卖了，还要帮人数钱。如此之类，然后也都甩手而去。

三霸中午请天美在餐馆吃了一顿饭。三霸吃饭时不停地给天美夹菜。三霸的举动让天美的心一下子就回到当年恋爱的时候。天美觉得她做这事能够挽回她和三霸的婚姻真是太值得了。三霸信誓旦旦表示等他找定可靠的人去管镇上的收购站，然后就接天美回县里。

天美回来跟水下说得眉飞色舞。天美觉得上天还是惠顾自己的，给了自己这样一个机会来把三霸降服了。水下听天美说着这些时，他因为天美的高兴而满脸堆笑，可是自己的心情却如同落进了冰洞。

天美说着说着，便有些亢奋，立马就翻箱倒柜要把自己的衣服找出来打包。水下在她的指示下，搬这搬那。水下说，你信三霸的？他说的话你都信？天美说，我怎么不信？终归跟他打了结婚证的人是我呀。他不回到我身边，能回哪里？水下说，要是他哄你呢？天美说，他在外面找了野女人，我不计较他；他有了牢狱之灾，我不落井下石，还帮了他；我在人家公家人的面前，把自己的脸皮都踩脚底下了。我为他做这么多，就是盼他个回头。

他要还哄我，那就太没良心了。水下说，你以为他有良心？良心这东西有几斤几两？天美说，做人哪能这样？三霸还没坏到这一步。不过真要有你说的那天，我也不会客气。水下说，你还不只有躲在这边一个人哭。天美说，他只莫把我惹烦。要真彻底惹烦了我，我还哭么？我杀他都杀得！

水下吓了一跳。他看见天美的眉眼里挂出冷意。水下说，你莫说蠢话。你杀了他，你也没命，我怎么办？天美说，到那时候我还顾得了你？真有那时还不飞鸟各投林。水下说，你不顾我，可我要顾你。哪天三霸真对不住你了，我不要你杀他，让我来替你杀。这回轮着天美吓了一跳。天美厉声道，小下子，我只不过说说，哪能真杀他？这不关你的事。你千万莫想歪了。水下说，反正我不准他欺负你。反正我只想让你过开心。

十二

下雪了，收购站里很清冷。水下在天美的屋里烧起火盆。没人来时，他便跟天美俩人坐在火盆边，一边烤火一边扯闲话。电视机开着，可白天里的电视也不太好看，倒更像是旁边另外有人自言自语，水下和天美很少瞟它几眼。有一天，电视里播放一个有关禁毒的片子。几个吸毒人因没有毒品痛苦万般的神情以及为了毒品不顾一切的贪婪样子，很是刺激人眼。水下和天美把这个片子看完了。看完后，水下说，我就是一个吸毒的人。天美吃了一惊。水下又接着说,你就是我的毒品。没了你这个毒品我也就没得活头。天美笑了,指着电视说,小心我送你到里面戒毒去。水下也笑。水下说,你想我戒么?

三霸一直没来。下雪的头天,天美去县里找过三霸一趟。刚好撞上三霸县里的相好生了。是个女儿,乌溜溜的眼睛,煞是好看。三霸并不重男轻女。三霸说养个美人儿将来比儿子还能挣钱。为了这个女儿,三霸忙得个屁颠屁颠。

天美一直找到了医院。天美想,看看孩子也无妨。将来这孩子还是要交给她来养交给她来教的。三霸说,你倒会赶时候,我现在哪能顾你?我接你来这里住,也得等孩子满月吧?我再怎么狠心,也不能把一个月母子赶出门对不对?天美无言以对。三霸自有他说的道理。

但天美心里却怏怏不乐。搭车回来时,雪已经结成了冰,车轮打滑,司机不敢朝前开。停下车来,让乘客们自己走回去。天美无奈,只得踩着雪往家走。冰天雪地里,听着自己孤独的踩雪声,想着三霸和他的相好,在温暖的屋里,抱着小花布裹着的宝宝,听她咿咿呀呀的哭声,两人都笑声朗朗,快乐无比,便更加气闷。

天美走到镇上,天已黑尽。鞋被雪一浸,里外湿透,脚也冻得僵硬,不像是自己的脚。水下在镇口几百米处迎到了天美。水下满脸都是焦急。看到夜色里蹒跚而来的天美,水下几乎是扑了过去。水下说,天这么冷,怎么回得这样晚?吃了饭没有?天美一句话也不想说，闷着头往家里走。水下说，怎么了，你怎么不讲话。天美说，我不想讲又怎么样？天美心里不快，便没好气。水下说，他欺负你了是不是？天美说，未必我不想讲话就是有人欺负了我？天美的话硬邦邦的，一直顶到水下的胸口上。顶得水下说不出个话来。水下心里便骂三霸。水下知道一定是三霸让天美如此不快。

　　天美屋里的火盆早已生好了火。火盆把屋里烘得暖洋洋的。天美进屋便被这暖流包围。只一会儿，天美冻得发紫的脸便转成了粉红。天美倒在沙发上，一动也不想动。水下端上一碗热粥，叫天美喝下暖身子。又脱下了她的鞋。水下摸着她的脚冰冰凉，心里不忍，便把她的脚搂在自己的怀里暖和着。天美打不起精神，由着他伺候。这一夜，天美都没怎么说话。

　　第二天，水下再次询问天美跟三霸怎么交涉的。天美说，懒得讲。他顾不了我。水下说，为什么他顾不了你？天美说，那个小妖精生了。天美说时，眼眶里噙着泪。天美想，自己生不下孩子，可不得什么样的委屈都忍着？水下对三霸公然失信于天美很替天美愤然，可是一想到这样就能让自己继续跟天美在一起，心里反暗暗高兴。水下说，这样讲，过年他也不顾你了？天美没作声。水下说，没关系，我陪你过年。我正担心一个人过年没劲哩。天美说，谁让你陪？陪你爹陪你妈陪你妹子去吧。过年守在我这里，你家里人怎么讲？水下说，过年我一向都不陪他们的。我都是自己在外面跟同学玩。我只当你也是我的一个同学好了。

天美不禁扑哧一笑。天美说,我是你的同学?我是你同学的妈差不多。水下说,是我床上的同学嘛。我俩天天晚上在一起做功课哩。天美又笑了。天美说,同你个屁呀!你睡了个把女人,也会说邪话了。水下见天美笑了,马上就跟着喜笑颜开。

年三十,雪停了,可是刮起了大风。接连几天,都没有收荒货的人来卖废品。收购站里成天都安安静静的。天美要水下无论如何回家去吃年夜饭。水下不肯。水下说,我跟家里说了,这里要人值班。天美说,这里又没个金银财宝,有什么班好值头。水下说,我走了,你一个人在这里,我放心不下。天美说,我自有去处。你若不回去吃这顿饭,你家里会说我不懂事。水下想了想,觉得天美说的也是。水下不愿意自己家里人对天美有什么不好的印象。因为水下认定自己迟早要娶天美回家的。水下说,那我要晓得你到哪里去。天美说,我去哪?还不是去三霸那里。我是他正经的老婆。大年三十了,他总不能弃我不顾吧?水下说,要是那个女人也在怎么办?天美说,我当然要赶她回去。三霸的老婆是我,又不是她。再说,她在县城里有娘家。我去了,她还好意思赖在那里。水下想想,觉得天美说的是,便同意了。天美说,你也累了这么久,过年在家里好好玩几天,我起码要过完元宵才回哩。水下说,那怎么行?你也晓得,吸毒的人一天不吸就扛不住日子。天美说,那我最早也得到初八。水下说,我上县里去看你。我熬不了那么久。天美说,你大男人一个,黏乎乎的做什么?

水下叫天美说得有些不好意思。可是水下觉得自己要是隔这么久见不到天美会怎么办呢？难道他还能吃得下饭睡得着觉？他还能把这个年过完？水下心里没底。水下把天美送到车站，看着汽车缓缓离站，也看着天美在窗口对他挥着手，水下心里有些惶惶的。汽车一忽儿就走得没了影。水下的心也突然一下空掉了。

水下沿着堤回家。还是蹬着他那辆破车。堤上已经没了人。堤修了一大半，已经看得到厚厚实实的规模。水下想，来年再大的水也不用他们操心了。而且，地里的庄稼也不用怕洪水涝。明年他家的光景肯定会好得多了。

下了堤，临近村子，听到人声闹得厉害。水下把车蹬得飞快。近了才发现是有人娶亲。水下把车倚在一棵树上，挤上前看热闹。看时方发现娶亲的人是他的堂兄。水下叫道，五哥，你不是在南方打工么？水下的妹子水红看到水下，忙上前搭腔。水红说，哥，你回了？妈正让我去镇上叫你回哩。水下说，五哥这是怎么回事？水红说，五哥今天刚回，带回个媳妇。五哥说他在那边结了婚才回的。可村里人不依，叫再结一遍。五哥只好又结。水下大笑。水下的五哥见到水下笑，忙解嘲道，莫笑了，兄弟。大家图个热闹，我也不能扫兴呀。

水下村里结亲的规矩有些丑。花轿走到村口得停下。新娘子必得从花轿上下来，由公公背进村。倘村口离新房路还远，而公公又背不动的话，家里的兄弟们就得上前帮忙。村里的年轻人正笑闹着逼水下的二伯背新娘。水下见他二伯已经被整得够呛了。

胸前挂着扒灰的耙子,脸上还被画了油彩,迎亲队围着他把锣鼓敲得震天响。水下的二伯一脸的尴尬。水下的另几个堂兄堂弟叫着水下,来呀,来帮一把。水下便跑了过去。水下说,二伯,做个样子,走几步,我们兄弟几个来帮你。水下的二伯拗不过众人的闹腾,只好在村里人的哄笑声中,背起了自己的儿媳妇。水下和他的几个堂兄弟在前面十来米的地方,从水下二伯背上接过新娘,抬着她进了新房。村里老人便都说,兄弟多了就是好,公公背媳妇都少吃好些亏。

年夜饭便是一大家子一起吃的。饭间,水下的二伯对水下的爹说,也该跟水下说门亲了。水下忙说,我不要。水下的妈打了他一巴掌说,你转年就该算十九了,把亲事定下来,心也安。水下说,我还要玩十年再说。水下的妈说,瞎讲,我想抱孙子哩。水下说,我要先谈他十个八个女朋友,才讲结婚的事。要不活一生也划不来。说得满桌人都笑。水下的二伯说,原来水下是个花肠子呀。水下说,是呀是呀,就跟我家圈里的那头花猪一样花哩。水下的话让一屋人都笑呛倒了。

晚间时,水下本欲去村头放炮仗。他的几个堂兄弟拉他去听房。水下觉得稀奇,就跟去了。新房里窸窣的声音和呢喃的讲话,引得他们在窗外掩嘴偷笑。笑时,水下想起了自己和天美在一起的光景。想起这个,水下突然心生落寞,一个人就走开了。走到村头,村里的小孩子们正在放鞭。炮仗一声跟着一声,不停顿地响。热闹越重,水下心里的落寞倒越深。

水下想不晓得天美这时候怎么样了。三霸是不是跟她在一起吃年饭。三霸的那个相好也不晓得是不是老老实实回了娘家。如果她不回，天美肯跟她坐在一个屋里头过年么？万一那女人死活不走，天美也不愿委屈自己而进三霸的屋，更或三霸根本就不让天美进门，那那那，天美会怎么样呢？水下想着心里便乱了。正乱时，耳边一声巨雷似的轰响，有孩子放了一个大炮，纸屑炸得四处散乱飞舞。水下觉得仿佛是自己的心被炸碎了，碎得也如这散乱飞舞的鞭炮纸屑。

水下跑回屋，推了他的自行车就走。水下的妈跟在后面叫着，深更半夜，又是过年，天还冷得慌，你到哪去。水下说，找同学玩去。水下话说完，人已经蹬车上了路。

水下顶着冷风，重新上了堤。整个堤上，只有水下一个人。水下什么也不为，就为了自己的心，拼了命地奔着。堤上风大，仿佛夹带着细细的针，几乎要把水下的耳朵给吹掉。

水下一口气跑到了镇上的收购站。里面没有灯光。一丝也没有。水下一直紧张着的身体松软了下来。看来天美在县里住下了。水下想想，又还有些放心不下。便去到镇政府。同学还在那里值班。同学见到他，奇怪得不行。同学说，我是没法子回家过年，你怎么也一个人荡在外面？水下说，我要给我叔打个电话哩。水下说了谎。同学说，打吧打吧。谁让今天是三十呢？你打一通宵我也不管。

水下拨通了三霸家的电话。电话无人接。水下不解大年三十晚上，家里何故无人。水下问同学，你说大年三十家里没人会是什么缘故？同学笑道，死绝了呗。水下脸色一下就变了。同学发现了变化，拍着他的肩笑道，开你玩笑哩，还当真？水下想了想，决定试试收购总站里还有没有人。水下便又重新拨了一个电话。果然有人接听了。水下听出是看门人黄驼背。水下说，黄伯，我是水下。我三霸叔家里怎么没人呀？黄驼背说，老板年前几天就搬了新屋，电话还没转过去哩。水下说，我天美姨下午过来了，她找到三霸叔的新屋吗？黄驼背说，没哩。连我们都不晓得他搬到了哪里，听讲豪华得很，老板花了大几十万哩。水下急了，几乎喊了起来。水下说，那我姨呢？黄驼背说，她好可怜。大年三十，连自己的男人都找不见，也回不了家。在这里哭了好半天。现在恐怕回镇上去了。水下丢下电话，连跟同学一声谢都没讲，便跑掉了。

　　水下再次回到他的收购站。他打开院子的门。里面仍然黑灯瞎火。水下一路高叫着，姨，天美，美美，你在不在？

　　水下一直跑到天美门口，才听到里面有低低的哭声。水下的眼泪哗哗地就流了出来。水下撞开门，屋里冷冷的，火盆下午熄了火，一点热气都没有了。天美就在这清冷无比的屋里，一个人偎在床角落哭泣。水下的心已经痛得四处迸出血来。水下跑过去，爬上床，猛烈地把天美拉扯到自己的怀里。水下紧紧地搂着天美。脸上的泪和天美的泪一下子就融在了一起。水下说，美美，莫哭呵。我来了。我陪你过年。

十三

初一一大清早，水下便陪天美进到县城。天美哭了一夜，眼睛红肿着。人人都喜气洋洋地过年，天美却满心凄凉。天美无论如何都想不到，三霸买了新房搬进新家，却连告都不告诉她一声。三霸把她这个名正言顺的老婆又放在了哪里？一想到三霸跟他的相好带着孩子住着新房暖融融地过年，天美便觉得自己的心被刀扎成了窟窿。天美说那妖精凭什么？她跟三霸结婚这么多年，一起创业打拼，她一直都住着旧房子。那妖精抄着两只手不做事，花枝招展地把她的男人弄到手，而且还住新屋。天下哪有这样的道理？天下的道理如果能容那妖精所为，天下还是个天下么？天美一定要找到三霸问个清楚。天美说她过不好这个年，也不能让三霸过好了。天美说这话时咬牙切齿着。

水下劝天美不如过完年再去。因为年得自己过，自己过不好年，接下来一年的日子都轻松不得。天美说，你以为我不找到他，我就能轻松过年？你以为我跟你俩守在这里过小日子，我心里就会快活？我要不是快乐，你能快活得起来？水下默然。天美说的是。如果她不快乐的话，水下又怎能有半点的快活？

整个初一，水下和天美在别人的爆竹和欢笑中，没头苍蝇一样四处寻找三霸。天美把三霸的朋友找了个遍。对方竟都一口答说不知道。水下知道这些人一定是得了三霸的嘱托。天美一直哭着，眼泪都冰在了脸颊上。水下看了心疼，可人在外面，众人眼光很毒。水下无法去温暖天美的脸，去化掉她脸上的冰。中饭水下和天美是在餐馆里吃的。晚饭时，天美领着水下找到了三霸的表哥。三霸的那个相好，便是这个表哥老婆的亲戚。天美最恨这家的表哥表嫂。她不明白他们自己也是两口子，怎么就能怂恿别人来拆散三霸和她这两口子。将心比心，也不当这样呵。天美原不想找他们，可是走投无路，心想只有他们才会知道三霸的下落，天美只好还是上了他家的门。

　　三霸的表哥表嫂很热情的样子，把家里小孩子赶开来，留天美和水下吃了晚饭。菜很丰盛，有鱼有肉，有鸡有鸭，有煎有炸，有煮有烧，汤汤水水，咸咸甜甜，很是齐全。过年过到这个份上，气氛也是足得很了。只是天美心里堵，吃不畅快。一边吃着一边落泪。所有的东西都带着泪水的味道。水下不忍，帮着天美说，表叔，我三霸叔搬哪去了，你告诉我姨吧。你看我姨难过得！三霸的表哥叹说道，天美呀，我要说我不知道三霸搬哪，那也是屁话。我当然是知道的。可是三霸交代过，不让跟你说，我也没办法。三霸的脾气你也晓得，你都不敢惹他，我哪敢呢？水下说，可我姨是三霸叔明媒正娶的女人，怎么能过年都不让她进家呢？世上哪有这样的理？走遍天下，都说不过去哩。三霸的表哥说，你以为这世上还讲理？！跟人说话万莫提这个理字。而今就是个不讲理的时候。要是讲理，世界会是这样子。水下没弄懂三霸表哥的话意。天美说，我只想见三霸一面，我要跟他把话说清楚。三霸的表嫂说，妹子呀，不是我劝你。现在是什么时代了？三霸跟你早就没感情了，你又何必缠着他呢？他跟这边的女人，过也过了两三年，伢也生了，他要是回头，伢和她妈又怎么办？当牺牲品呀？天美说，是她勾引了我男人，这个后果她当然得自己承担。三霸的表嫂说，妹子你这话说得好无情。要是先前，我也觉得你说得不错。可她要是承担后果，那新生的伢子不成了没爹的种？我看你也是个通情达理的人，你就让了吧。再说，三霸也不是故意不要你，这么多年，你连个伢子都生不出，你叫三霸怎么想？你若贤惠，若真替三霸想，不如就退让一步。水下有些生气。水下想这是哪门子的理，可是他刚才说了一个理字，叫三霸的表哥顶了回，他这回也不敢说了。水下只说，凡是也有个先来后到。我姨跟三霸叔成亲这么多年了，哪能就这样把自己男人让给别人？你怎么不把你男人让给别人？三霸的表嫂说，哟哟哟，水下你是晚辈，跟长辈说话小心点。三霸的表哥说，水下你这话才真叫没理。我又不喜欢外面的女人，我老婆想让也没法让。三霸是另有所爱。书上也说过，没有爱情的婚姻是死亡的婚姻。三霸的婚姻已经死了，天美还抱着这个死婚姻不放做什么？水下说不出话来，他倒觉得三霸的表哥说得在理。可是他又觉得就算在理，他们这么做，也太霸道，太不把天美当人看。天美也说不出个所以然，只是鼻涕眼泪一把地哭着。三美只要求见三霸一面。天美相信，只要她见到了三霸，三霸就不会对她绝情。

三霸的表哥和表嫂叫天美哭得有些心烦了。过年不讲究哭。眼泪会对家里带去不吉。三霸的表嫂使劲地给三霸的表哥递眼色，又不停在他的衣摆上扯几扯。三霸的表哥便到屋角打了一个电话。天美和水下都听出他是给三霸打的电话，也听出三霸不愿意见天美。天美走过去说，让我跟三霸讲。三霸的表哥说，你别害我。说罢赶忙把电话挂断。天美怒道，你得了他什么好，这样护着他？三霸的表哥说，天美你还是先回镇上。我保证说服三霸，让他无论如何见你一面。天美说，我只要你告诉我他住在哪。三霸的表哥说，我说不得呀。我也为难哩。三霸的表嫂说，妹子，你这又是何必？你莫逼我们。能说的我们就会说。不能说的，你逼我们也没得用。我们做人也要讲个义字。天美抹着泪，恨恨地说，义你个屁呀！有什么说不得？说了你家就被火烧被强盗抢了不成？说了你家男人去嫖女人被奸了不成？说了你家今年一个一个地死人不成？

　　三霸的表嫂一听天美的话，立马就跳了起来。三霸的表嫂说，大过年的，你说什么话？你怎么这样毒？难怪三霸不要你。三霸的表哥也垮下了脸。三霸的表哥说，年初一的，我见你可怜，留你吃顿年饭。你倒上我家来骂街了，你犯贱啦？水下一看这阵势，赶紧拉了天美往外走。天美说，我从今天开始，天天咒你家三遍，非咒得你家男人在外面有淫妇，你家女人在外面有奸夫。三霸的表嫂拿起扫帚对着天美走过的地方扫秽气。天美说，你莫扫。你越扫我就越毒。我天美只要活着，一定要把你家整垮。把你的男人整成别人家的男人。你不信,天天夜里想着我的话。

三霸的表嫂哭喊着她男人,你还不上去撕烂她的嘴。你听她说些什么污话呀。水下怕天美吃亏,连拖带拉把天美弄出了门。出门又怕三霸有表哥势力大,真弄些人来打他们,便又不让天美停脚,拖着天美往城关跑。一直跑到了县城的灯火稀了下去,这才停步。

这已在原野上了,辽阔的地里,铺天盖地是雪。虽然无灯,天色倒也不让人觉得阴暗。四下里无人,亦无车行。全都猫在家过年,路上便有些清清冷冷。风在耳边打着哆嗦。说它是哭便是哭。说它是唱便是唱。远远地,村落里的炮仗在响,时断时续,随风而至。天美跑得累了,闷头蹲在地边,一声不作。水下不知她想什么。水下只想让她说话。不管说什么,只要说了,闷在心里头的气就会释放出来。

水下也蹲了下来。水下说,今天是初一哩。今天一天,就你离开三霸表哥家说的话,最精彩,最像过年的话。水下说着,学着天美腔调,把那番话复述了一遍。说了你家就被火烧被强盗抢了不成?说了你家男人去嫖女人被奸了不成?说了你家今年一个一个地死人不成?水下说,亏你那一刻想得出哩。你把那两个狗男女的鼻子气歪眼睛气红哩。

天美突然纵声笑了起来。笑得就势软坐在地上。水下拉她。水下说,起来,地下湿哩。莫湿了身体,闹出病来。水下拉不动天美,倒是被天美的笑声感染,自己也笑得无力,结果反被天美拖累得也坐在了地上。天美说,他们只莫惹烦我,惹烦了我,什么不敢说?!我什么不敢做?!我往后再就要说了。再就要做了。我要他们晓得我是什么人!

天美的话出口很硬冷,比这晚上刮的风还要硬冷,比地下的雪还要硬冷,比小路上结成的冰碴还要硬冷。水下心里蓦地生出不祥。这不祥又带给他恐惧。水下突然就觉得天美从此不再是他的天美,天美从此将会离他而去。冷不丁地,水下一把抱住天美。抱着天美的水下在发抖。被拥在水下怀里的天美也在发抖。

如泣如诉的风和远远传来的爆竹声,依然如故地从他们的头顶从他们的身边拂了过去。

十四

初八的时候,三霸开着一辆卡车来了。三霸敲门时,水下与天美正缠绵着。听到三霸在外面叫喊,两人魂都吓掉了。水下忙忙地顾不得穿衣,抓起来自己所有的衣物,光着身,穿过院子,匆匆跑进小杂屋。手忙脚乱中,衣服穿得颠三倒四。水下和天美交往这么久,从来还没有被人撞上过。

三霸就一直在院子外面叫门。天美出来打开门,未及讲话,三霸便说,这么久才开门,有野男人了吧?天美说,除了你这个野男人,我还有哪个?三霸的眼睛扫着院子,天美说,外面冷,进屋说话吧,便推着三霸进了屋。

三霸一进屋,天美便把他推到床上。三霸的相好生孩子坐月子,一养几个月,没让三霸近过身,三霸也有些架不住。见天美贴着身子来亲热,便也忘了对县里相好再三再四的承诺。三霸想,我是个男人呀。是男人就天生会犯男人当犯的错。我又没那么坚强哩。

三霸想过,便三下两下脱了自己的衣服,又三下两下扒去了天美的衣服。脱时想起两人新婚里的甜蜜时光,又想到自己这次所来为何,心里便也有些酸酸的。

两人一躺就是好几个小时。做了事也说了话。闷在小杂屋里的水下毛焦火辣。水下从窗口看去,那边静静的,很诡谲很神秘。水下耐不住,悄然摸到窗下,贴着耳朵听里面的声气。水下听出他们在床上,床吱吱的声音,是他所熟悉的。

水下心里的火烧了起来。水下的拳头也握了起来。水下好想喊叫出来,三霸你这个王八蛋,你在县里有了女人,为什么还来霸占我的女人!水下喊不出。转身回到自己冰冷冷的小杂屋里,把脑袋埋在枕头上。枕上的水下越想越委屈,越想越觉得心里不是滋味。吱吱的床响折磨得他好厉害。水下的枕头很快就湿了。

三霸走的时候,天色已昏。水下一直躲在小杂屋里没出去。水下不知道天美和三霸会谈些什么。但是谈什么都不重要了。重要的是,无论三霸对天美怎么狠,也无论水下对天美怎么好,只要三霸一出现,天美眼里就根本没有他水下。这是水下最痛苦的事。

　　天美进到小杂屋时，水下正被自己内心的痛苦折磨着。天美坐在了他的床边。水下没有起身。天美一伸手，摸到他的枕头，手上满是湿感。天美说，哭了？为我跟三霸上床？水下没做声。天美笑道，真是个小男人，动不动就流些猫尿。水下说，三霸是大男人。大男人又能做出了什么了不得的事？天美说，大男人不会动不动就跟女人一样哭呀。水下哽咽道，我从来就不爱哭的，要哭也只为你。你是我的女人，我不想你跟他。天美说，好了好了，再忍忍吧。要不多久了。水下说，什么意思？天美说，你未必不晓得三霸今天来是专门来跟我谈离婚的。水下呼地坐了起来。水下说，你答应了？天美说，我觉得这样跟他，也没什么意思。水下说，那他的财产呢？你不要了？天美冷声一笑道，想要也要不到呀。既然命不好，就按不好的命来过。人生就这么回事，谁能有办法改变它呢？

　　水下一扫心里的阴暗，跳下床来，抱着天美打了一个转。水下说，太好了。你跟他离，离了就跟我结婚。天美叫着，挣扎着，两脚落下地，扯着自己的衣服说，你结婚年龄都没到，结什么结呀。水下说，那你等我。我们先这样过着。等我满年龄，好不好？求求你，好不好？天美说，再说吧。不过，我要告诉你，元宵节过后，三霸要在这里住十天。

　　水下大惊。水下不明白既然离婚，为什么又要住到一起来。水下说，为什么？不是离婚么？天美说，这是我的离婚条件。水下说，怎么提这条件？天美说，我跟他夫妻一场，也是一种缘分。最后在一起过十天夫妻日子，大家好说好散，就当做个纪念。完了就去签字离婚。水下说，三霸同意了。天美说，他先不同意，后来说如果他来这住十天，我就得放弃全部家财。水下说，这怎么行？天美说，我同意了。我用我应该得的家财，换他在这里住十天。水下说，你怎么能这样呢？你你你？这这这？我怎么办？

天美淡然一笑，她伸手抚了抚水下变得煞白的面孔，心口有点痛，但嘴上还是说，不就十天吗？你还照样干你的活，做你的饭，炒你的菜，夜里自己住在这里，跟往常没两样呀。水下说，不行，我得请假回去。我看不得你们俩亲热。今天这一回，我都恨不得撞墙了。天美说，你哪能回去？你一走，就反常了。三霸立马就会怀疑我俩之间有事。水下叫了起来。水下说，美美，美美，你这不是想要我死么？天美的脸上收回了笑容，她凝望着水下，眼睛一眨不眨。好半天，方说，我怎么会想要你死呢？我还要跟你俩好好过后面的日子哩。我想让他死还差不多。水下心里原本因三霸的即将到来，阴冷到了极点，黑暗得有些绝望。现在仿佛被拨了一下，突然就暖和了过来，心空也瞬间透亮。

元宵节一过，三霸如约前来。三霸做事倒是一把好手。他一来，左邻一声喊，右舍一声叫。不时步到院外，跟路边人套近乎，哈哈打得震天响。生意似乎一下就旺了许多。院子里的人声也嘈杂了，笑语也高了。往来的小拖和板车，一停就老远。水下过磅、记账忙得团团转。做饭的事就交给了天美。

只是到了晚上，人声消失，院子里只剩下他们三个人。一吃过饭，水下把碗洗净，把厨房收拾好，天美便说，水下，累了一天，你也早些歇吧。水下便只能回到自己的小杂屋里。水下倚在这边的窗，看着那边的窗，一直看到灯关掉。院子里静谧无声。天寒地冻，人声与笑语都被封在各家的窗内。外边便比往日什么时候都静。静得风穿过了树杈还是没有穿过都听得出来。静得树叶落下与地面相碰的那一刹都听得出来。静得鸟睡着了梦里的呼吸都听得出来。但是在水下的耳里，所有自然的声音，风的声音树的声音鸟的声音，都变成了一种，那就是天美屋里床架的吱吱声。水下被这声音折磨得彻夜不能入睡。三天下来，水下的脸都灰掉了，人也摇摇晃晃的一副撑不起骨架的样子。三霸白天见了他如此无精打采，绕着他走了一个圈。走完，三霸说，水下，你是不是吸毒？水下没做声，似是默认。水下想起自己以前跟天美说过的话。水下说天美就是他的毒品。三霸说，你小小年龄，正道不走走这邪路做什么？那玩意儿一沾上，你还有什么活路？水下说，我也没办法呀。我也不想这样呀。水下的声音带着深深的绝望，就仿佛他真是吸毒真是病入膏肓了。三霸便连连地摇着头叹息着。三霸说，这个人废了。这个人没有多久的活头了。我看人一向看得有准头的。水下盯着三霸，心道，还不知道谁先废哩。还不知道谁没有多久活头哩。你怎么不替自己看看？

三霸住过来第五天的时候。水下开着小拖送废品去县里。走前，水下在小杂屋里换衣服。天美走了进来，一头钻进他的怀里，一言不发。水下抱着天美，激动得难以自制。但水下即刻就得出发。

出门时，天美送水下到院门口。天美望着他，眼波流转。水下看到那里流露出的万般的依恋。水下轻声说，美美，等我晚上回来。

到县里后，卸下货，水下跟看门的黄驼背聊天。黄驼背问水下，老板不是要离婚么？怎么又回心转意，住到老板娘那边去了？水下说，不晓得。黄驼背又说，老板的家财起码上了百万，叫老板娘盯紧了。水下说，天美姨隔这么远，怎么管？黄驼背说，回去告诉老板娘，如果老板要提离婚，起码找他要五十万。水下说，老板一分钱也不会给的。黄驼背说，那怎么行？卖了上十年的命，弄得人财两空，做人哪能做这么蠢？看人家那小妖精，天天涂脂抹粉，吃香喝辣，屁事不干，得了人还落下了财。回去跟老板娘说，万不可以这样。水下说，三霸叔有几厉害，你又不是不晓得？黄驼背便叹道，是呀，老板娘连那个小妖精都斗不过，当然也是斗不过老板的。水下说，斗不过？这世上哪个斗不过哪个？只看想不想斗。黄驼背笑道，到底年幼轻狂，不醒事。弱人当然斗不过强梁。几千年都是这么过来的。水下说，斗他不过，找个由头杀了他，不得斗过了。黄驼背说，那也没有赢呀？死一个，那个还不得毙？水下说，比方有旁人帮我姨杀掉三霸叔，我姨不就赢了？黄驼背又笑，说这世上哪有这么蠢的旁人？不关自己的事，为让别人赢，丢自己的命？水下说，说不定就有哩。黄驼背说，莫说蠢话，人都是为自己活为自己死，不是为别人活为别人死。为别人活为别人死的人，一百年前没生出来，一百年后也没生出来。水下说，十八年前就生出来了，是你没看到哩。黄驼背说，越说越疯话了。小孩子，什么都不懂。天快黑了，快回吧。黄驼背说着开始赶水下。水下边往外走边笑着说，说不定你还认得那个人哩。

水下发动起小拖，刚要上路，黄驼背追出来。黄驼背说，水下，慢点，有你的电话。水下熄了火，跳下小拖。水下说，有我的电话？哪个打来的？黄驼背说，好像是老板娘。水下听罢忙不迭地跑进屋。水下抓起电话说，喂，我是水下。对方说话了，果然是天美的声音。水下心里好高兴。天美先问他累不累，又问他几时回。水下说，正准备回，听到有电话，又跑回来接电话了。天美说，好险，差点错过了。水下见黄驼背一边站着听，便说，姨你有什么事？天美说，我在我娘家弟弟这里，一时回不去。三霸下午喝了不少酒，醉了，躺在屋里，死活不醒，你回去后照顾他一下。水下说，好的。天美又说，这几天我也被他折磨狠了，我今晚上都不想回来。我看见床都怕，你也不舒坦吧？水下没做声。天美说，我恨死他了，我好想他死。算了，不说了，反正过几天就跟他离了。离过后，我就是一个既没钱也没色的女人了，想想心里也觉得好惨。小下子，往后我要不开心，你也莫嫌我呵。水下唔了一声。水下说，我晓得了，我挂了，我这就回去。

天美说，你莫担心我。黑了我会叫我弟送我回来。水下说，我挂了。天美说，小下子，你要小心呵。

水下挂了电话，站着呆想了一会儿。黄驼背说，老板娘跟你说半天什么？水下说，她说她回娘家了。三霸叔喝醉了，在屋里睡觉。她要我照顾一下三霸叔。黄驼背说，那就快回吧。唉，多好的女人，被男人甩了，还一心挂着他照顾他。老板也真是没良心呀。这种人死一百回也该。

太阳光弱弱的，在寒冷的风中，毫无光彩。还没有落下，四下里便已呈昏色。雪在慢慢地化着，路上满是泥浆。水下的小拖在泥泞的路上突突地狂奔。稀泥飞溅而起，路上有几个挑空担返家的人，一边避让，一边破口骂着，颠得这么快，赶着去死呀。

水下全然不理路边的一切。小拖颠簸得好疯。水下觉得自己的心比小拖颠簸得更加疯狂。路边的树从水下的耳边闪过了。树下的田野从水下的耳边闪过了。田野外的村庄从水下的耳边闪过了。村庄边的水塘从水下的耳边闪过了。水塘对面的果园从水下的耳边闪过了。果园后面的大堤从水下耳边闪过了。这一切，水下根本都不用眼看。它们全在他的心里。他闻着气味就知道自己走到了哪里。他触着风就知道自己走到了哪里。他听到路边人的说话就知道自己走到了哪里。他感觉着座下的颠簸就知道自己走到了哪里。

大堤上好安静。年过完了，筑堤的人还没来开工。铺满堤坡的雪一点也没有化，白白净净的，连个脚印都没有。天还没黑尽，延伸得那么长的大堤，竟是一个人也不见。水下想起夏天他在这里守堤时的场面。想起他们成天神经紧张地看着水位上涨，然后不分昼夜地拼命把这堤加高加固。灯光把堤上堤下照得雪亮。蚊虫在灯光下执著而热烈地飞舞。堤边的水浪声有节奏地拍打着他们偶尔的梦。不时地有哨音响起。哨声尖锐，让人心头一荡一荡的。这是水下经历过的最热火朝天的场景。人生有了这样的场景，就好像小说里有了很曲折的故事，电影里有了很丰富的画面，歌曲里有了很跳荡的声音。水下喜欢这样的曲折、丰富和跳荡。人活着，不在于时间的长短，而在于你是怎么活过的，而在于你活着时做过什么，而在于你做过的事情对自己和对自己所爱的人有没有意义。然而此刻的大堤，干巴巴冷清清，一派的索然无趣。如果人一生像这样干巴巴冷清清，活一辈子跟活一天一样，便也如大堤这一刻一样无趣了。既然无趣，活也白活。

　　水下终于看到了自己收购站的大门。门口的那盏灯没亮。水下知道，那是没有人开过的缘故。里面的人正醉着。醉着的人一醉便不知生死，不知道迫近自己的是快乐还是危险，不知道自己曾经做过什么和将做什么，不知道自己的昨天、今天和明天有什么样的不同，不知道自己有时候伤害了一个人就等于伤害了全世界，不知道自己抛弃一个人却不小心把自己也抛弃了，不知道自己胜利在望时杀身之祸却提前一步来临，不知道自己在把所有的好处都捞在自己手上时却忽略了命，不知道命没了所有的一切也就都没了。

但水下却清醒着。醉人不知道的一切,水下都知道。

水下进门时,并没有轻手轻脚。水下像往常一样,把小拖开进院里。轰轰的声音足可以把任何一个没有醉着只是睡着的人吵醒。水下歇好小拖,回到小杂屋,换了鞋子。鞋上都是泥,走在哪儿都是脚印。水下不想让自己的脚印到处留下。然后水下又从水瓶里给自己倒了一杯热水。天冷,水瓶的质量差,水是温的。温的更好,水下咕嘟咕嘟几口就喝干了。水下用衣袖抹了一下嘴,然后重新走到了院里。

这时的天已经黑了。天美的屋里也黑着灯。水下在院子里站了片刻,然后朝天美屋里走去。水下推开天美屋子的门,叫了一声:三霸叔。

没人应声,却有轻轻的鼾声传来。水下打开了灯。屋里立即通亮。水下走到床边,三霸正睡在被窝里,咧着嘴,一副丑陋不堪的样子。水下掀开他的被子,发现他竟是一丝不挂。三霸的身子这些年发福得厉害。站起来肉挂在身上,睡下去肉便垮在床上。水下看着,便觉恶心。想到三霸用这样的身体天天折磨天美,水下一口恶气立即堵上心头。水下转身走到院里,他四下看了看,便看到了一截三角铁。这是早上刚送来的。水下拿着那截三角铁,折回天美的屋里。

水下这回径直走到床边,连想都没有想,掀开被子,举起三角铁便朝三霸的头上砸去。只一下,血便溅了出来。三霸哼了一声,想要动。水下便接连地砸着,一直砸得三霸没有一点动静，水下才停下了手。水下伸手在三霸的鼻息上试了一试。水下能觉出三霸没气了，方将被子重新给他拉上，然后重新走进院子。

院里的水下站在淡淡的月光中。从他走进天美的屋里，到他出来，只不过五分钟时间。所有的一切都没有变，风还刮着，云还游走着，树仍然沐浴着月光，在云下，在风里，在月色笼罩中，浅唱低吟。只是一个醉了的人在这五分钟里变成一个死去的人。只是这五分钟已然改变了许多人的命运。

披满月光的水下满身被溅着血迹，他手上拎着的那截三角铁也全是血。水下想要扔掉，忽又觉得不妥。便进到厨房，打开水管，将三角铁冲洗得干干净净。同时也将自己的手清洗得干干净净。水下把那截三角铁还是丢在了原处，然后打开院门。开院门时，他发现门上的那盏灯还没有开，又伸手打开了它。水下想，天美回来，有这盏灯照着，心里就会踏实。

水下推着他那辆自行车，独自走出。

少年水下的自行车依然叮叮哐当地响着。水下急速地踩着踏板，朝着大堤飞速骑去。水下想，这世上的事，该来的迟早会来，该去的迟早会去。事情就这么简单。人生也就这么简单。

十五

天美到家时，几近十点。天美的弟弟天富骑自行车送她回来的。远远的,天美看到大门的灯,心里惊悚了一下。走到门口,天富要回转。天富说,不早了,我还得赶回哩。天美说,反正骑车,晚一点有什么关系。走都走到这里了,家里去喝口水吧。也好跟你姐夫打个招呼。天富一想,姐夫在这里,不去说一声也不好,便应了声,跟着天美进了屋。

天美打开屋里的灯,亮着嗓子叫道,三霸,三霸,酒醒了没有?天富来了。天富说,姐夫睡了?天美说,喝多了。不过这时候也该醒了。天美说着,走到床边。床边弥漫着浓浓的气味。天富说,什么味道?天美闻出那是一股血腥气。天美的心嘣嘣得跳得厉害,两脚也浮浮的,撑不住身子。天美心知家里有事发生了。但这时候她必须坚持住。她不能软倒在地。她如果一软下来,说不定她从此就再也起不来了。天美伸出她僵硬着的手,轻轻掀开盖在三霸身上的被子,嘴里说你睡死啦。话音落下,却看到满头满脸都是血三霸正瞪着眼睛望着她。天美手一松,惨叫一声,仰身倒在地上。

天富忙道,姐,怎么啦。天富说话间便看到了床上的血。天富浑身筛糠一样抖。他小心地拉了一下三霸的被子。三霸的眼睛睁着,嘴里还哼了一声,血已经凝固在他大半边的脸上。天富顿时魂飞魄散,拔起腿便往外奔。一边奔一边狂喊。来人啦!杀人啦!

天富的声音在这个寒冷的夜晚,生冷尖硬,一下子便穿透夜空,传遍全镇。

县局警察赶来时，已是半夜两点。天美和天富早把三霸送到了医院。天美发现三霸还有气，便赶紧让天富开着小拖拉机拉三霸到镇上医院急救。三霸在医院里一直没醒，只是喉咙里咕噜了几下。在县局警察从收购站赶到这边时，他在十分钟前，死了。

天美没有号啕大哭。天美也没有去看三霸最后一眼。天美只是静坐在医院走廊的椅子上。她脸色木然，眼泪无声地流着。一滴滴，都落在了胸前。

一个警察走过来。对天美说，请过来一下，我们想要问你一点情况。天美站了起来。天美知道他们要问些什么。天美机械地跟着他走进一个房间。

房间里还坐着另几个警察。其中一个说，我们已经去过了现场。现在还想了解一下情况。刚才你弟弟已经说了。他说你什么都不知道。你整个下午都在娘家，是他送你回家的。不过，我们还是要问问你。天美没做声，只是落泪。警察说，你晓不晓得谁跟你丈夫有仇？平常还有谁跟你们住在一起？他叫什么？跟你是什么关系？

警察问话像鞭子，一鞭就抽在筋骨上。天美浑身都麻了。天美明白什么都包不住的，就像纸包不住火，布包不住风，棉被包不住血水一样。就算皇帝的密诏放在铁盒子里，加上锁，藏在光明正大的匾后，也会让人发现。天美说，等我办完丧事，我什么都告诉你。警察有些诧异，说你知道怎么回事？知道是谁杀的？天美说，我想我应该知道。等我办完他的丧事，我会把所有的事都告诉你们。警察说，这是命案，我们不能等。天美说，那你们就自己查好了。我现在没心思说。另一个警察说，有一个叫水下的男孩子，跟你打工，一直住在你们院子里。是不是他？天美没做声。警察说，你不做声，就是默认了？天美说，我不知道是不是他。这事我有责任。一个当官模样的警察跟另两人低语了几句。那两人要朝外走。天美说，你们是不是要去抓他？警察说，我们抓谁和不抓谁都不是你管得着的。天美叫了起来。她有些声嘶力竭。天美说，我办完丧事，都告诉你们还不成吗？！警察说，你告诉不告诉我们，我们都能抓到凶手。可是，对你来说，就关系大啦。包庇罪也是要坐牢的。天美说，不关我的事，只不过……只不过……警察说，只不过什么？天美的声音从大到小，慢慢像蚊子一样嗡嗡着。天美说，只不过我也有责任。警察说，大点声音。天美把声音放大了。天美想，已经到了这一步，还有什么可犹豫？还有什么回头路可走？还有什么狠心不敢下？还有什么东西舍弃不掉？天美大声说，只不过我也有些责任。

警察夜半扑进了水下的村子。水下正在家里睡觉。在这样的一个夜晚，水下竟然也睡着了。警察没有敲门，翻墙而入。闯进屋里，把水下的爹妈都吓傻了。警察说，水下在哪？水下的爹说，睡了哩，怎么不敲门？警察说，哪间屋？水下的爹便用手指了指。警察没等他反应过来，就已经冲了进去。

水下尚在梦里。水下梦见自己踩着血水。梦见三霸一个无头的身体。梦见天美一身白衣裙，发上缀着金钗。梦见美艳无比的天美对着他微笑。梦见自己西装革履、像电视里的人一样，很英俊地与天美一起拍结婚照。镁光灯嚓嚓地响着，然后……

然后水下觉得照相的架子倒了，压在他的身上。很重很重，压得他喘不上气。水下担心天美被压着，便叫着，美美！美美！水下突然就醒了过来。压在他身上的是两个警察。水下知道，他的梦彻底结束了。

天还黑得厉害，离天亮还远着。水下就在黑地里，在他爹妈呼天抢地的哭叫中，走出了他生活过十八年的村庄。这一走，便是永远。

这是一个重大的命案，也是一个简单的命案。但警察几乎没费力，就破了案。现场所有的一切，都说明是水下干的。天美也说大概是他。水下自己更是毫不犹豫地承认了一切。一点侦破的起伏波澜、迂回曲折都没有，倒叫警察们觉得这个案子的无趣。凶手水下关在了看守所里，等待宣判。

冬天的看守所里，寒意逼人。水下却没有觉得冷。水下内心里自存神圣。这神圣是火，将他通体都烧得热烘烘的。从看守所的窗口能看到外面苍白的天空。水下常常仰着头。没有飞鸟掠过，也没有树叶飘零，也不见云彩流动。天空果然就是空空的。空寂得仿佛世界消失。

水下很清楚自己等待的结果是什么。但水下毫无悔意。水下觉得他的人生只能是这样的一个结局。这个结局虽然不是那么完美，但也不错。因为水下的这个结局是为了天美。因为天美从此摆脱三霸的折磨。因为天美有了财产可以过上等人的日子。水下觉得自己活过的十八年中,前十七年都只是给他的命垫个底,只有这最后的半年才活得有意义。有天美才有他的人生。这大半年足以抵了许多人的一辈子。所以当一个警察听完他的杀人动机后,敲着桌子,用一种痛心疾首的声音说,你值不值呵!你这样为她!水下对他微微一笑,水下说,你不懂。

水下一直关到了初夏。水下最痛苦的事是他再也见不着天美了。而且从那天天美站在院子门口,柔情万般地送他走后,水下就再也没有见着她。一种刻骨的思念使水下备受折磨。水下的耳边永远都留着天美的最后一句话,天美说,小下子,你要小心呵。每每想到这个,望着窗外的水下,就会情不自禁地满脸是泪。水下给天美写了一封信,水下请警察无论如何都要转给天美。水下的信只有这一行字:美美,我死后,你要再找个好人。不准他欺负你。要不我还会从阴间出来杀了他。

天美看到信的时候,夏季未完。天正下着大雨。新堤牢牢靠靠地守在江岸。没有人去上堤。堤上很安静,只有雨水拍打堤坡的声音。水文站的人一天几次地查看着水位。朱站长几次都对顶替水下的人叹说,这个水下,是鬼魂附体了。说多了,让水文站一站的人都心生恐怖。

天美在春天里就搬进了县城。她住在三霸新买的房子里,四房两厅。天顶上吊着彩灯,窗帘是纱的,厕所里有浴缸。天美第一次看到浴缸时,首先就想到,如果水下在这里,他们俩一定会一起在这个浴缸里洗澡。因为这个念头，天美伤感了一天。

天美让她的弟弟天富管理着镇上的收购站。又让她的二姐天香搬来和她住在一起，替她管家。天美很能干，也很会做生意。县里收购总站的生意依然十分兴旺。

天美拿着信站在明亮的灯光下。外面的雨依然哗哗地下着。信上的字歪歪倒倒着，每一笔画，都像水下随意地站在那里。恍然间天美看到一个少年骑着一辆破自行车，猛然地刹在她的面前。他身上的红色背心已然湿透。他的脸上的红光透过汗水放射了出来。他微笑时，嘴角向上挑着。满脸的稚气和纯真。天美的眼泪流了出来，湿透了手上的信纸。天香说，你怎么啦？天美说，没什么。天美说着跑进厕所。她坐在浴缸里好好地哭了一场。

透过泪光，天美还是能看到自己未来的日子。那是她梦想了多年的日子。那些日子曾经在天美的心中被勾画得何等美好。美好得能把所有的屈辱所有的痛苦所有的血光都遮盖住。没有人会看到它背后的一切。

只是天美不知道那里面还有没有她想要的幸福。还有没有像水下一样纯真热烈的爱情。还有没有人会用一种温暖而洁净的声音叫她一声美美。

这是天美最后一次为水下哭泣。水下已经结束了旧的水下。天美也结束了旧的天美。

几年后的一个夜晚。天美孤独地躺在床上。往事像现在的寂寞一样,索索地朝她身上的每一个汗毛孔里深钻。天美好想闻到水下的鼻息。好想听到他说话的声音。好想看到他青春的面容。好想被他有力的胳膊环绕。天美凝望垂着吊灯的天花板,心想,其实从头到尾,水下都没有对她说过一个爱字哩。